新潮文庫

マリー・アントワネットの日記

Bleu

吉川トリコ著

新潮社版

10864

主な登場人物

マリー・アントワネット

ベルタン嬢
ファッション・デザイナー。
王妃の前衛的な装いの仕掛け人。

ルイ16世
夫。フランス国王。

フェルセン
恋人。

ポリニャック伯爵夫人
6歳年上の女友だち。

ルイ・ジョゼフ
長男。

マリー・テレーズ
長女。

ソフィー
次女。

ルイ・シャルル
次男。

監修　川島ルミ子

マリー・
アントワネット
の日記
II

Trico Yoshikawa
Le journal de Marie Antoinette

Bleu

一七七四年五月十七日（火）

数日前より私たちはショワジーに参っております。あれから――私たちのやさしく愛情深い父にして前国王陛下が天然痘により崩御され、感染を避けるためにすぐさま用意されていた馬車に乗り込んでヴェルサイユを離れましたので、なにがなにやら実感がわかないまま悲しみに暮れるひまもありませんでした。義弟たちもその妃《きさき》たちも突然襲いかかったこの大きな不幸にどこか興奮しているように見受けられ、道中の馬車ではアルトワ伯妃マリー・テレーズのちょっとした一言に声をあげて大笑いしていたほどです。

こんなことが外に漏れでもしたら不謹慎だと眉《まゆ》をひそめる面々もおられるでしょうが、言ってみればまだ二十歳にもなってない若者たち――それも同年代の若者と比してもとりわけ世間知らずの甘やかされた子どもばかり――がいきなり庇護《ひご》の傘を失い、体一つで大海に投げ捨てられたようなものなのです（実際にこの目で海を見たこともないのに！）。私たちのもっとも美しい日々は終わりを告げてしまいました。だからといって荒波が去るのをじっと耐えていられるほど私たちは辛抱強くもなければ成熟してもおりませんし、ただただ悲嘆に暮れていられるほど人生に絶望してもおりません。筏《いかだ》があれば喜んで飛びつくでしょうし、雲の隙間《すきま》から陽が射《さ》せば希望に顔を輝かせるでしょう。

　おりしも季節は新緑の五月！　空は晴れわたり、風はどこまでも清々《すがすが》しく、窓の外を流れていく若々しくはねるような色彩が、色褪《いろあ》せた青い上衣(1)を鮮やかに染めなおしていくかのようでした。

「国王陛下崩御！　新国王陛下万歳！」

　いまもあの日の歓声が耳から消え去ることはありません。五月十日十五時十五分、前国王がお亡《な》くなりになったのと同時にヴェルサイユに雷鳴が轟《とどろ》きました。こちらに近づいてくるその不気味な物音が、前国王の近くに控えていた者たちの足音だと気づくまでに少し時間がかかりました。だってまさかそんな臆面《おくめん》もないこと――たったいま古い蠟《ろう》燭《そく》の火が吹き消されたばかりだというのに、くるりと踵《きびす》をかえして火が灯ったばかりの新品の蠟燭にいっせいに駆け寄るなんてことを、いい年をした大人がやってのけるとは思わないではないですか！

「国王陛下崩御！　新国王陛下万歳！」

　扉を開けて最初に入ってきたのはノワイユ伯爵《はくしゃく》夫人でした。あとからあとから怒濤《どとう》のように大勢の廷臣が押し寄せてきます。だれもかれも期待のこもった浅ましい顔つきでいるのに私はぞっとしました。ショワズール事変の直後、手のひらを返したように離れていった者の顔もそこにはありました。彼らの求める宝玉、いつのときでも彼らが見上げる太陽は、いま私たちの手の中に移ったのです。時代の大きなうねりに飲み込まれ、震える手で夫の腕にしがみつきながら、ひとひらの甘美な優越感が舞い落ちてくるのを私は感じていました。今日から私はフランス王妃《レーヌ・ド・フランス》……フランス王妃……なんと美しい響き！

　私の夫にして新フランス国王ルイ十六世（夫は即位後すぐ、自分の名前から「オーギュスト《尊厳ある者》」を抜き去りただの「ルイ」になりました）は当初のうちこそ途方に暮れたような顔をされていましたが、ショワジーに移ってからは朝も夜もなく眼前に積まれた仕事の山を片づけることに没入し、フランスにあまねき幸福をもたらす君主でありたいという一心に貫かれておられます。あとになって反動がくるのではないかと恐れておりますが——なんといっても兄上の死から十年以上も経《た》つというのにその痛みをいまだ心中に飼い続け、苦しみ続けていらっしゃるぐらいですから——いったんこうと決めたら頑として譲らないお方ですし、私にできることといえばそっと柱の陰から見守ることぐらいです。すでに彼の頭上に王冠が輝いているのが私には見えるようです。

　フランス王妃というかくも栄《は》えある地位について最初に私がしたことといえば、新王妃のための帯税《ドロワ・ド・サンチュール》を辞退したことでした。「それでなくとも重税に苦しんでいる

（1）カトリック教徒であるフランス国王は戴冠式をはじめ、大事な儀式のときには青い上衣を羽織った。

パリ市民からさらに税金をむしりとるような真似《まね》はおやめになって」と宮廷財務官に伝えた瞬間、この胸にあふれてきた感情に思わず私は泣いてしまいそうになりました。

私はパリを愛しています！　フランス国民を愛しています！　私はフランス王妃、私はフランス王妃……人々から「いい王妃」と思われたい。私も夫と同じようにその一心でいたのです。

はたして私の頭上にも王冠は輝いているでしょうか？　私がいまこの地位にあるのが神の思《おぼ》し召《め》しであったとしても、ヨーロッパでいちばん美しい国のためによりによってこの私をお選びになった思い切った人事（っていうかトンデモ人事？）に関しては「ちょ、マジかｗｗｗ」って神を問いつめたい。「正気かｗｗｗ」って…………
……………………しまった！　ちょっと気を抜いたらいつものかんじになっちゃった！

王妃になったからにはなんかこうかしこまったかんじで？　まじめに？　ちゃんとした大人っぽい文体で書かなくちゃいけないかな？　お義祖父《じい》さまも亡くなったばかりだしあんまふざけたことも言えないよねーとがんばってみたけどこれが限界でした。「フランスにあまねき幸福」あたりのとこですでにカラータイマー(2)がぴこぴこ点滅してたもんね。無理！　性に合わない！　このままだとまたこの日記糸冬了になりかねないからいつもの調子に戻します。冒頭いきなりだったからこいつだれだよ？　新連載？　ってか

んじだったよね。びっくりさせちゃってサーセンwww
そんなさあ、王妃になったぐらいで人はそうそう変わったりしないって。むしろあたしがフランス王妃とかwww　マ？(3)　マ？　くっそウケるwww　ってかんじなんすけど。昨日までちゃらんぽらんだったやつがなにかをきっかけに圧倒的成長を遂げていっぱしの大人みたいな口利《き》くようになったりしたらむしろそっちのほうがうさんくさくない？　ないわー、信用できんわーってかんじしない？　というわけで王妃マリー・アントワネットもこれまでどおりでいくから！　調子アゲてこ、プチョヘンザ(4)！

そうそう、実は今日からあなたの衣装も一新したんです。淡いブルーのサテン地に、金色のリボンと花輪でぐるりをかこまれた「MA」。ね、王妃マリー・アントワネットにふさわしい装丁でしょ？　気に入ってもらえたらうれしいな♪

え？　なんでこんなタイミングよく新しい日記帳が出てくるのかって？　あらかじめじいさんが死ぬのを待ってたんじゃないかって？

……うん、まあそれに関しては言い訳の余地ないよね。だって新しいデザインを思いついちゃったら誂《あつら》えずにはいられなかったんだもん！　なにかの節目のときにおろそうと出番を待ちわびてたんだけど、こんなナイスタイミングってなかなかないじゃん？

(2) ウルトラマンの胸のランプ。エネルギーが少なくなると赤く点滅する。(3) マジで？の略。
(4) Put your hands up.（ノリ良く楽しもうぜ）の意。

やるならいましかねえ！ってかんじじゃん？　文字通り装《よそお》いも新たにこれからもよろしくね♡

――とまあそんなわけで、前述のとおり突然お義祖父さまが逝《い》っちゃったもんだから現在、宮廷はしっちゃかめっちゃかの大騒ぎになってます。お年もお年だったからそう長くはないだろうと言われてたけど、四月の末頃、狩猟の最中に体調を崩し、ヴェルサイユに運ばれてきて容態が急変してからはさすがにびびったよね！　しかも天然痘だっていうんだから、「あ、これやばい、あのじじい死んじゃうかも?!」って。

天然痘だと判明してからはとーぜん王位継承者とその妃であるあたしたちは病人から遠ざけられ、隔離された別棟で「そのとき」がくるのを待っているしかありませんでした。昼間は叔母さま方が、夜間はデュ・バリー夫人が感染の危険も厭《いと》わずつきっきりの看病を続けていたけれど、二度の瀉血《しゃけつ》を施しても容態は一向によくならず、かつて美王と呼ばれた肉体は一面、膿疱《のうほう》に覆《おお》われて見るも無残に膨れあがり、病室には地獄の沼のような悪臭が澱《よど》んでいたそうです。

こんなこと言ったら薄情かと思われるかもしれないけど、お見舞いに行かずに済んでよかった、王位継承者の妃でよかったってほんと思ったよね。

誤解のないようつけくわえておきますが、お義祖父さまに対する愛着はそれなりに残ってはいたんです（最近では軽蔑《けいべつ》と失望のほうが勝っていましたが）。でも、それでも、病人の床に付き添えるかといったら話は違ってくる。叔母さま方もデュ・バリー夫人も、愛情だけであの場所にいたかと言ったらきっと「ノン」にちがいありません。愛情と勇気と、あとは義務感？　そのどれが欠けていたとしても逃げ出したくなったことでしょう。なにより彼女たちは恐れていたのです。国王が死んだら自分はどうなってしまうんだろう、と。古い船が沈んだらとっとと新しい船に乗り換える、無慈悲なヴェルサイユ人の性質をだれよりもご存知の方々ですから。

五月三日、国王の死に先んじてデュ・バリー夫人は宮廷を去ることになりました。死を悟った陛下みずからヴェルサイユを退去するよう命じたのです。神の教えに背く存在（＝愛人）を近くに置いたまま告解と聖体拝領を行うことを聖職者たちが拒んだからです。王と愛妾《あいしょう》は涙で顔をびしょびしょに濡《ぬ》らして別れを惜しみました。「ジャンヌ、残念だけれどここでお別れだ。私は国王として最後に残された義務を果たさねばならない……」

翌日の夕方、デュ・バリー夫人は彼女にしてはめずらしい暗色のマントで顔を隠すようにして、人目につかぬよう二頭立ての馬車でヴェルサイユを去っていきました。実際に目にしたわけでもないのに、その情景がいつまでもあたしの胸の中に夕焼けに伸びる影のように残っています。

はたして彼女は国王を愛していたのでしょうか？　だれもが彼女を権力と財力に目が

くらんで国王をたぶらかした罪深い悪女のように語りますが、あたしにはどうもそれだけじゃなかったように思えてならないのです。感染の恐れもかえりみずに彼女が病人につき添っていたのは保身のためなんかではなく、陛下といっしょに逝きたかったからなのでは、とついロマンティックな想像をしちゃうのです（叔母さま方にも感染の疑いがあるとさきほど廷臣たちが大騒ぎしていました。どうやら今日中にもラ・ミュエットの別荘に移ることになりそうです）。

デュ・バリー夫人はしばらくヴェルサイユにほど近いデギュイヨン公爵の館《やかた》に待機していたようですが、国王の死後、ポン・トー・ダームの修道院に入るよう新国王ルイ十六世より命じられました。叔母さま方がこの機を待っていたとばかりにしゃしゃりでて、今後いっさい宮廷への出入りも禁じさせたそうなので、おそらくもう二度と彼女と顔を合わせることはないでしょう。一部ではデュ・バリー夫人を追い出したのは王妃マリー・アントワネットのしわざだと噂《うわさ》されているようですが、そう思われるのも無理はないしどうせみんなすぐに忘れてしまうだろうから放っておくことにします。いちいち目くじら立てて反論するのもめんどいし、なんといってもあたしはフランス王妃（ウェーイ！）なのですから。

叔母さま方を筆頭に長らく宮廷の隅でハンカチを噛《か》みしめていた反デュ・バリー派のご婦人方は「ザマァｗｗｗ」と大喜びしていますが、あたしはとてもそんなふうに喜ぶ気にはなれず、デュ・バリー夫人はあんなにたくさんあったドレスやダイヤモンドをどうしたんだろう、なんてことをぼんやり考えていました。修道院に持ち込めないのであればお気の毒でしかないし、持ち込めたとしても修道院で着飾ったところでむなしいだけだからやっぱりお気の毒だなあと思うばかりです（ペローの「ロバの皮」ほどみじめったらしい話はないって思うもの）。

……っていうか正直に言うと、彼女のことはこれ以上考えたくない。不穏に胸がざわつくのでもうこれきりにします。

※追記

Aがパリを去ったとの報《しら》せあり。

一七七四年五月二十四日（火）

ハイ、マリア。調子はどう《ワッツアップ》？　こちらはラ・ミュエットに移って一週間になります。

先ほど陛下からうれしい贈り物が届きました！

「花を愛する君に、この花束を」

ダイヤモンドで飾られた鍵《かぎ》に一言添えられているだけのそっけないものでしたが、普段の塩対応とくらべたら神対応といっても過言ではないと思います！（↑「飼い慣らされてる」ってこういうことを言うのかな？）

「この花束」というのは、前国王が愛妾ポンパドゥール夫人のために造らせた離宮プチ・トリアノンのことです。ヴェルサイユ庭園の奥深くにひっそりと建つ簡素で小さな宮殿ですが、一歩足を踏み入れると、うっとりするほど優美でため息がこぼれるほど繊細などこをどう切り取ってもロココ！　世界でいちばんロココ！　な空間が広がってるんだとか。うっ、それ絶対あたしが好きなやつじゃん。

なによりプチ・トリアノンの周辺には手つかずの自然がまだ残っていると聞いています。そうとなったらじっとしちゃおれません。陛下からいただいた花束を美しく活《い》けるのが妻たるあたしの役目です。どんな庭にするか造園業者を呼びつけて相談しなくては。やっぱ流行《はや》りのイギリス式庭園かな？（そうあの「自然に帰れ！」ってやつ）　オーストリアのシェーンブルン宮殿のようにのびやかな自然に囲まれて暮らせたらどんなにいいだろう。前々からあたし、堅苦しく人工的なフランス式庭園がどうも苦手っていうかぶっちゃけクソださくね？　って思ってたんだよね（そうですヴェルサイユ庭園をdisって[5]まーす／(＾o＾)＼）。

早くヴェルサイユに戻ってこの目でプチ・トリアノンを見たい！　しばらくはこの新

しい遊びで気を紛らわせそうです。そんじゃ、短いけど業者と大改築の打ち合わせをしたいんでこのへんで。

一七七四年六月十日（金）

前国王がお亡くなりになって早くも一ヶ月が経ち、パリの町では新しい国王と王妃の肖像が描かれた嗅《か》ぎ煙草《たばこ》入れが飛ぶように売れているそうです。「堕落王」の長い治世が終わり、若く清らかな後継者に人々は期待を寄せているのでしょう。まだ前国王の喪があけていないというのに街は祝祭ムードにあふれ、花が舞い散り、女たちは髪に麦の穂を挿し歓喜の歌を口ずさむ……。新しい時代がやってくる。フランスに光を！　再生を！

――ってこないだ新聞で読みましたが、残念ながらパリの熱狂はこちらにまで届いてはおりません。

先日行われた前国王の追悼セレモニーでやらかしちゃったもんだから、どうも最近宮

（5）disrespect から派生した語で、馬鹿にする、批判する、侮辱するの意。

廷でのあたしへの風当たりが強くなってるみたいです（この手の報告いったい何度目？　あたしへの風当たりがゆるかったときがあんのか？　ってかんじだよね）。

　ほら、あたしって笑っちゃいけないときにかぎって笑ったりするような生まれついてのおちゃらけ者じゃん？　フランスに嫁いでくる前に代理結婚式でやらかしちゃったあれをよりによって前フランス国王の！　追悼セレモニーで！　やらかしちゃったもんだからさあたいへん！　一部の貴婦人——時代遅れの「立て襟《コレ・モンテ》」を着た「諸世紀《シエクル》」ってあたしが呼んでる老婦人たち——のあいだで顰蹙《ひんしゅく》を買いまくっているそうです。売ったつもりはないんですけどね！（↑おまえ、そういうとこやぞ……）

　つってもべつに特別おもしろいことが起こったわけでもなく、儀式それ自体は退屈きわまりないものだったんです。黒装束のご婦人方が王妃の前に長い列をつくり、ひとりずつ前に進み出て弔意を述べて去っていく。えんえんそのくりかえし。

「心よりお悔やみもうしあげます……」

　判で押したようにみなおんなじ言葉で、だれもが伏し目がちに渋いワインを飲んだときのような顔をして、ほんとのほんとに心より前国王の死を悼《いた》んでいる人なんてひとりもいないんじゃないかって思えた。こういう場ではこういう服を着てこういう顔をしてこういう所作でこういう言葉を口にする。すべてが何百年も前から決められていて、そこにいま生きている人間の血は通っていない。よくできたからくり人形だっていわれても驚きはしなかったと思う。

そのほうが楽だからみんなそうしてるのかな？　それなら少しは理解できる気がします。そういうものだと割り切って流れに乗ってるのはそりゃ楽だよね。諦《あきら》めて飲み込んじゃうほうが賢くて、無駄な抵抗をするあたしみたいなのはバカだとさえ思う。だってぜったい軋轢《あつれき》生じるし。しんどいし。めんどいし。めっちゃ消耗するし。そう、「疑問を持ったら不幸になるだけ」ってやつです。

そこまでわかっててなんであたしは抵抗をやめようとしないんだろう？　前王妃のマリー・レクザンスカさまは敬虔《けいけん》でおとなしく、数多くいたルイ十五世の愛人たちとも波風を立てず、宮廷のしきたりを遵守《じゅんしゅ》してひたすら無抵抗に暮らしていたそうです。

「無理！！！」ってあたしそれ聞いた瞬間思っちゃった。そんな生活、二秒で死ねる自信ある。

たぶん諦めるぐらいならバカのほうがいいってどっかで思ってるんだろうね。バカのほうがまだましだって。マリア・テレジアの不屈の精神をこんな形で受け継いでしまうとは……やれやれです。あたしのいちばん上のお兄さま、オーストリア皇帝ヨーゼフ二世を筆頭に御しにくい子どもたちばかりでお母さまはイライラしているようですが、「大本はあんたやで！」って言ってやりたくなります。

追悼セレモニーが行われているあいだ、そんなようなことを考えながら目の前でくりひろげられる単調なループにあくびをかみ殺していたら、居並んだご婦人方の背後でひとりのご婦人(6)がしゃがみこむのが見えました。立ちっぱなしで疲れたのでしょう。どっこいしょとばかりに床に腰を下ろしてすっかりリラックスされています。本来、王妃の前でこんな不敬な行いをしたら即刻つまみだされてしかるべきなのですが、びっくりすることに彼女は、ご婦人方のパニエで大きくふくらんだスカートの陰にうまく隠れてだれにもバレてないと思っているようなのです！　黙って様子を見ていると、列が動くのに合わせてごそごそとしゃがんだまま前に詰めてくるではありませんか！　うそでしょ?!　バカなの?!　っていうかそれもう立ったほうが楽じゃない？！？！？！？！　思わず目を疑ってしまうほど堂々たる気の抜きっぷりに、耐えきれず噴き出してしまったのがいけませんでした。

「神聖な儀式の最中にあんな下品な笑い声をあげて、王妃の自覚が足りないのではないか」「前国王崩御からまだ日も浅いというのにけしからん！」「いつもふざけて他人をからかってばかりいらっしゃる」「とっととオーストリアに帰れ！」「バカ」「アホ」「下唇ハゼ女」

聞こえてくる聞こえてくる批判の嵐（っていうか後半ほとんど悪口だよね？）。

市井《しせい》との温度差ェ……。

どうやらこれまでデュ・バリー夫人とうまいこと二分していた矛先がいっせいにこち

らに向いちゃったようなのです。ザ・集中砲火☆　正直そんな言われるほどのことかぁ？　って思うんだけど。しゃがみこんだご婦人を見咎《みとが》めて追放させるほうがよっぽどひとでなしじゃん？　それが宮廷のしきたりに則《のっと》った王妃らしいふるまいだというのであれば、そんなものになりたいとは思いません（むしろああいうバカなことやらかす人大好きなのに。他人とは思えないんだもん）。

こんなあたしの態度ですら尊大だといわれちゃうんだから、あのご婦人を追放したところで文句を言う人は出てくるだろうし、どうせあの人らはあたしがなにをしたところで気に入らないんでしょ？　どんな時代にも「最近の若いもんは」と言いたがるジジババはいるもんです（自分が若かった時のことなんかすっかり忘れてしまったみたいにね！）。時代に取り残されていく焦《あせ》りや心細さから自分がいちばん輝いていた日々を「古き良き時代《ベル・エポック》」としたがる気持ちはわからなくもないけれど、三十歳を過ぎても未練がましく宮廷生活にしがみついてるぐらいならとっとと田舎に引っ込んで回想録でも書いてれば？　ってかんじ。

悪いけどあたしはいまを生きてるの。もはや時代はあたしのものなんです。この流れはどんなにあがいたところでだれにも（あたしにさえ！）変えられない。なんべんでも言うけどあたしはフランス王妃《レーヌ・ド・フランス》なのだから。

（6）クレールモン＝トネール伯爵夫人。とても身分が高く、フランス貴族の名門中の名門の家柄。

頭上にかぶさっていた重苦しい天井（目の上のたんこぶとも言う）はお空の彼方《かなた》へ逝っちゃったし、口うるさいお母さまは遠くオーストリアの地、いまあたしはどこまでも高く飛べそうな気がしています。これまでは王室御用達《ごようたし》の仕立て屋のおしきせばかりを着ていたけれど、手はじめにいまパリでいちばんイケてると評判のモード商ローズ・ベルタン嬢にドレスを依頼しようと思っています。ベルタン嬢のドレスは国が傾くほどお高いと評判ですが、王妃になったタイミングで陛下が年間の服飾費とおこづかいをどーんと増やしてくれたのです。喪があけたらソッコーで黒いドレスを脱ぎ捨て、パリの最新モードでバッキバキに着飾ってオペラ座に踊りにいくのが楽しみです。野暮ったい王室御用達人形から、パリの町を自由に泳ぎまわるバービー人形へと変化を遂げる新生マリー・アントワネット爆誕に乞《こ》うご期待だょ。

一七七四年七月三十日（土）

ひと月前から宮廷はマルリーに移っています。来月からはコンピエーニュに移ることになりそうです。検疫《けんえき》期間が明けるまであちこち転々として落ち着きませんが、いまはこれくらいがちょうどいいかなって思っています。じっとしてるとおかしくなりそうなんだもん――って生まれたときからそういう性分なんだけど、特にこのごろはつねにくるくるまわっていなければどうにかなってしまいそう！　考えたくないことや考えてはいけないこと、考えてもどうにもならないことが多すぎて、だからいつも「気晴らしできることはねえがー」とあちこちうろつきまわっているのです。それを、「浮ついていて落ち着きがなく王妃の威厳に欠ける」と言われてしまったら、「おっしゃるとおりで」とひれ伏すしかないよね。でもそれがなにか？　あたしが王妃なことには変わりありませんけど？　なーんてねっ。

ちょっと前まで宮廷を騒がしていた醜聞《ゴシップ》新聞の発行人が先日逮捕されました。その新聞には、王妃の乱痴気騒ぎの様子がまるで見てきたことのように書かれていたそうです。

【乱痴気騒ぎ】はめを外し、入り乱れて騒ぐこと。

思わず辞書引いちゃったじゃんか！　どうやらこないだマルリーの丘に夜明けを見に行った時のことを言っているようなのですが、陛下もお誘いしたけど「気が進まないから君たちだけで行ってくれれば」と断られてしまい、アルトワ伯やとりまきの何人か――愛すべきパリピ(7)たち――と連れ立ってほんとにおとなしく地平線からのぼる朝日を見て

(7) パーティー・ピープル。パーティーやイベントなどで飲んで騒ぐウェーイな人。

帰ってきただけなのです。お目付け役としてノワイユ伯爵夫人もついてきたんだから、どれだけお行儀のいい遊行《ゆぎょう》だったかは想像に難くないっしょ？

それがなぜか世間では飲めや歌えの大騒ぎだったということになってるんだから「マジか」ってかんじだよね。バカげた内容だから見ないほうがいいと言われたので詳細は知りませんが、どんなことが書かれてたんだろう？「王妃はシャンパンをぱかぱか開けてラッパ飲みしていた」とか？「取り巻きのグッドルッキングガイ《GLG》を裸で横たわらせて男体盛りを楽しんだ」って？ウケるwww　すごい大酒飲みのように思われてるけどあたし下戸だし、グッドルッキングガイどころか夫の裸すらまともに見たことないっていうのに。

ひとつだけあきらかなのは、あたしたちがマルリーに夜明けを見に行ったことは宮廷のごく一部の人間しか知らないはずなので、この記事をでっちあげたのは内部の人間だということです。逮捕された発行人がかんたんに口を割るとは思えませんが、あたしを貶《おとし》めようとする宮廷人の息がかかっていることはまちがいありません。犯人探しに血道をあげるのもいい退屈しのぎになるかなと思ったのですが（デュ・バリー党の残党で、六月に宰相を退任したデギュイヨン公爵がかかわっているのではないかと大方の予想もついてます）、身内だけの晩餐《ばんさん》の際に話題に出したら思いがけず陛下がむつかしそうな顔をされていたので、もしかしたら想像してた以上にアンタッチャブルな案件なのやもしれませぬ……。陰謀こわいよーフランス宮廷おっかないよーgkbr[8]「いまどき毒殺なんて流行んねーし、よっぽど余裕っしょ♪」って軽いノリでアルトワ伯が慰めてくれたけどいやいやいやいや余計こわいって！

　でもね、ここだけの話、マルリーの丘であたしは醜聞新聞に書き立てられたのより酷《ひど》いことをしていたのかもしれません。そもそもは「夜明けを見に行くなんてロマンティックだと思いませんこと？」「それって超ルソー的！」なんてことをスノッブ糞《くそ》野郎たちがしゃべっているのを聞きつけ、「ルソー的」っていうのがどういうものなんだかもよくわからないまま、ふーん、なんか流行ってるっぽいしいいね！　いっちゃおうか！　てミーハー根性丸出しのノリで決行したことだったのですが、あれはいけません！　あんな情緒的な遊びはいけません！　いやでも思い出してしまう。毎日毎日くだらないお遊びで必死に気をまぎらしているのに。

　マルリーの丘の上であたしたちは見たんです。闇《やみ》に染まった空にすっとナイフを入れたみたいにひとすじの線が入った瞬間を。直前までバカげたおしゃべりに転げまわっていたパリピたちもさすがに息を飲み、あたりは完全な静寂につつまれました。夏草の上を滑る青い風のにおい、太陽が少しずつ顔を出すにつれ、その清潔な光（そして青春の光！）にさらされて自分の輪郭までくっきりしてくるように感じられ、あたしはそれが

（8）「ガクブル」の意。震えるほど恐ろしいときに用いる。

こわかった。フランス王妃でもハプスブルク家皇女でもない、何者でもない十八歳の女の子。

「なんてきれいなの！」耐えきれずあたしは叫びました。言葉にすると陳腐になってしまうけど、そうでもしなければ感傷《サンチマン》に殺されるところだったのです。いけません、ほんとうにいけません。こんな危険な遊びはもう二度としません。くだらないどんちゃん騒ぎのほうがまだ気がまぎれる。我を忘れて没入できるから。

「いったいいつまで青春の浪費を続けるつもりですか。もう子どもではないのだから、いいかげん自分の立場をわきまえ、与えられた役目をまっとうすることに心を注ぎなさい。母はあなたの怠惰と享楽《きょうらく》欲が心底おそろしい！　このままでは最悪の事態に陥りかねませんよ」

いつものことですが、お母さまからはお叱言《こごと》の手紙が届いています。「青春の浪費」というパワーワードに思わずのけぞりそうになっちゃったよね。ちがうのに。青春を搾《さく》取《しゅ》されたから、時間を浪費するしかないのに。どうしてお母さまにはそれがわからないんだろう。メルシーが告げ口でもしたのか、プチ・トリアノンの改装にお金をかけすぎないようにとチクチク釘《くぎ》も刺されました。うっとうしいけれど、もはやこれも毎月おなじみの定期刊行物。

はいはい、わかっていますよお母さま。国が財政難を抱えているというのに、個人的な楽しみのためだけにプチ・トリアノンに莫大《ばくだい》な資金を注ぎ込むなんてそんなバカなことを偉大なるお母さまの娘がするわけないではないですか。そんなにも信用がないだなんて心外です。あたしが毎晩のように遊び惚《ほう》けているとそちらには伝わっているようですが、ほとんどが根も葉もない噂話で、一部真実がまじっていないこともないですがかなりの誇張がされています。お母さまにおかれましてはくだらない噂話にはどうか耳をお傾けにならず、あたしの言葉だけを信じてくださるよう望むばかりです。お母さまの小さな末娘にしてフランス王妃マリー・アントワネットより。

~~追伸~~

~~でもね、お母さま。「最悪の事態」がすでにはじまっているのだとしたら？~~

一七七四年十二月十四日（水）

恐れていたことが起こってしまいました。どうやらアルトワ伯妃のマリー・テレーズが身ごもったようなのです。突然の報告に驚いてしまい（嘘《うそ》です予感はありました。もうずっと）、とっさに言葉が出てこず（思い浮かぶのは口に出してはいけないことばか

り)、

「そうか、シャルル・フィリップが父親になるのか。それはめでたいことだね」

と鷹揚《おうよう》に祝意を述べる陛下の隣で、あたしは精一杯に王妃ぶり、青褪《あおざ》めた顔でほほえむのがやっとでした。

どうしてこの人はそんなことを平気な顔して言えるんだろう。それもあたしの目の前で。そう思って陛下の横顔を見ても、神のように遠くあわい微笑を浮かべているだけで、心の奥底に秘められた思いに触れることはできません。なによ、国王ぶっちゃって。そのことにあたしはいちばん傷つきました。

「どもーっ、お先っす！」とアルトワ伯はいつもの調子でヘラヘラしているし、「どの競走馬がいちばんにお産に入るのか？」とヨーロッパ中が注目する中で、見事百馬身差ぶっちぎりでゴールに飛び込んだマリー・テレーズの顔つきが以前よりオラッてる気がするのはあたしの思い過ごしでしょうか？（「妊娠すると内から漲《みなぎ》る母性がおのずと顔つきを柔らかくさせる」とか言い出したやつ顔貸せよ！）　マリー・テレーズの姉でプロヴァンス伯妃であるマリー・ジョゼフィーヌと傷の舐《な》めあいをしようにも彼女はあたしよりさらに複雑な胸中だろうし、最近はへたなことを言って醜聞新聞に書かれてもかなわないから発言には気をつけるようにと耳にタコができるほどメルシーから言い含められているので、とりまきのパリピに愚痴ることもかないません。

なによりあたしはこのことをお母さまにお伝えするのが恐ろしくてならないのです。できることならお母さまにだけは知られたくない！　あたしが黙っていたところでいずれはだれかの口から耳に入るのは避けようもないので、しかたなく手紙でお伝えするつもりですが、ほん無理……しょんどいわ……(9)。

お母さまはさぞお怒りになられることでしょう。失望し、呆《あき》れはて、ついには見捨てられてしまうかもしれません――ってここまで書いて気づいたんだけど、あたしが欲しいのは赤ちゃんではなくお母さまからの承認なのかもしれないね？　うわ、マジか。引くわ。自分で自分に引くわ。フランスに来てからどんだけ経ってると思ってんの？　あたしもう十九歳だよ？　いいかげん親離れしろしってかんじじゃん？　幼少期からの洗脳はちょっとやそっとのことでは抜けないってこと？

こんなときこそ陛下とゆっくり時間をとってお話ができたらいいのにと思うのですが、陛下はあいかわらずお忙しそうに動きまわっていて、あたしにかまっている余裕などないみたいです。

「どれだけ仕事に励んでも、どれだけ書物を読んで勉強しても、空《くう》をつかんでいるみたいでなにひとつ自分のものになった気がしないんだよ……」

ごくまれにふたりきりになる時間があっても陛下がお話になるのは国王ぶった意識の

(9)「ほんと無理……正直しんどいわ……」の略。

高い話題や内省的な独白ばかりで、プチ・トリアノン改装計画や宮廷での催し物のちょっとしたアイディアや「冷たい水が飲みたい！」（王妃は自分で水を注ぐことを禁じられているので、喉《のど》が渇いたら何人もの侍女の手を介さなければならず、やっと手元に水が届くころにはその水はぬるくなっているのです）、あたしがお話したいことにはすべて「君の好きなようにすればいい」。

そのくせあたしがちょっとばかし政治のことについて口出ししようとすると、あからさまにいやそうな顔をするのはなんでなんだろう。政治のことっつってもどうせあたしに難しいことはわかんないからあれだよ、ちょっとしたなんていうの、任命？　とか、推薦？　とかそういうこと。

王妃ともなるとあちこちからいろいろ頼まれちゃうんだよねー。ほら、あたし頼まれたら断れない性質《たち》じゃん？　ヴェルサイユではかようなまでに嫌われてしまったけど、本来ならみんなに好かれたい、だれより好かれたいっていう八方美人タイプじゃん？　みんながそんなにあたしをあてにしてくれるなら、「よおし、王妃がんばっちゃうぞ☆」とばかりに腕まくりして期待に応《こた》えたいと思うのはしごく当然のことですよね？

どんだけお道化《ODK》を発揮して場を盛りあげたところで、だれもつなぎとめられないんだってあたしようやく気づいたんです。お義祖父さまも叔母さま方も王太子妃党《ドフィーヌ》なんて言ってた人たちもみんな背中を向けて去っていった。なのに、あたしが王妃になったとたん手のひら返したように寄ってくる寄ってくる誘蛾灯《ゆうがとう》に群がる羽虫のごとくまだらな色した貴族らが。それでもあたし、よかったんです。求められるなら与えてやろう。それでずっとそばにいてくれるならお安い御用だわってそう思ったんです。

とりわけショワズール公爵の処遇については黙っちゃおれませんでした。メルシーにもせっつかれておりましたし、ショワズール自身も復帰を望んでいました。あたしはてっきりデギュイヨン公爵を追い出しさえすればその後釜《あとがま》に座るのはショワズール公爵だろうと思ってたんです。なのにどういうわけだか、陛下はモールパという名のおじいちゃん伯爵（いまにもくたばりそうな！）を相談役として召集されたのです。おやおや、もしやショワズールのことをお忘れなのかな？　このうっかりさんめ☆　とあたしはソッコーで陛下にほのめかしにまいりました。

「陛下、もしかしてもしかしなくてもだれか大事な人をお忘れではありませんか？　ほら、あの、シのつくあの人ですよ。シっていうかショ？　まさかあたしたちの恩人をお見捨てになるなんて――」

「君の言いたいことはわかったよ。検討してみよう」

最後まで言い終える前に、陛下は話を切り上げておしまいになりました。どうしてあのときもったいぶって「シっていうかショ？」なんてふざけたことを言ったんだろうとその後三日ぐらい穴の中で過ごしていましたが、あたしがちゃんと「ショワズール」と口にしたところで結果は変わらなかったかもしれません。

どうやら陛下の中では厳然と一線が引かれているようなのです。たいていのこと――日々の暮らしの些末《さまつ》なあれこれや政治の中枢《ちゅうすう》にかかわらないどうでもいい役職の任命など――は「君の好きなようにすればいい」のですが、ある一線を少しでも踏み越えようものならかたくなに「ノン！」。

これが俗にいう「女は仕事に口出しするな」ってやつなんでしょうか？　専業主婦の母親に「ぼくちゃん、ぼくちゃん」と甘やかされて育ったエリートサラリーマンかなにかですか？　まさか宅の夫がそういう人だったなんてびっくりです！　「妻には家にいてもらいたい」と望むくせに、家庭にまつわるもろもろの相談ごと――町内会の掃除当番や部屋の模様替えや週末に行うホームパーティーの献立について等々――にはいっさい耳を貸さない。そんなくだらない「女の仕事」にリソースを割いてる余裕なんてないから。

ううん、わかっています。一般家庭の夫とフランス国王をくらべるほうがまちがってることぐらいさすがのあたしでもわかってるってば！　「あたしとフランス、どっちが大事なの!?」なんてわざわざ訊《き》かずともそりゃフランスっしょ。その二択おかしいっしょ。フランスと張れると思ってるとかどんだけ図々《ずうずう》しいんだよってことでしょ。

だけどふとした折に、ほんとにそうなのかな？　って思うことがあるんです。だってて日々の暮らしの些末なあれこれの先に国家があるんじゃないの？　国王がまず家族を幸福にしないでどうして国民を幸福にできるの？
――なんてそんなこと、王妃が思っちゃいけないのかな。あ、た、し、はそんなふうには思わないけど、あなたはどう思う？

一七七五年五月二日付け　マリア・テレジアからの手紙

愛《いと》しい娘へ
多くの新聞が毎日のようにあなたの素行を私のもとに届けてくれます。目にするたび、私がどんな気持ちになるかおわかりになるでしょうか。たとえどんな噂を耳にしたところで、娘を愛する気持ちに影が差すことはありえませんが、それゆえ母はあなたが心配でなりません。いっそあなたのことなどどうでもいいと突き放し、親子の縁を切ってしまえればどんなに心穏やかに暮らせるかと思うほどです。
つい先刻フランスから送られてきたあなたの肖像画を見て、卒倒しそうになりました。なんですかあの姿は！　ばかみたいに髪の毛を高く結いあげ、あまつさえ羽根やリボンで飾りつけ、あんなにもごてごてと装飾過剰なドレスを着て、いったいどういうつもりですか？　あなたはフランス王妃なのですよ？　立場もわきまえずあんな女優のような恰好《かっこう》をして恥を知りなさい！

だれもが羨《うらや》む王妃という地位にありながら、そしてまたあなたほどの若さと美貌《びぼう》を持ちながら、どうしてあれほど醜く着飾る必要があるのか理解に苦しみます。簡素なドレスに宝石はひとつかふたつ、あなたにはそれだけで十分です。むしろ美しさがより際立《きわだ》つことでしょう。あなたが率先してバカみたいな恰好をすれば、みながそれに倣《なら》うことがわからないのですか？　あなたのせいでフランスは堕落の一途をたどるのです。どうか王妃らしい装いとふるまいを心がけ、みなの手本となるようつとめてください。

一部の新聞はあなたが浮ついたおべっか使いばかりを近くに置き、思慮深く伝統を重んじるご年配の殿方やご婦人方を遠ざけていると伝えています。それどころか王妃の一存で長く宮廷に仕えてきた名門貴族をないがしろにし、身分の低いとりまきたちに身の丈以上の役職や年金を与えているとまで。

もちろん、ときどきは気のおけない友人たちと気晴らしすることも必要でしょう。しかし、うわっつらだけで友人を選んでいやしませんか？　若さや美貌、一瞬の目新しさやものめずらしさだけで相手の内面を見ようともしていないのではないか。私にはそれが心配でなりません。

それでなくともあなたは享楽的で無分別で自制心のかけらもなく、人の顔色を窺《うかが》い、相手の望みにしたがうことで好意を得ようとするところがあります。おつきあいする人間の選別についてあれこれ口を出すつもりはありませんが、どうかお願いです。耳当たりのいいことばかり口にする追従者《ついしょうしゃ》には耳を貸さず（その者たちの目的はあなた自身ではなく、あなたから与えられる地位や金品なのですから）、相手の実体を見極め、あなたのことをしんから思って苦言を呈する人々のことだけを信じるようにしてください。たとえばこの私であり、メルシー伯爵であり、ヴェルモン神父のような。

そしてなにより私が案じているのは、あなたと陛下が長いあいだ別の部屋でお休みになっているという噂がほうぼうから聞こえてくることです。あなたが陛下をほったらかして遊びまわっているせいでお世継ぎができないというのであれば、アルトワ伯妃の妊娠に心を痛めるあなたに同情する気にもなれません。あなたのつとめはただひとつ、いついかなるときも陛下のおそば近くに控え、良き妻であり良き女友だちであり続けること。そうすれば陛下があなたとは別にお相手を見つけるなどという心配もなくなります。

このまま堕落した生活を続けていれば、いずれあなたは奈落の底に落ちるでしょう。あなたをそこから救うためにいささか厳しいことを書きましたが、愛ゆえの忠告とお受け取りいただけたらさいわいです。決して余計なおせっかいだと思われませんよう願うばかりです。

一七七五年五月二十二日（月）

おせっかいのくそばばあ！！！！

一七七五年六月十一日（日）

今日はランスの大聖堂でルイ十六世の戴冠式《たいかんしき》がありました。この日のためにとベルタン嬢に注文したとっておきのドレス（ふんだんに宝石をちりばめ、ぎっしりと刺繡《ししゅう》を施したメガトン級）を着て式に臨みましたが、あたしに用意されていたのは王の隣ではなく二階の桟敷《さじき》席でした。フランスでは古来より王妃に公的な役割はいっさいなく、聖別式では外野から見物することしか許されていないんだそうです。要するに「女はお呼びじゃねえ」ってこと。あいつら（ってだれ？）がそのつもりだってことぐらい重々承知していましたが、ここまであからさまにやられちゃうとやっぱ腹立つよね！

そんなわけでずっとむすっとしていたんだけど、「王后陛下、どうなさいました？どこか具合の悪いところでもおありですか？」と同じように桟敷席に押し込められた貴族の奥様連中がやたらうるさくて、「そういうんじゃないけど、なんかおもしろくないじゃん」とふてくされて答えていたらなぜかそれが大ウケ。

「儀式が退屈なのはいまにはじまったことではございませんわ」

「いつまでもそんなお顔をされていたらせっかくの美貌が台なしですよ」

「こういう場では嘘でもニコニコ笑っているのが女のつとめでございましょう」

美しい細工の扇を蝶《ちょう》のようにたゆたわせ、女たちがさざめきわらう。その日は朝からバカに暑くてみんな汗だくで、ヴェルサイユから何日もかけてランスまでやってきたから長いあいだお風呂《ふろ》に入っていないのでしょう。強い香水をふりかけても隠し切れない家畜のにおいをまきちらし、お化粧もどろどろに溶け出しているのにみんな笑っておりました。

あたしはちょっとだけ首を傾《かし》げて奥様方にほほえみかえし、疑問を持ったら不幸になるだけ、疑問を持ったら不幸になるだけとおまじないのようになってる言葉を声には出さず唇だけでつぶやき、額に聖油を受ける夫に目を移しました。大粒のルビーやサファイア、エメラルドにダイヤモンドがやけくそのようにてんこ盛りにされたシャルルマーニュの王冠が大司教の手にわたり、恭《うやうや》しく陛下の頭に冠せられるとたちまち歓声が沸き起こりました。

「ああ《オー》、窮屈《セ・セレ》だ」

ちいさなつぶやきはだれの耳にも届かなかったようでしたが、夫の唇が素早く動いたのをあたしは見逃しませんでした。大喝采《だいかっさい》の真ん中で、万力に頭を締めつけられたみたいな顔つきでいる陛下があたしを見あげます。瞬間こみあげるものがあり、ころりと涙がひとつぶ転がり落ちました。そしたらもうだめで、蓮《はす》の葉に弾《はじ》かれた雨粒みたいにころころと目から涙がこぼれてきます。

突然あたしが泣き出したので陛下はすこし呆気にとられたようでした。その場に居合わせた人々は夫の晴れ舞台を目にした妻が感激のあまりこぼした涙だと捉《とら》えたようですが、彼の目にはどう映ったのでしょう。あたしの涙に応えるようにころりとひとつぶ、重たい王冠についたどの宝石よりもちいさな涙を陛下も流しました。

「国王陛下万歳！　王后陛下万歳！」

あたしにはまるで、夫がいけにえにされてしまったように見えました。あたしが望んでここにいるわけではないように、彼だって望んであそこにいるわけではないのです。

「国王陛下万歳！　王后陛下万歳！」

熱狂の渦の中で、あたしたち夫婦だけが静かに見つめあっていました。

一七七五年六月二十二日（木）

ランスから戻ってきてようやく落ち着き、つい先ほどお母さまに手紙――それはもうすばらしく王妃的な――を書き終えたところです。「陛下は戴冠式をご立派にやり遂げられました。感激のあまり私は涙を禁じえませんでした。この戴冠の日を私はおそらく一生涯――百年先だって忘れることはないでしょう」とかそんなかんじの。まさかありのままの感想「戴冠ェ……」を報告するわけにもいかないし、ここはしおらしく従順にお母さまの望むような娘を演じておくほうが賢明でしょう（つってもそのお道化はもはやお母さまには通用しないみたいですけど）。

お母さまへの手紙にも書きましたが、昨年の大凶作で穀物価格が急騰《きゅうとう》し、二ヶ月ほど前からフランスのあちこちで暴動が起こっているのだそうです。実のところランスでは暴徒から石を投げられるんじゃないかとびくびくしてたんですが（いつもより警備も厳重だったような気がします）、住民たちからあたたかく迎えられてほっとしました。オーストリアのお母さまでも知っているぐらいだから王妃の悪評はおそらくランスまで届いていていることでしょう。それにもかかわらず熱烈な歓迎を受けて、戴冠式のときにはいっさい感じなかったほんものの感激にあたしは打ち震えました。できることなら沿道に並んだ善良な民衆《ボン・プープル》一人一人をつかまえてこう言いたかった。

「〝パンがないならお菓子を食べればいいじゃない〟なんてマジで言ってねえから！」

小麦粉戦争の最中に王妃が言ったとされるこのパンチラインが現在フランス全土でバズりまくってるそうですが、マジで！　あたし！！　言ってない！！！　いくら世紀のバッドガールことこの俺でもパンとお菓子の原材料が小麦だってことぐらい知ってるっつーの！

小麦不足がかなりエグそうだってことはヴェルサイユにもなんとなく伝わっています。いつも二口三口かじって残していた朝食のクロワッサンがどうやら使用人たちのあいだで奪い合いになっているそうなので、最近では彼らにひもじい思いをさせないためにダイエットもかねて一口だけかじって残すようにしています（それでもぜんぜん痩《や》せる気配がないのはおやつにお菓子を食べまくってるせいでしょうか……）。ちょっと前から髪にかける小麦粉も控えめにしていますし、「髪粉たっぷりなんてイケてない。いまはうっすら色づく程度に振りかけるのがＩＮ⑽。最高級品のダチョウの羽根で高さを出せばなおよし」とかなんとかファッションアイコンのあたしが言い出せば、みんな右にならえとばかりについてきます。

国民のことを慮《おもんぱか》って流行まで左右させ、小麦粉の消費を少しでも抑えようとしたあたしの功績を無視し、こんなでたらめ記事をでっちあげるなんてひどすぎるって思わない？　それでなくともこのところ醜聞新聞で叩《たた》かれまくってて炎上続きなのにぼんぼん薪《まき》くべんのやめてくんないかな？　アントワネットちゃんの森は燃えに燃えすぎてもはや焼け野原よ！

前にも話したと思うけど、デギュイヨン公爵《こうしゃく》が裏で糸を引いているのは周知の事実です。これはメルシーの調査により判明したことですが、宰相を退任してからも彼はヴェルサイユの目と鼻の先に留まり、日夜あたしを中傷する小冊子《リブレ》やアジビラをせっせと作成していたようです。五月の末にマルリーで行われた観兵式の際、デギュイヨン公爵が指揮する一隊と馬車ですれちがったのですが、たまりにたまった鬱憤《うっぷん》から思わずアッカンベーをしてしまったら、翌週にはソッコーで醜聞新聞の一面にすっぱ抜かれました。

【王妃マリー・アントワネットさまがご乱心。臣下に向かって突き出した舌の赤いこと赤いこと。赤ワインの飲み過ぎか】

は？　だからあたし下戸だって言ってますよね?!　べつにそんな赤くないと思うけど?!　「フランボワーズの食べ過ぎかな……？」って思わず鏡見て確認しちゃったじゃんか！

(10)「最先端」の意。

「気にすることなんてありませんわ。王妃さまはどんと構えていらっしゃればよろしいのですよ」

「そうそう、有名税ってやつですわ」

「たかが醜聞ではありませんか。死ぬわけでもなし、いちいち相手にしていたらキリがありませんよ」

ふわふわひらひらと扇をひらめかせながらとりまきの女官たちがあたしをなだめにかかりましたが、そんなことで気がおさまるはずもありません。王妃だからってどうして黙ってサンドバッグに徹しなきゃならないの？　こんなの死ぬより悪いって思うけど？

「もう我慢の限界です。これ以上あの男の顔を見ると心のダムが決壊してしまいそうなんです。どうかお願いです。デギュイヨン公爵をどこかあたしの目に入らないところに追いやってください」

一方的に殴られ続けるぐらいなら殴り返して相打ちで終わりたい。そう思ったあたしは軍団を引き連れて編集部に殴り込み……もとい陛下に直談判《じかだんぱん》にまいりました（王妃に権限さえあればこんなまどろっこしいことをせずともソッコーで地方送りにしてやれるのに！）。陛下はこの手の話をするときはいつもそうするように、不快の表情を隠しもせずにあたしの訴えを聞いていました。

「どうしてもそれが必要なの？」

いつもと同じように陛下は静かに問いました。

「どうしても！」

あたしが即答すると、陛下は深いため息をついて眉間《みけん》を揉《も》みました。

「これはすべてあの男のしわざなのです！　こんなことを放置するおつもりですか？」

鬱憤とともに溜《た》め込んであったこれまでのでっちあげ記事を並べ、あたしは追い打ちをかけました。いくら陛下があたしが政治に口出しすることを嫌ったところで、ここまで状況証拠が残っているのに沙汰《さた》なしというわけにはいかないでしょう。攻撃されているのはだれあろうフランス王妃なのですから。「陛下、ご決断を！」

てっきりあたしは、陛下は無用な争い事を避けたいんだろうなと思っていたんです。それでなくともデギュイヨン公爵は大物です。現在、陛下の右腕となって宰相の地位についているモールパ伯爵は彼のおじ上にあたります。彼を地方送りにするとなれば大きな軋轢が生じることでしょう。

わざわざ事を荒立てずにあやふやにしておけばそのうちなんとかなるんではというムードがヴェルサイユには蔓延《まんえん》しています。敵国オーストリアからやってきた小娘がそのムードをぶち壊すようなことばかり言ったりやったりして波風立ててるもんだから、事なかれ原理主義者たちからのヘイト(11)を集めるのもそりゃ無理ないなってかんじ。そんな空

(11) 差別的な憎悪の表現や感情。

気の中で育った陛下がこういった局面で日和《ひよ》ってしまうのもしかたのないことなのだと、だからあたしはその瞬間まで思っていたんです。

「……君の好きにすれば?」

もしかしてあたしは大きな勘違いをしていたのかもしれない。ふとそんな不安を覚えたのは、なにかを諦《あきら》めきったようなかわいた声であのかわいそうな人が答えたからでした。水色の瞳《ひとみ》はうつろに透きとおって、すでにあたしを映してはいませんでした。悪事を暴《あば》いてやったという快感は一瞬で消え去り、なにか大事なものが手の内からこぼれていくのをあたしは感じていました。

それから数日もしないうちにデギュイヨン公爵はヴェルサイユから遠く離れた領地に引っ込むことになりました。そのグッドニュースを耳にしても溜飲《りゅういん》が下がるどころか、苦いもやもやがいまも胸に後を引いています。

あたしは正しいことをしたはずなのに、どうしてあたしが裁かれたみたいな、そんな気持ちにならなきゃいけないんだろ。ひらひらした女たちの忠告どおり、ニコニコ笑って殴られ続けていればだれもあたしを責めないのかな?(それこそ死んでるよりひどいって思うけど)

※追記

ランスからヴェルサイユに戻ってくる途中に立ち寄ったルイ・ル・グラン学院で学生の代表——やせっぽちで青白い顔をした黒ずくめの青年から祝辞を受けたのですが、なにか不穏な印象を残す陰気な雰囲気の学生でした。陛下も同じことを思ったのか、わざわざ引き留めて彼の名を訊《たず》ねていました。

マクシミリアン・ド・ロベスピエール。

なにこの世界史のテストに出てきそうな名前！　あーやだやだぞっとする！

一七七五年八月六日（日）

本日、午前三時四十五分にマリー・テレーズが男の子を出産しました。

宮廷のしきたりであたしも分娩《ぶんべん》に立ち会わなければならなかったんだけど、赤ちゃんの泣き声がして、その瞬間はとても感動的でした。これは偽りのないほんとうの気持ちです。おそらく犬や馬の出産に立ち会っても同じ感動をおぼえると思います。自分の立場や境遇、生まれたばかりの子が女児ではなく男児だということに気づくまでのほんの一瞬だけ、喜びは清らかで本物でした。

「しあわせすぎてどうにかなってしまいそう！」生まれたばかりの子を抱いたマリー・

テレーズに「でかした！」とアルトワ伯がキスをし、ルイ十六世は甥《おい》っ子にアングレーム公の称号を授けました。「男の子だ！　男の子が生まれた！」「フランスの子だ」「待ちに待ったお世継ぎの誕生だ！」とろりとした幸福のジャムに浸された部屋の中でだれもが喜びの声をあげながら、弟妃に先を越されたみじめな負け馬がどんな反応を見せるか、一瞬たりとも見逃すまいと目を光らせているような気がしてならず、

「外の空気を吸いにいってくる」

と言ってあたしは部屋を飛び出しました。

中からどっとはじけるような笑い声が追いかけてきて、そんなわけないってわかってるのに、あたしを笑ってるみたいだと思わずにいられませんでした。早足で宮殿内を通り過ぎていくあいだも、すれちがう人々の唇が歪《ゆが》んでいるように見え、祝辞を述べに宮殿までやってきた市場の女たち――大きな花束を抱えていて顔が見えない――の野次が飛んでくる。「そっちはまだなの？」「王の子を早く見せておくれよ」「元気のいい男の子をね！」「子どもを生まないなんて女じゃないね。なにしにフランスに来たんだよ」

居室《アパルトマン》のドアを抜けると、それまで堪《こら》えていたものが一挙にあふれだし、あたしは子どもみたいにうわあああと声をあげて泣きました。ヴェルサイユに来てから数え切れないほど、セーヌ川が氾濫《はんらん》するんじゃないかってほど泣いたけど、今日ほど泣いた日はないと思います。いまも書いてるだけで涙があふれてくる。悲しくて泣いてるわけじゃあ

りません。悔しいときほどあたしはよく泣くんです。十四歳のあの日、ペチコートについた赤いしみが知らないうちにじわじわと広がって、爪《つめ》の先まで真っ赤に染められてしまったような気がする。あたしは――あたしたちはそのためだけに生まれてきたの？

あなただけにはわかっておいてほしい。あたしは打ちひしがれてなんかいないし、マリー・テレーズに嫉妬《しっと》してもいません。ましてや生まれてきた子を呪《のろ》う気持ちなんて欠片《かけら》もない。みんなにそう思われてるってことがただ悔しいのです。あたしたちをとりまくすべてが悔しいのです。「男の子だ、男の子だ！」その喜びが悔しいのです。

一七七五年日付不明　ヨーゼフ二世からの手紙

愛する妹に

使いの者が先ほどあなたの手紙をもってきました。どれだけ私があなたに会いたいと願っているか！　おそらくあなた以上に私はそれを望んでいます。

しかしながら、どうしてあなたがそれほどまでに私の来仏を望まれるのか、それもあなたをとりまく「お仲間たち」にそそのかされた陰謀のひとつではないかと疑わずにはおれません。

愛する妹よ、あなたは自分がどういうことに介入しているのかわかっているのですか？　大臣の首をすげかえようと画策し、だれそれを領地に追いやり、とりまきのおべっか使いたちにあまりある地位を与え、だれそれの裁判に口を出して勝利をせしめ、お気にいりの女官のために出費のかさむ役職を復活させ……あなたはなんの権利があってそんなことをしているんですか？　いいかげんに目を覚ましなさい。あなたにどんな知識があるというのです？　毎日〳〵化粧や新しいドレスやくだらないお遊びにばかりうつつを抜かし、思慮深さの欠片もないあなたがどうして政治に口出しするなどといった奢《おご》ったことができるのか理解に苦しみます。

あなたは陛下の愛と信頼を得るというその一点のみに努力するべきです。これはあなたの義務であり、あなたが持つことを許された唯一《ゆいいつ》の目標でありつとめなのです。陛下の好みをよく探り、そのようにふるまい、陛下とできるだけいっしょにすごすように。陛下決して陛下の邪魔にはならぬようつねに一歩下がって慎み深くほほえみ、母性によって陛下を包み込むのです。

まちがっても政治に関わる話はなさらぬように。人をなにかの役職につかせたり、推薦したりすることもいけません。だれかになにかを依頼されたら楚々《そそ》として「まずは主人に訊いてみないと……」とだけ答え、決して自分の意見など挟み込まぬように（どうせたいした意見でもないでしょうし）。

ついでに申しておきますが、あなたには読書が必要です。若さは永遠ではありません。いずれあなたが年老いて美しさを失ったとき、現在あなたがよすがにしている国民からの愛は大きく目減りすることでしょう。本を読んで知識を身につけ、内面を磨くことで、十年後、二十年後のあなたが花の魅力に頼らずともいられるようになることを願います。美しく賢くやさしく内助の功によって夫を支える。これはすべての女性が家庭において果たさねばならぬ役割なのです。

一七七五年八月三十一日付　マリア・テレジアからの手紙

あなたの義妹が順調に出産なさったとのお報《しら》せ、ありがとうございます。どんなにあなたがつらい思いをしたか、考えると胸が締めつけられるようですが、なんにせよフランスに跡継ぎができたことは望ましいことだと思います。

とはいえ、あなた自身の跡継ぎについて、あなた自身はどうお考えなのでしょう？ずいぶんと手紙での報告がないので、あなたがそれを重要とはとらえておらずあまり真剣に取り組んでいないのではないかと訝《いぶか》らずにはおれません。

戴冠式が終わってからすぐ、メルシーの提言によりあなたと陛下の居室《アパルトマン》をつなげる秘密の階段が設置されたと聞きましたが、その後進展は？　まさかあなたにかぎってそんなことはないとは思うのですが、もしも……

（途中でびりびりに破いて燃やしちゃったので続きは読んでません）

一七七五年九月十五日（金）

なんかもういいや。
なにもかもがどうでもいい。

つかれた〜〜〜

一七七五年九月十九日（火）

おい、だれか音楽かけろ音楽！
パーリーターーーーーーーイム！！！！！！

一七七五年九月三十日（土）

あたしは絶対に絶対に退屈したりしない。

一七七五年十月十日（火）

ウェーイ！　浮かれ王妃のマリー・アントワネットちゃんでぃす☆　今日も髪型キマッてる？　でっしょでしょでっしょ、天才髪結師レオナールの新作よ♡
王太子妃時代とくらべると日々の過ごし方もだいぶ変わって、連日の夜遊び（↑コラw）で「あーやっべえ、ここんとこオール続きでぜんぜん寝てねえやっべえ」な日が増え、あのくっそ面倒だったお着替えの儀式を大改造!!劇的ビフォーアフターしてずいぶんと楽ちんになりました。王妃の着替えを見物したがる貴族たちにはそれがいかに下世話な趣味かを知らしめるように出禁を食らわせることに成功！　ウェーイ！　多少の反発はあったもののあたしはフランス王妃、だれにも止められません。「文句があるならいつでもヴェルサイユへいらっしゃーい！」ってなもんです。

とまあそんなかんじで、王妃になってからちょっとずつ煩雑《はんざつ》なしきたりを簡素化して、以前とくらべたらわりかし自由に、格式ばった窮屈な生活から逃れられています。朝、お風呂からあがると髪結師のレオナールがやってきてあたしの髪をだれよりも高く美しく独創的に結いあげてくれるのが毎日の楽しみ♪　ほんっっっっっと彼って天才！　髪結師などと呼ぶのはふさわしくない、彼はアーティストです。

「モテとかそういうのはいいから、思いっきり前衛《アヴァンギャルド》的な髪型にして！」

とあたしは彼にリクエストしました。

「ほんとうによろしいのですか？」

「モテ髪にしたいんだったら、わざわざあなたに髪をやってもらったりしないわ」

「かしこまりー！」

そんなやりとりののちに爆誕したのが、かの有名な「プーフ」です。

長い髪を逆立てて高く結いあげ、宝石や花や果物やダチョウの羽根で飾りつけ、最後の仕上げに髪粉をふりかける究極の盛り髪。最近じゃ高さを出すため頭の上に鳥かごや船の模型や庭のジオラマなんかを載せるマダムもあらわれるほど。中には生花の髪飾りを萎《しお》れさせないために水の入った瓶を髪の毛の中に仕込む人もいるそうです。「バビロンの塔かよ⁈」とツッコミたくなるほどご婦人方の塔は高くなる一方で、いまでは馬車に乗るのも一苦労。かくいうあたしも調子こきまろすぎて、シャンデリアに髪を引っかけてデストロイしてしまいました(・∀・)「なんとけったいな！」と老人たちは怒り、「ガン萎《な》えするわ……」と殿方は嘆き、そびえたつご婦人方のヘアスタイルを指して「男性器のメタファーだ」なんて言いだす髭《ひげ》を生やした評論家のおじさんまであらわれちゃったんだから、この騒ぎがいかほどのものかおわかりいただけるわよね？　最&高&潮！！！

もう一人、ファッションアイコンとしてのあたしを支えてくれてる〝モード大臣〟ベルタン嬢のことも忘れてはなりません。レオナールが髪を結い終わるのと入れ違いにベルタン嬢はヴェルサイユにやってきます。貴族のご婦人方を追い出して、第三身分のベルタン嬢を私室に招き入れるなんてことはヴェルサイユでは前代未聞《ぜんだいみもん》のようでしたが、「知らんがな」とばかりに大改造‼劇的ビフォーアフターをかましてやりました（これがまた一部で「王室の権威が下がる」とひんしゅくを買っているようですが、それこそ「知らんがな」です）。

「これまで王后陛下がお召しになってきた目もあてられないほど野暮ったいドレスはすべて始末なさってください。代わりにわたくしが王后陛下の美貌をより際立たせ、より洗練されて見えるドレスをご用意いたしますわ。わたくしと王后陛下でモードに革命を起こしましょう！」

　はじめて会った日に彼女はあたしに向かって傲然《ごうぜん》と言い放ちました。この王妃を王妃とも思わぬもの言いに、そばに控えていた女官たちが「失敬な！」と目を剝《む》いていましたが、もの怖《お》じせずに言いたいことを言い、上昇志向の強いギラギラ《grgr》したこの新進デザイナーをあたしは気に入りました。いまの時代、男の力を借りずに女がのしあがっていこうと思ったらこれぐらいのバイタリティがなければつとまらないでしょう。ベルタン嬢は賢く才気あふれるデザイナーで、だれより自分の作り出すものに誇りを持っています。彼女の夢にあたしは乗っかることにしました。

「あたしはあなたのいちばんのパトロンで、いちばんのミューズになれると思うわ」

　すんなりと伸びた細い首、長い手脚。フランスに来てから身長もだいぶ伸びましたし、どんな色のドレスにも映える白く透きとおった肌、重力を感じさせない優雅な身のこなし、神より賜ったこれらの美点は、ベルタン嬢のモデルになるために用意されたのかと思うほどです。どれだけ前衛的な意匠を凝らしたドレスでも、モデルのあたしがなんなく着こなしてしまうので、貴婦人方の憧《あこが》れを集めずにはいられないのです。あたしたちは無敵で最強の二人組でした。

ベルタン嬢が今年発表した「ポーランド風ドレス《ローブ・ア・ラ・ポロネーズ》」はこれまでの重たく窮屈な「フランス風ドレス《ローブ・ア・ラ・フランセーズ》」から女たちを解放し、モード革命と呼ぶにふさわしい大事件でした。ずるずると引きずるようだったスカートはくるぶしが見えるほど大胆に短く（足首見せたほうがエロかわいくなーい？）、際限なく横幅を増していきそうだったシルエットをきゅっとコンパクトに（万里の長城かよってかんじだったもんね？）、かわりにスカートの後部にボリュームを持ってきてエレガントでスタイリッシュなシルエットを実現させせました（しかも動きやすい！）。まさに女による女のためのドレス、めっちゃレボリューション！　ベルタン嬢の素晴らしいところは実用性とデザイン性を見事なバランスで両立させているところです。軽やかさと優雅さを兼ね備えた斬新《ざんしん》なカッティングはとくに若年の女性たちから圧倒的な支持を得て大流行しました（叔母さま方をはじめとする「諸世紀《シエクル》」の老婦人たちは、いまだに旧来のドレスにがんじがらめにされて抜け出せないでいるみたいですが）。

いつだったか、ベルタン嬢が持ってきた新しい布地を見せてもらっていると、ちょうどそこに入ってきた陛下が仰《おっしゃ》いました。

「なんだよ、それ。まるでノミの色だな」

その瞬間、ベルタン嬢の目が「イケる、イケるでこれ！」と狡猾《こうかつ》に光ったのをあたしは見逃しませんでした。ベルタン嬢にはとにかくなんにでも――ドレスや髪型、色にまで――名前をつけずにいられないというこだわりがあるのです（「隠された欲望風ドレス」「感傷的な結い髪《サンチマンタル》」「王太子の糞《カカ・ドーファン》」等々）。そうしてその新色――なんとも魅惑的な褐色がかった紫色は「ノミ色」と名付けられ、今年いちばんの流行色となりました。この「ノミ色」ブームはしばらく続きそうです。この後も「ノミの腹色」「ノミの背中色」「ノミの頭色」が控えています。天才デザイナーにうっかりインスピレーションを与えてしまった陛下は「聞いてるだけでかゆくなる！」と頭を掻《か》きむしっていますが、たとえフランス国王であろうと女たちの狂騒を止められはしません。

「また新しいドレスを新調するのですか？　王太子妃時代とくらべて服飾費が倍増していることをご存知ですか？　いくらなんでもベルタン嬢からの請求額は法外です！　フランスを破産させるおつもりですか？」

最近、顔を合わせるたびにメルシーからは説教を食らっています。

「ちがうの！　新しいドレスを一枚作ったとするじゃない？　そうなると、そのドレスに合う靴やリボンや帽子や扇やストッキングや手袋や羽根飾りやベルトやアクセサリーやパラソルやステッキやマントが必要になってくるじゃん？　ベルタン嬢のドレスは個性的でアクが強いから手持ちのアイテムとは合わせづらいし、モードはくるくるめまぐるしく変わっていくからそのたびに小物もぜんぶ揃《そろ》えなくちゃならないの。ベルタン嬢は一流でしょ？　そんであたしは超一流でしょ？　一流にふさわしく一流の素材しか使わないから値段がはねあがるのは当然よね？　ベルタン嬢はこれまでのおしきせのデザイナーとはちがうのよ、芸術家なの。これは王妃の重要な役割のひとつ、文化支援《メセナ》なの！」

とそのたびに必死で説明するのですがなかなか理解は得られません。

「正気ですか？」とメルシーはドン引きを隠そうともせず青ざめた顔であたしを見ます。「流行ってなんですか？　芸術とは?!　あの身の毛もよだつような名前のついたドレスがそんなにいいものですか？　あのとち狂ったクリスマスツリーみたいな髪型が?!　この財政難に王妃が大っぴらに着道楽――それもあんなとんちきな！――に励んでいらっしゃるなぞ、オーストリアのマリア・テレジアさまもお嘆きですぞ！」

お母さまやメルシーにかかれば、一流アーティストの傑作も「狂気の沙汰」になるんだからこっちが「正気ですか？」と訊《き》き返したくなります。こんな人たちになにを言われたところであたしの心は揺らぎません。固定観念にガチガチになって新しいものを受け入れようとしない老人に流行なんてわかるはずがないもの。最前線にいる人間はいつだって周囲の理解を得られないものです。その孤独をあたしは喜んで享受《きょうじゅ》します。

本来、宮廷に出入りする業者は外の仕事はいっさいしてはならないというしきたりがあるようなのですが、とんでもない！　こんな埃《ほこり》をかぶったようなヴェルサイユ宮殿にレオナールとベルタン嬢、二人の偉大な天才を閉じ込めておくなんて神がお許しになってもあたしが許しません。

それにいまの時代、流行はストリートから生まれるものです。彼らにはパリで腕を磨いてもらい、ストリートからさまざまなものを吸収してあたしに還元してもらいたい。そのかわり最新スタイルの優先権はあたしにあること、あたしがそれを始めてから二週間は絶対に他の人に真似《まね》させないことを彼らにはきつく言いつけてあります。

だってみんなと同じはヤなんだもん！

昨日まで超イケてると思ってたものが、みんながするようになったとたん色褪《いろあ》せて見えてしまう。そういうことってない？　人によってはみんなと同じでなければ不安という人もいるみたいだけれどあたしはヤ！　二週間経《た》ってみんながそのスタイルを真似するころには新しいスタイルが生まれているというのがあたしの理想のサイクルです。この宮殿でだれより注目を浴び、光り輝く存在でなければ気が済まないのです。まあ、あたしよりうまくドレスを着こなせるご婦人はこのヴェルサイユにはいないので、同じスタイルをしててもいやでも目立っちゃうんですけどね。

あたしたちが次から次へと生み出す最新ファッションに振り落とされまいと多くのご婦人方が借金を重ねているという話をこのごろよく耳にします。それでなくとも高価なダチョウの羽根飾りは空前の大ブームで高騰を続けているようですし、あたしのグラビアが掲載されたファッション誌は飛ぶように売れ、あたしに似せて作らせたマネキンはヨーロッパ中のファッションピーポーたちから注目の的になっているそうです。

「ファッションで天下取ったる！」というあたしたちの夢はわずかな期間でここまで来ました。「この景色が見たかった」と目を潤《うる》ませるあたしに、「もっと高みまでごいっしょしますわ」とベルタン嬢が応じます。初の武道館公演の舞台袖《そで》での一幕かよってかんじですが、ついついエモくなってしまうのはご愛敬《あいきょう》。

最近あたし思うんだけど、ファッションのことで頭をいっぱいにしている女が軽薄だなんていったいいつだれが決めたんだろうね？　もともとそれはあたしの中にもあったものなんだけど……美しく着飾って男の添え物になっているだけなんてむなしい、デュ・バリー夫人のようにだけはなりたくない、それこそ「女の仕事」じゃないか——ずっとそんなふうに思っていました。だけどあたしは知ってしまったんです。装《よそお》うことのプリミティブな喜びを。

あたしが起きて最初にすることはその日着る服を選ぶことです。目覚めるとすぐにワードローブの生地見本帖《ちょう》と針山がベッドに届けられるので、礼服と午後の略服、夕食のための正装に針を留めておく。すると衣装係が指定したドレスとそれに合わせた小物一式をそろえて籠《かご》に入れ、部屋まで届けてくれるのです。

今日のドレスはどんな色にしよう？　毎朝あたしはわくわくしながら作業に取りかか

ります。気が向いたら小物で遊んでみることもある。靴やリボンはドレスと同じ色で揃えるのが定石だけれど、ここはちょっとはずして抜け感を。完璧《かんぺき》なスタイリングができた日の弾むような足取り。爪の先までみなぎる恍惚《こうこつ》。この斬新な色合わせ。「見て！みんなあたしを見て！」失敗した日はすぐにでも部屋に引き返してそのまま閉じこもっていたくなるけど、つまりそれってファッションには大きな魔力があるって証明でしょ？　はっと目をひくテキスタイル、気が遠くなるようなレースの緻密《ちみつ》さ、波打つシルクのぬめりとした手ざわり。それはもう官能的で魔法的！　このときめきをどうやったら伝えられるだろうとあたしたちは毎日真剣に頭を悩ませているのです。この悩みが取るに足らないくだらないものだとかほざくやつは俺がヌッ殺……じゃなくて、えっと、えっと、ファッション中毒者《アディクト》として断固抗議します！

あたしはマリア・テレジアのような女傑じゃないし、政治のことなんかこれっぽっちもわかりません。わかんないけど、女だからって外野にまわされるのには苛立《いらだ》ちを感じる。「女は女のやり方でうまく立ちまわって男を操縦しろ」なんて発想はもっといや。シンプルじゃないし汚らしいし男も女もバカにしてる。

だけどこれはちがう。主導権はあたしの手の中にある。あたしがあたしであるためにあたしにはこれが必要なのです。「そんな格好してたら男ウケ悪くなるよ」って？　うるせーバカ！　なにを着るかはあたしが決める。だれにも左右させたりしない。この国の女たちもいずれそうなる。世界中の女たちがそうなる。

ファッションで世界は変わる。あたしが変えてみせる。

一七七五年十二月十四日（木）

はーい、両刀使いで有名な王妃マリー・アントワネットちゃんだよ！　サヴァ(12)？

デギュイヨン公爵を追放しても王妃の醜聞を書きたてる新聞は後を断ちません。裏で糸を引いてるのはだれかって？　おっといけないぜお嬢ちゃん《マドモワゼル》、ハンパな好奇心は破滅のもとだ、これ以上近づいたら火傷《やけど》するぜ……（訳：マジやばい案件なんで口が裂けても言えません）。

最近巷《ちまた》でいちばんＨＯＴなのは王妃のソドミー趣味についての流行《はや》り歌です。

【ソドミー】同性愛や獣姦《じゅうかん》など、自然に反した性愛。旧約聖書の創世記に登場する悪徳の都市ソドムより。

(12) フランス語で「元気？」の意。

さて、どこからツッコもうかな？？？（腕まくり）

前々からあたしと陛下の夫婦生活《FFS》がうまくいっていないということは格好の醜聞ネタになっていましたが、火のないところに煙は立たぬといいますか、いくらかの誇張はあるもののすべてがでっちあげとは言い切れないものでした。というか火を熾《おこ》そうともしていないということが醜聞ネタになるなんてどういうこと?!　ってかんじですよね。ほっといてよ！　セックスレス夫婦なんてそんな珍しいもんでもないでしょ?!（と荒ぶっていたら、「お二人は国王夫妻で、お若いのにまだ一度も完遂されていないので問題にされるのです」とメルシーから言われてしまいました。マジレスェ……）

夫が不能だから王妃は悶々《もんもん》として、とりまきのグッドルッキングガイ《GLG》と夜な夜な乱交パーティーをしている、中でもアルトワ伯とはフランスに嫁いできた直後からセフレの関係だという報道もありましたが、こちらはあまりにも荒唐無稽《こうとうむけい》すぎて笑ってしまいました。アルトワ伯とかｗｗｗ　ねーわｗｗｗ　王妃が外出するときは王室の男性のエスコートが必要だというしきたりがあるので、しかたなくあちこちアルトワ伯と連れ立って出かけているだけでマジねえから！　他のだれかとなにかあったとしても、あいつだけは万が一にもありえないから！

それにしても、いったいどんだけ性欲旺盛《おうせい》だと思われてるんだろ？　あたしにはいまだにそれがどこにあるのか、どんな形をしているのかもよくわかってないのに。たぶん彼らはあたしを一人の人間だと思いたくないんだろうね。王妃の皮をかぶった謎《なぞ》の巨大生物だと思っていれば気が楽だし、いくらでもサンドバッグにできるんでしょう。

このごろではあたしがお気にいりの女官を部屋に招いてレスボス島のサッフォー(13)のような「アブノーマル」な快楽に耽《ふけ》っているとこぞって新聞が書き立て、ついには流行り歌にまでなってしまいました。これについては心当たりがあるにはあって、ちょっと説明が難しいんだけど——ってちがう、ちがう。肉体的なにかがあるってわけじゃなくて！　そこんとこは誤解なきよう。何度もお伝えしてきましたが、このヴェルサイユには監視の目がそこらじゅうにあって、お風呂《ふろ》やトイレにいくのも人目を気にしなきゃなのに、どうすればお愉《たの》しみにふけるチャンスが持てると思う？「アブノーマル」でもなんでもやれるもんならやりたいですけどね！

あたしのお相手として噂《うわさ》されている一人は、あなたにはもう何度もお話ししているランバル公妃です。このたびあたしは彼女を宮中女官長に任命しました。これは王妃の生活全般をとりしきる総責任者で、序列でいえばあのノワイユ伯爵夫人をしのぐものです。長らく廃止になっていたこの役職を復活させるにあたり、宮廷内でさまざまな物議をかもしましたが（「権力が強大すぎる」「俸給が高すぎる」「ランバル公妃にはつとまらない」等々）、いちばん鮮烈な反応を見せたのはだれあろうノワイユ伯爵夫人でした。い

(13)「レズビアン」の語源となった女性詩人。

まさらランバル公妃の下で働くのはプライドが許さなかったのでしょう。「そんなことなら、わたくしは女官長を辞させていただきます」と憤慨したように申し出て、あたしのもとから去っていきました。自分がいなけりゃこの店はまわらないとかんちがいしたバイトリーダーが、若くてかわいい学生バイトばかりちやほやする店長（店で唯一の正社員）への腹いせに「今日でやめます！」とヒステリーを起こしたようなかんじでしたが、正直みんなあの意識の高さについていけずバックヤードの空気が殺伐としていたので、ちょうどよかったのかもしれないとマリー・アントワネット店長は思っているところです。

　身近に小うるさくやいやい言う人がいなくなって、この夏あたしたちはまるで秘密の花園で暮らす無邪気な乙女のように自由気ままに過ごしておりました。太陽がのぼりきってから目を覚まし、ベッドの中でナイトシャツのままフルーツとお菓子をつまみ、「そんな気分じゃないの」と公式行事をぶっち[14]して、部屋に籠《こも》ってきゃっきゃうふふふ……汗をかいたら好きな時間に水浴びをして、物語の登場人物を勝手にカップリングして妄想に耽ったり……（あたしはＹＡＯＩガールというわけじゃありませんが、シェイクスピアにはなんらかの波長を感じずにはいられません！）。

　しかし、この甘やかで密《ひそ》やかな遊戯は長くは続きませんでした。

「わたくしたち、ずっとお友だちでいられますわよね？」

あるとき、ふいに、ランバル公妃がこんなことを言いだしたのです。

「重っ！」

とさすがに口にはしませんでしたが顔には出てしまったようで、「いいえ、なんでもないんです。どうか忘れてくださいませ」と恥じ入るようにランバル公妃は発言を撤回し、何事もなかったようにふるまおうとしました。でも、もうだめでした。

自分でも薄情だと思うのですが、こういうの、あたしほんと無理なんです。「ズッ友⒂だょ❤」契約っていうか束縛？　いとしいだれかの柔肌に烙印《らくいん》をおしあてるようなこと。それがあたしにはおそろしい。いまこの瞬間あふれんばかりの愛情があったとしても、次の瞬間にはどうなっているかわからないではないですか！　あたしはそんなに自分を信用していないし、他人も信用できません。それでなくともランバル公妃は感じやすく、あたしには少々持ち重りのする人です。口にするのにさぞ勇気がいったことでしょう。それでも言葉にして確認せずにはいられない、その執着があたしはこわいのです。

王妃のもう一人のお相手と噂されているポリニャック伯爵《はくしゃく》夫人が目の前にあらわれたのはその直後のことでした。もともと彼女のことはなんとなくだけど認知してはいたのです。花のように可憐《かれん》な美貌《びぼう》を誇っているのに、お気の毒なことに2シーズンも3シーズンも前のドレスを着ているのでいやでも目立つのです。劇的にドレスのシルエットが

⒁　正当な理由なく休むこと。　⒂「ずっと友だち」の意。

変わったこのころではなおのことで、「アウトレット伯爵夫人」と宮廷人のあいだでは笑いものになっています。陰で笑われていることを知ってか知らずか、めったに宮廷に顔を見せないポリニャック伯爵夫人が、この秋フォンテーヌブローで開かれた音楽会にめずらしく顔を出しました。

「ずいぶんとご無沙汰でしたね。どうして頻繁に顔を見せてはくれないのですか？」

彼女が披露した歌声があまりにすばらしかったので、あたしは近くに呼び寄せて話しかけました。レオナールのサロンに通うお金すらないのか、その日の彼女もひどく流行遅れのスタイルをしていました。

「はあ、まあ、なんと言いますか……」

ポリニャック伯爵夫人は心ここにあらずといった風情《ふぜい》でふらふらとあちこちに視線を飛ばしながら、

「こんなこと、王后陛下にお話しするようなことじゃないのかもしれませんが、宮廷に一回顔を出すにもかなりのお金がかかるのでそんなしょっちゅう来るのは厳しいっていうか、ぶっちゃけ必死にお金をかき集めて来たところでわたくしども程度の身分ではたいしたうまみもありませんし……」

あまりにくだけたポリニャック伯爵夫人の口調に周囲にいた女官たちがざわつきましたが、むしろあたしにはそれが新鮮に響きました。ベルタン嬢のときもそうだったけど、

「その火を飛び越えてこい！」(16)ってかんじ？　ランバル公妃みたいに悲愴な面持ちでやられるとガン萎えするけど、軽々と垣根を乗り越えてこちら側にきてくれることをあたしは望んでいるのかもしれません。

「そろそろ田舎に引きこもっておとなしく暮らそうかなーなんて最近、夫と話してたとこなんです。我々には華やかな宮廷など分不相応だったんだなーって」

なによりあたしは、彼女の率直で飾らないところに興味を引かれました。あけすけなのに卑《いや》しいかんじがしないのは、持って生まれたほんものの気品のおかげでしょうか。どれだけ由緒《ゆいしょ》ある家柄だろうと、贅沢《ぜいたく》な身なりをしていたとしても、卑しく下品な貴族はごまんといます（アルトワ伯をご覧あそばせ）。借金に借金を重ねてまで新しいドレスや装飾品、六頭立ての馬車を誂《あつら》え、宮廷舞踏会が開かれればなにはなくとも駆けつける……そんなふうに体面を保ちつづけた結果、首がまわらなくなって破産する貴族も後を断ちません。一見、華やかなようでいてみんな張りぼて、嘘《うそ》っぱちなのです。いけすかない気取り屋であふれかえる宮廷に、突如湧《わ》いたこの清らかな泉にしばらくあたしは浸ってみたいと思いました。

「だめよ。田舎に引きこもるなんてあたしが許さない。あたし、あなたみたいな人をず

(16) 三島由紀夫『潮騒』で、村の有力者の娘・初江が想い合う新治にむけて「その火を飛び越して来い」と言った。

っと待っていたような気がするわ」

「えっ、そんなこと言われてもぉ、先立つものがありませんしぃ……」

「心配しなくていいのよ、あたしにまかせて！　そうと決まったらヴェルサイユに引っ越していらっしゃい。あなたのために特別いい部屋を用意するわ」

彼女が動くたびしなやかに揺れる豊かな褐色《ブルネット》の髪に、世をすねたようなつんとした青いまなざしに、トゥンク……トゥンク……胸がときめくのをあたしは止められませんでした。

あなたのATMに俺はなる！

王妃の鶴《つる》の一声（っていうか推し変[17]）で、没落貴族のポリニャック伯爵夫人は宮廷の中央に躍り出ました。まさに十八世紀のシンデレラ！　こんな理不尽な贔屓《ひいき》があっていいはずがない、と他の貴族たちからの反発は凄《すさ》まじく、それでソドミーだのなんだのといわれるようになってしまったのでしょう。ポリニャック伯爵夫人は欲深く利己的な悪女で、王妃から賜る恩恵が目当てで近づいただけだと忠告してくださる親切なマダムも多数いらっしゃいましたが、そもそもの話それが目当てじゃない人間なんてこの宮廷にいるの？　みんなあたしが王妃だから近づいてくるんでしょ？　だれもがケーキの分け前を欲しがっていることぐらい承知しています。ならばあたしはあたしの好きな人にメガ盛りケーキをふるまうまでのこと。あたしはあたしを好きな人が好き。あたしに関心のないつめたい横顔はもっと好き。あたしが夢中になるのはそういう人ばかり……。

その日からあたしは片時もポリニャック伯爵夫人のそばを離れることができなくなりました。いつどこへ行くにも連れ添って腕を組み、「いちいち大げさなのよ」「愛を囁《ささや》きあってるときにいきなり歌い出されたら笑っちゃうわ」オペラを見ながらおちょくるようなことを言ってくすくす笑い、「あの殿方がすてき」「あら、わたくしはあっちのほうが」「あの二人、これからどこかへしけこむ気よ」オペラ座の舞踏会ではＶＩＰ席から高みの見物を決め込む。決して口数が多いわけではないけれど、ぽつりぽつりと放つ一言一言に驚かされ、笑わされ、うっとりとさせられる。彼女は一瞬たりともあたしを退屈させないのです。

国庫から莫大《ばくだい》な年金が支払われるようになっても、ポリニャック伯爵夫人はあたしのフォロワーになったりはせず、自分なりのアイディアでおしゃれを楽しんでいるようでした。トレンドなど関係ない、彼女には確固たるスタイルがあるのです。それが余計にあたしの胸を焦《こ》がします。最初は野暮ったく見えていたポリニャック伯爵夫人のスタイルが、とびきり洗練された個性的なものに見えるまでに時間はかかりませんでした。ポリニャック伯爵夫人が身につけていたような房飾りがほしい、ポリニャック伯爵夫人と同じ色のドレスがほしい……。あたしが真似をしはじめると、ポリニャック伯爵夫人は

(17)「推し変更」の略。アイドルグループなどで最も応援するメンバーを変えること。

あっさりそのスタイルを放り出してしまいます。「もう好きじゃなくなっちゃったの」と言って。

　追いかければ追いかけるほど逃げていく。彼女の歓心を買うために彼女の夫や一族に役職を与え、彼女のために特別なパーティーを開き、おそろいの装飾品をプレゼントしても、彼女がふりむいてくれることはありません。これではどちらが王妃だかわかりません。「あたしたち、ずっと友だちだよね？」危うく口をついて出そうになるこの台詞《せりふ》をいったい何度飲み込んだことか！　彼女といると、あたしは王妃ではなくただの女の子に戻ってしまうようでした。ランバル公妃との少女趣味な戯《たわむ》れとはちがう、刺激的で魅力的なこの女友だちに対し、あたしはほとんど恋情に近いあこがれを抱いていたのです。

　恋と友情のさかいめはどこにあるんでしょう。肉体関係の有無？（それならあたしは夫ともお友だちってことになりますね／(^o^)＼　ひんやりとすべらかな彼女の手に触れたり、ふとした折に体が重なってやわらかな弾力にはじき返されたり、すみれの花のほのかなにおいを胸元から感じたり……そんな瞬間〳〵に性的なときめきを引き出されてどきりとするのはおかしなことでしょうか？　シェイクスピアの物語からなんらかの波長を感じるのは異常なこと？（「ＹＡＯＩガール」には父性が欠如している」とかなんとかどこかのメガネの評論家がいかにも言いそうですよね！）

　っていうか、そもそもソドミーのなにが悪いの？　ギリシャ神話にだってめっちゃ出てくんじゃん。娼婦《しょうふ》のときもそうだったけど、そのへんがあたしよくわかんないんだよね。そういうことになってるから、みんなそういうふうに思い込んでるってだけのことじゃなくて？　なにが「ノーマル」でなにが「アブノーマル」かなんていったいだれが決められるっていうの。あんたは神様かってての。奢《おご》ってる。奢りまくりマクリスティ。だいたいさー、「自然に反する」ってなによ？　子どもを産まない女は生きる価値なしってこと？

　ま　た　そ　れ　か　！

　くっそたるくてやってらんないからポリニャック伯爵夫人を誘ってパリの仮面舞踏会で憂《う》さァ晴らしてきまーす♪

一七七七年一月二十七日（月）

たいへんです！　時間泥棒があらわれました！　気づいたらあたしの一年が奪われて

いたのです！　よって日記がまるっと一年飛んでいますが、落丁ではありませんのでご心配なく。時間泥棒があらわれたのです!!

　この空白の一年間になにをしていたかっていうと……なにも思い出せません。「そんなバカな」とあなたはおっしゃるでしょうが、ほんとうにありのまま起こったことを話しているんです！　時間泥棒があらわれたんです！！！

　寝食忘れてなにかに没頭するってこと、あるじゃないですか？　ゾーン入ったってやつ？　ドラクエやＦＦの新作が出たときとか、６シーズンも７シーズンもある海外ドラマにはまったときとか、ネットの炎上に巻き込まれたときとか、都市伝説かもしれないけど筆がのりにのって原稿を書く手が止まらない小説家とか?!

　ずばりあたしの一七七六年はそれでした。

　いったいなににそんなにはまってたんだって？　えっ、すいませんちょっと言ってる意味わかんないです。えっ？　えっ？

　――って言い逃れしようとしても無駄ですよね……。えっと、その、あたしがはまっていたのは、いわゆるひとつのなんていうの？　賭《か》け事？　みたいなかんじのやつっていうか……。

　あー、もうわかった、わかったってば！　このことについては陛下からもメルシーからもお母さまからもさんざん説教を受けてるからこれ以上、ありがたーいあなたのお説教など聞きたくありません。

「他の者たちが賭け事をするのは勝手だが、我々がするとなると国民の金を賭けることになる。あまり褒められたものではないね」

いつもあたしのやることなすこと黙認されていた陛下（そもそもあたしに興味がないって説も）がめずらしく訓戒をたれたので、たぶんガチめにあかんことなんだと思います。それはわかっているんです！　わかっちゃいるけどやめられない、それが人生ってものじゃありませんか？　人間の業《ごう》ってやつなのでわ?!

あたしだってほんとはやりたくないんです。夜を徹してゲームに興じ、へとへとになってベッドにもぐりこむ瞬間には「もう二度と賭け事なんてやらない！」と思っているんです。なのに、どういうわけだか翌日もゲームのテーブルについている。あれっ、あれっ、と最初は自分でもびっくりしてるんだけど、ひとたびゲームを始めてしまうともうだめ。ぼうっと頭がのぼせたようになり、気づいたら何時間も経っている。一晩で一万リーブル負け(18)ることとなんてしょっちゅう。負けがこむほど、妙な高揚感に支配されてやめられなくなるのです。大丈夫、次がある次がある……ここで降りたら負け、ここで降りたら負け……次で取り返せばいいんだから……ざわ……ざわ……ざわ……(19)。

（18）現在の約五百万円に相当する。（19）福本伸行の漫画『アカギ』『カイジ』などに頻出する表現。周囲が尋常ではない雰囲気になったことなどを表現する擬音。

ちがうの！　それでも最初のうちはつきあい程度でおさめておくことができたんです！　だけど……。

「えーっ、もう降りちゃうんですかぁ？」

おねだり上手なキャバクラ嬢の手管でポリニャック伯爵夫人があたしを引き止めにかかるのです。王妃さまったら臆病《おくびょう》なんだから、なにをそんなに恐れてらっしゃるの？　わたくしはなんにもこわくありませんわ、どうせ最初からなんにも持ってなかったんですもの。おかわいそうなマリー・アントワネットさま、いろんなものにがんじがらめにされて。早くこちら側にいらっしゃいな。なにもかも忘れて楽しみましょうよ。退屈するのがこわいんでしょう？

あたしはポリニャック伯爵夫人に失望されたくなかったのです。つまらない女だと思われたくなくて豪気を見せつけたかったのです。キャバクラ嬢にいいところを見せたくてハッスルするシャッチョーさんとなんにも変わらないのです。

悪魔的、あまりに悪魔的なささやきに誘われて深い森に分け入っていくと、ある一定のラインを超えたところであのびりびりがやってくる。不安も苦しみもどこかへ消え去り、享楽だけがその場を支配する。「いったれいったれー！」だんじり野郎の面目躍如です。いったんこうなってしまうといくら負けているのか、いま何時なのか、そんなことはなんにも気にならなくなります。この場では後先など考えない愚かな浪費家のほうがクールで、堅実で真面目《まじめ》な蓄財家は臆病な吝嗇《りんしょく》の誹《そし》りを受けるのです。あるときなど、三十六時間ぶっ続けでゲームに興じていたあたしたちを見て、

「とても正気の沙汰《さた》とは思えない……」

と陛下は唖然《あぜん》とされていました。

あたしはにっこりほほえんでこう答えました。

「ゲームをしていいと許可してくださったではないですか。ただし、いつまでにやめろとはおっしゃらなかったわ。だから好きなだけ遊んでいたのです」

いつごろからでしょう。あたしは陛下に嫌われることがこわくなくなりました。どうせ軽蔑《けいべつ》されているのならもっと軽蔑させてやろう。陛下のお嫌いな軽薄な宮廷人になってやろう。どこかでそんなふうに思っていたのかもしれません。偽悪的なあたしのふるまいを、けれど陛下はいつもきれいに受け流してしまわれます。どれだけけしかけても陛下がこちら側にきてくれることはありません。ただちょっと顔をしかめて嫌悪感《けんおかん》をお示しになるぐらいで、最後にはいつも「君の好きなようにすればいい」。

一七七六年にあたしは宝石商のベーマーから大きな買い物を二つしました。最初は四十六万リーブルのダイヤモンドのイヤリング。手持ちの宝石を売ってそれを支払いにあてようと思ったのですが、ぜんぜん足りなくて残りは分割で支払うことになりました。当初のうち、この買い物のことをあたしは陛下にないしょにしていたのですが、その半

年後に二十五万リーブルのブレスレットがどうしても欲しくなり（だってポリニャック伯爵夫人が「あら、すてき♡」って褒めてくれたんですもの！）、それでしかたなく借金を申し出たところ、陛下はなにも言わずにローンを清算してくださいました。

「すてきな旦那《だんな》サマですわね♪」

とポリニャック伯爵夫人は軽い調子で笑っていましたが、あたしはなにか釈然としませんでした。胸にすきま風が入り込むような漠然とした心もとなさをおぼえながら、そこから目をそらすためまたゲームに明け暮れる……。

どれだけ負債がかさんだところであたしにとってそれはただの数字です。毎月の支払いも、賭博《とばく》でこしらえた借金もサインひとつで魔法のようにどこかへ消えていくのですから。財務大臣やメルシーにチクチクなにか言われることはあっても請求書と同じで右から左へ流れていく。お金を使うことにあたしはもはや恐怖も快楽も感じません。お金を使っているという実感すらないんだから当然です。すべてはシャンパンの泡のうちに消えていく……。

そのようにしてあたしの一七七六年はどこかへ消えたのです。

一七七八年四月二十日（月）

たいへんです！　時間泥棒があらわれました！　気づいたらあたしの一年が奪われていたのです！　よって日記がまるっと一年飛んでいますが、落丁ではありませんのでご心配なく。時間泥棒があらわれたのです!!

この空白の一年間になにをしていたかっていうと……ほんとにいろんなことがありすぎて記憶が曖昧模糊《あいまいもこ》としていますが、ひとつ言えることがあるとすれば、あたしのおなかにはいま赤ちゃんがいます。「は？　なにその超展開？」とあなたはおっしゃるでしょうが、ほんとうにありのまま起こったことを話しているんです！　時間泥棒があらわれたんです！！！

とりあえずこれだけは断っておきますが処女懐胎《SJKT》ではありませんからね！　さしものマリー・アントワネットさまもさすがに処女懐胎は無理ですわ！　正真正銘、陛下とちゃんといたした結果できた子です。

ほんと話が飛び過ぎてびっくりですよね。大丈夫だょ、あたし自身がいちばんびっくりしてるから。何度でも言いますが落丁ではないので新潮社に問い合わせしても無駄ですからね！

……ええっと、そんで、どこから説明すればいいんだろ。そもそものきっかけは、あたしのお兄さま――オーストリア皇帝ヨーゼフ二世が昨年の春、おしのびでフランスを訪れたことでした。

お兄さまはフォン・ファルケンシュタイン伯爵という偽名を使い、ろくに従者もつけず、簡素な身なりでヴェルサイユにあらわれました。あたしはお兄さまという人間をよく知っているので、それがぜんぶポーズであることはわかっていました。あたしも相当な俗物ですが、お兄さまはあたしに輪をかけて俗物です。水戸黄門のあれを、暴れん坊将軍のあれを、遠山の金さんのあれを、おそらくやりたかったのでしょう。「なめてた相手が実は超身分の高い人だった」ってやつ。あーやだやだ、悪趣味の極みだよね？まあ、あたしが仮面舞踏会に夢中なのもこれと同じことなのであんま大きな声じゃ言えないんですけど。あたしを王妃だと知らずに口説いてくる殿方を、あとからみんなで笑ったりしてるんだもん（最低ｏｆ最低！）。

しかし、お兄さまの目論見《もくろみ》はフランス国王ルイ十六世を前にした瞬間、あっさり潰《つい》えてしまいます。あろうことかフランス国王ルイ十六世は、名前も聞いたことのないどこかの田舎貴族ファルケンシュタイン伯爵よりも質素な服を着て、鬘《かつら》も髪粉もつけずに髪は乱れるにまかせ、手は機械油で真っ黒、日頃から平民と交流するのを好み、農民に混じって鍬《くわ》を握ったり、ヴェルサイユの修繕にやってきた職人たちの作業を手伝ったりしているせいか、身ごなしやもの言いにもとりすましたようなところはいっさいありません。正真正銘の庶民派を前に、オーストリア皇帝ヨーゼフ二世のメッキはあえなく剝《は》がされました。

「ルイ十六世陛下、あなたとは義兄弟として腹を割って話したいと思っていたんだよ」

それでもお兄さまは「気さくで話せる義兄」ポーズまでは崩そうとしませんでした。

「そういうことでしたら、だれにも邪魔されずゆっくり話せる場所へご案内しましょう」

そう言って陛下がお兄さまを連れて行こうとしたのはヴェルサイユ宮殿の屋根の上でした。「さあ、どうぞお先に」と真顔ではしごを勧める陛下を見て、「この男は狂ってるのか？」とお兄さまは思われたそうです。あとからその話を聞いて、あたしは転げまわるほど笑ってしまいました。

陛下のその悪癖はもはやヴェルサイユの風物詩です。陛下のお姿がなければ空を見よ。ゆうゆうと屋根の上を散歩する我が君の姿がそこにあるだろう。「危ないからおやめください」とどれだけあたしや廷臣が止めても、

「ここは静かで邪魔なものがいっさい存在しない。はるか遠くの世界まで見わたせる気がするんだ……」

とかなんとかあたしのような俗物にはよく理解できないリリカルなことをごちゃごち

ゃと夢見るような目つきでおっしゃって、ささやかな冒険をおやめになろうとはしません。

結局、お兄さまと陛下はヴェルサイユの庭を従者もつけずに二人で散歩しながら話し合いの時間を持ったようでした。水と油のような二人がいったいなにを話すのか――ちゃんと会話が成り立つのか心配でなりませんでしたが、「男同士でなければ話せないこともある」とお兄さまに退けられ、あたしは部屋で帰りを待っているしかありませんでした。

そこでどんな話し合いが持たれたのかについてはすぐに明らかになりました。結婚七年目にして、ついに夫婦の営みが完璧になされたからです。ずいぶんと長い期間、あたしたちはひとつになり、そのままじっとしているだけで、しばらくしたら離れ離れになって儀礼的なキスだけして眠りにつく。その一連の流れをくりかえしていました。しかしそうではなく、行ったり来たりしなければならないということが、お兄さまと陛下の「男同士の密談」により判明したのです。これは驚きでした！　そうか、こうするのか！　かくて陛下は「発射」に成功し、あたしたちは何度も何度もその試みを行いました。そうしてようやく第一子を授かったのです。

――なんて色気もそっけもない書き方ですが、実際あたしたちの行為にそんなものは存在しません。生体実験でもくりかえすかのように、生真面目に事に取り組んでいるだけで、そこにこまやかな交感やエロティックなムードが入り込む余地はないのです。

こんなものか……と失望と安堵《あんど》がないまぜになった気持ちであたしはそれを受け入れていました。引き攣《つ》れるような痛みもまだ多少あって、ぜんぜん気持ちよくもなんともないし、少女時代にヴェルサイユの庭で垣間見《かいまみ》たエロスの宴《うたげ》のような楽しいことは起こりそうにありません。

ここまでくるのにいろんなことがありすぎて、あたしと陛下はおたがいを性的な目で見ることに躊躇《ためらい》をおぼえるようになっていました。あたしたちにとってこれは汚《けが》らわしく触れるのも憂鬱《ゆううつ》になるようなものです。大事な夫（妻）に汚れた水を浴びせるわけにはいかない。けれど、これをしないと相手を世間の誹謗《ひぼう》にさらし、ひどく傷つけることになる。ジレンマを抱えてあたしたちはこれをくりかえしていたのです。

あるとき、行為の最中に陛下を見あげてしまったことがありました。いつもは巧妙に目を合わせまいとしているのに正面から向き合う形になり、あっとあたしは声をあげてしまいそうになりました。あたしを見下ろす物憂げな水色の瞳《ひとみ》、普段はなにも映さずまっさらなそのおもてに、強固な殻の奥深くに秘めた孤独の色が無防備に浮かびあがっていたのです。ランスでの戴冠式《たいかんしき》のことをあたしはとっさに思い出しました。フランス中が沸きに沸いている中で、あたしたちだけ静かに絶望していたあの日のことを。

「後悔してる？」

陛下はあたしに問いました。問うてからすぐにおかしな質問だったと気づいたようで、静かに息をついて笑いました。「なんでもない」

いまおなかにいるのは、おそらくそのときにできた子です。いずれこの子もいけにえになるのでしょう。後悔する自由すら与えられない王家の子どもに。

「疑う余地もなく生まれてきていまがいちばん幸福です。こんなにも幸福なことが我身にふりかかるなんて怖いぐらいです。夫に愛され、夫の子どもを宿す、これこそが女の幸せなのですね。いまになってやっとわかりました。お母さまはあたしにこれを体験させたかったのですね。感謝します、ママ」

お母さまに宛《あ》てた手紙に書いたことは嘘ではありません。嘘ではありませんが、すべてでもありません。

そのようにしてあたしの一七七七年はどこかへ消えました。

一七七八年八月二十五日（火）

信じられない。目を疑いました。早めに宮廷舞踏会を辞して部屋に引き上げてきましたがいまも動悸《どうき》が止まりません。

広間に入ってきた瞬間に、あたしは彼がだれだかわかりました。まだ少年の薄い影をまとっていたかつての輪郭の危うさは消え、すっかり大人の男の姿をしていましたが間違いありません。あたしが彼を間違うはずがありません。

しかし、長いあいだ宮廷に顔を出さなかった北欧の青年にヴェルサイユ人は冷淡でした。あのころ彼に夢中だったご婦人方もいまではほかのアイドルに熱をあげ、彼の顔など忘れてしまっているようでした。かつて宮廷の花だった彼が壁の花と化しているのです。

「ハンス・アクセル・フォン・フェルセン、あなたを知っているわ」

カドリーユ(20)が終わるのも待たずにあたしは彼に声をかけました。とにかくだれよりも先に声をかけねばと焦《あせ》っていたので、ひょっこり突き出たおなかのことなど忘れていたのです。

彼の前に飛び出してからそのことに気づいて、すぐさまあたしは逃げ出したくなりました。彼にだけは見られたくなかった。知られたくなかった。会いたくて会いたくて会いたくて震えっぱなしでやっと会えたっていうのに――これも神の御心だというのでしょうか？

(20) 十八世紀から十九世紀にかけて、フランスを中心にヨーロッパ全土で流行した社交ダンス。四人一組になり方陣を作って踊る。

「ご無沙汰しております、王后陛下。フランスに戻ってまいりました」

Aが戻った……Aが戻ったのです！

凍結していた時計の針がゆっくりと動き出すのを、なすすべもなくあたしは見つめていました。

一七七八年十二月十九日（土）

本日、午前十一時半ごろ、元気なベビガールちゃんを出産いたしました♪

陣痛がはじまったのが夜明け前の午前一時過ぎ、出産まで十時間とかなりの長丁場になりましたが母子ともに健康です。

はじめてベビちゃんをこの腕に抱いたときの感動はちょっと言葉にできません。これまで感じたことのないようなあったかいキモチがどばっとあふれてきて……ほんとにしあわせで胸がいっぱいになって……なんという奇跡！　なんと神秘的なんでしょう！　ひとつの小さな命が神からもたらされたのです。せいいっぱい大切に育《はぐく》んでいきます……と新米ママは神様に誓いを捧《ささ》げました。

「ゆっくり休まなくてはいけないよ」と陛下はくりかえし仰《おっしゃ》っていましたが、あなたにはいち早くご報告したくて筆をとった次第です。

ほんとだったら妊娠報告から今日まであたたかく見守り応援してくださった大勢の方々にありがとうを言ってまわりたいぐらいですが、さすがに体力が許しませんので今日のところはこのへんで。

最後に我が愛《いと》しの娘マリー・テレーズ・シャルロットへ……

ねえ、ベビちゃん、あなたはどんな女性になるのかしら？

元気に生まれてきてくれてありがとう。やっと会えてうれしいよ。

ママになったばかりで至らないところもあるかと思いますが、愛情だけは世界中のどんなママにも負けないつもり。

あたしたち、どっちも生まれたてみたいなものだよね？

よちよち歩きでも、一歩一歩ゆっくり踏みしめて、ともに歩んでいけたらいいなって思ってます。

これからどうぞよろしくね、あたしのベビちゃん♡

一七七九年二月十四日（日）

出産直後に書いた日記を読みかえして愕然《がくぜん》としています。

なにこのポエム？　有名人の出産報告ブログかよ？　ベビガールってなんだよ女児って言えよ！　「妊娠報告から今日まであたたかく見守り応援してくださった大勢の方々」

ってだれ？　そんな人どこにいんの？　女児が生まれるように呪詛《じゅそ》をかけたり出産ビジネスで大儲《おうもう》けしようと画策したりしてた人はそりゃ大勢いただろうけどさ！

もう、恥ずかしいぐらいに盛りあがっちゃってるよね？　合法ドラッグ「SYUSSAN」キマりまくってるよね？　ホルモンこわい！　なにもかも呑《の》み込んでなんとなくほわほわしあわせなムードにしてしまうパステルカラーの魔法こわい！　出産ヤバい！

王妃になったときも思ったけど、そんなさあ、母になったぐらいでそうそう人間変わったりしないって。人によっては合法ドラッグ「SYUSSAN」のおかげでタガがぶっとんじゃって母性があふれて止まらない！（母乳のまちがいじゃなくて？）と言わんばかりに聖母マリア面で恍惚《こうこつ》としてたり、「子を産んで神に近づいた！」とか調子こいたこと言い出したりするみたいだけど。偉業をなしとげて崇高な存在にでもなった気がするのかな？　グラミー賞んときのビヨンセじゃねえんだから。勘違いしとったらあかんで！　それぜんぶホルモンのしわざですから！――なんて、あたしもしっかりホルモンにやられちゃってたクチだからあんま強く言えないんですけど……。

産後十八日間は寝たきりで、そのあいだ当世大流行中のルソー先生の教えによる「母乳育児」を試していたので、しばらくはほわほわ幸せホルモンの影響で夢の中にいたのですが、お母さまからの大反対を食らって乳母にバトンタッチすることになりだいぶ落ち着いてきました。なんでも母乳を与えているあいだは次の子が授かりにくいんだとか。

あんな死ぬような思いをしてやっと一人ひり出したばかりだっていうのにもう次の子を産めと!? とびっくりしてしまいましたが、生まれてきた子が女の子じゃしょうがないですね……。もし男の子を産んでたらすぐさま国に取り上げられてお乳を与えることも許されなかったでしょうから、いいんだか悪いんだかってかんじです。

なんにせよ子どもに母乳を与えたのは歴代のフランス王妃でははじめてのことだそうで、またしても意図せずレジェンドを生み出しちゃったみたいです。まあ漏れなく付属物もついてきましたけど。おなじみ伝統を重んじる諸世紀《シエクル》のみなさまからは「フランス王妃ともあろう者がブルジョワジーみたいな真似《まね》をしてみっともない」とひんしゅくを買い、乳母から仕事を奪っていたずらに不安にさせたという誹《そし》りも受けました。出《D》る杭《K》は打たれる《U》ってか。あーあ、革新派はつらいよっ。

とはいえ、さしものマリー・アントワネットさまも堅固なしきたりから完全に自由になったわけではございません。

出産の日に話はさかのぼりますが、生まれてきた子が男児なのか女児なのか、この目で確かめることもできないうちにあたしは気を失っていました。長時間に及ぶ分娩《ぶんべん》で体力を使い果たし痛みで意識が朦朧《もうろう》としていたところへ、大勢の見物人が押しかけ、締め切った部屋の中に熱気がこもって空気が薄くなっていたからです。

そうなんです！　あの初夜の日と同じ辱《はずかし》めがくりかえされたのです！　フランスでは

古くからのしきたりで王妃の出産が公開され見世物にされるのだとか（絶句！）。いよいよ陣痛の間隔が短くなり痛みが強くなってきた頃には、「フェスか!?」ってぐらい大勢の人がぎゅうぎゅうぎゅう詰めになっていたようですが、後半ほとんど意識が飛んでたのが不幸中の幸いでした。そんな屈辱の中で子を産むなど普通の状態だったら耐えられなかったでしょうから。

そんだけ多くの人が詰めかけていたというのに、生まれてきた子の性別に気を取られるあまり、しばらくだれも王妃の異変に気づかなかったようです。最初に気づいた陛下があわてて窓をこじ開け、冷たくかわいた新鮮な空気が部屋に流れ込んできて、ようやくあたしは意識を取り戻しました。そうして、赤ん坊の泣き声が胸の中に降りてくるのを夢うつつの状態で待ちわびていたのです。

「かわいそうな小さな女の子《プティット・フィーユ》。みんなが望んでいた王太子ではなかったけれど、あたしはあなたが女の子でよかったって思ってる。だってあたしだけのものにできるもの。男の子はフランスのもの、だけどあなたはあたしのものよ、だれにも渡さないわ。幸せは半分こにして、かなしみは癒《いや》しあうの。ぜったいによ」

つるりと剥《む》き出しになったマリー・テレーズの額にくりかえしキスするあたしの頭頂部に、「ありがとう」と陛下もキスをくりかえしました。彼にしてはめずらしく熱っぽく目を潤《うる》ませて。

そのときになってはじめてあたしは陛下とのあいだにしっかりした絆《きずな》が生まれた気がしました。どれだけ褥《しとね》をともにしてもどれだけ言葉を交わしてもつかみきれない雲のようなお人だと思っていたけれど、陛下の愛がたしかに感じ取れたのです。マリー・テレーズがあたしたちを家族にしてくれた。あの日、生まれた子が男の子でも女の子でもそれだけは変わらなかったと断言できます。

「ごめんなさい、陛下。女の子でさぞがっかりしたでしょうね?」

半分笑いながらそんな冗談を口にすると、

「ああ、そうだね、絶望的だ。君によく似たマダムを新しくこの宮殿に迎えるだなんて。君一人でも手を焼いてるっていうのに」

そう言って陛下も片目をつぶりました。

まだなにか面白いことが起きるんじゃないかと期待していつまでもぐずぐず居残っていた見物人たちは、国王一家のそのできすぎたパフォーマンスを前にして鼻白んだように部屋を後にしていきました。どれだけあたしたちの地位が特別なものだとしても、あたしたち一家の幸福は他人からすれば退屈で平凡なものに映るのでしょう。あたしにとってそれはとても喜ばしいことでした。この幸福感がホルモンのしわざだとしても、そんならそれでバッチコーイ! てかんじです。

マリー・テレーズが乳母のもとに連れ去られたばかりのころは、それこそ半身を引きちぎられるような思いがしたものですが、いやいやいやいやそれだってホルモンのせいだから！　と気を散らすことでなんとかやりすごしました。まだ胸も張っていますし、母乳があふれてくることもあります。いったいみんなどうしてるんでしょう？　母と子は引き離せないようにできているのに、体がそういうふうになってるのに、どうしてあたしたちは別々にされるんでしょう？

「子どもの犠牲になる気は毛頭ございませんわ。ブルジョワジーのあいだで母乳育児が流行《はや》ってると聞きますけどなんて野蛮なんでしょう。お乳をあげたら胸の形が崩れてしまうではないですか。おおいやだ」

ヴェルサイユのご婦人方は出産後すぐ舞踏会に顔を出し、生まれてきた子は乳母にまかせっきりにしています。育児にかかずらわって社交をおろそかにするなど無粋の極みなんだそうです。出産の翌日にはけろりとした顔で国事に励み、生まれてきた子の性別にしか興味を示さなかった鉄の女マリア・テレジアの例だってありますし、子どもに執着するあたしのほうがどこかおかしいんでしょうか（ホルモンの影響受けすぎなのかな!?）。

できることならいつまでもふわふわと幸福のおくるみの中にいたかったのですが、背後からひたひたとなにかが忍び寄ってくる足音がします。正体不明の大きなうねりが近づいてきていて、あたしの目をこじ開けようとしているのを感じるのです。

いつからって？　さあ、いつからでしょう？　つい最近のことのような気もするし、もうずっと前、フランスの王太子に嫁ぐのだとお母さまに告げられたときからのような気もします。言いしれぬ不安が胸の底にずっと根を張っていて、そこから目をそらすためにくるくると遊びまわっていた――なんて言い訳に聞こえるかもしれませんが、でもそうなんです。こんなことメルシーに言ったって「またなんかトチくるったこと言い出したぞ」ってスルーされるだけだからあなたに話してるんです。

先週、王女誕生の祝典が開かれ、あたしたちは夫妻でパリを訪れました。王太子妃時代に公式にパリを訪れたときの熱狂ははるか彼方《かなた》へ遠ざかり、国王への声援は聞こえてきても王妃への声援はごくまばらで、沿道に並んだ多くの市民は国王夫妻を乗せた豪奢《ごうしゃ》な馬車が通り過ぎるのをひややかに眺めていました。オワコン[21]感はんぱない。現実を目《ま》の当たりにして、横面《よこっつら》を叩《たた》かれたようにあたしは夢の世界から引き戻されました。ああ、もうこんなところまで来ている。彼らが近づいて来ている。

いつのまにあたしはこんなに嫌われていたんでしょう。あたしが男の子を産んでいれば、あるいはちがっていたのでしょうか？　こんな想像したってしょうがないことだってわかってる。愚かなことだとわかっていても、それでも考えずにはいられないのです。

もし生まれてきた子が男の子だったら祝典はこの何倍もの規模で行われ、花火の数も格段に増えたことでしょう。祝砲の数は五倍に、産科医への報酬も四倍にはねあがると聞きました。お母さまの喜びはいっそう強く深くなったでしょうし、あたしの地位は絶対的なものとなり、したがってメルシーは大はしゃぎで、王位継承の順位が繰り下がった義弟やその妻たちにいらぬ嫉妬《しっと》を抱かせることにもなったでしょう。

それでも彼らの足音が止まることはない。

ならば音楽をかけて踊りましょう。この世のものとは思えぬほど優雅に、幸福にまどろむお姫さまのように。

あたしにできることといったらそれだけなのですから。

(21)「終わったコンテンツ」の略。ブームが去って人気がなくなったものを指す。

一七七九年三月十日（水）

ウィーン美術史美術館蔵

超おきにいりの女性画家ヴィジェ＝ルブラン嬢に描いてもらった肖像画が届きました♪　どれだけ肖像画の出来が素晴らしくても実際に描かれた人をアゲて肖像画をサゲるという謎《なぞ》のエチケットがフランスにはあるんだけど、この絵の素晴らしさを前にしたらみんな「なんも言えねえ……」ってなっちゃうよね。っていうか実物よりはるかにきれいに描いてくれたルブランなんなの？　神？

#だれこれ　#盛りすぎ注意　#実物との激しい乖離《かいり》　#もはや別人　#肖像画とは　#接待乙　#どんだけ　#天才かよ　#てかほんとあんがとね？　#いちばんきれいなあたしを描いたのはあなたでしょう　#いつまででも見てられる　#もう鏡なんていらない　#いっそ遺影にしたい　#なんかほんとごめん

一七七九年十二月二十五日（土）

大変です！　ハート泥棒があらわれました！　気づいたらあたしのハートが奪われていたのです！

よって日記が半年以上飛んでいますが、落丁ではありませんのでご心配なく。ハート泥棒があらわれたのです！！！

この空白の期間になにをしていたかっていうと、ひたすらハート泥棒にメロメロになっていました。「王妃の自覚が足りないんじゃないか」とあなたはお怒りになるかもしれませんが、あたしはいま人生ではじめての恋をしているのです。それがどういうことだかおわかりになって？　恋……そう、それは嵐《あらし》。あたしの心に嵐がやってきてるのです！　そんなハンパな王妃の自覚（キリッ）なんて一瞬で吹き飛んでしまうぐらいの激流に呑み込まれどうすることもできないんです！　ハート泥棒があらわれたんです!!

っていうかほんとマジでどっかに吐き出さないと無理ってぐらい限界がきてるんであなたにだけこっそり告白させてください。この秘密はだれにも話すつもりはありません。墓の中まで持っていくつもりです。だから、あなたにだけ。都合のいいときだけ呼び出して利用してるって怒ってる？　そんなわけないよね？　だってあたただもの。あなたはあたしで、あたしはあなた。マリーとマリアは一心同体。ウィ、俺たちはいつでも二人でひとつだった……地元じゃ負け知らず……ね、そうだよね？？？

そのハート泥棒がだれであるか、察しのいいあなたなら気づいていると思いますが、念のため言っておくけどポリニャック伯爵《はくしゃく》夫人じゃないからね！　アルトワ伯でもねーから！（マジでほんとそれだけはやめてwww）

この日記にもたびたび登場したA（と書くだけでどうしよう！　どきどきしてくる！）のことは覚えてる？　忘れたとは言わせないわよ。

昨日、ランバル公妃の居室《アパルトマン》で開かれたクリスマスパーティーで顔を合わせたばかりなのですが、思い出すだけでのぼせたようになって、「ぎゃー！」って叫んで鏡の間を猛ダッシュで十往復ぐらいしたくなります。Aと会った次の日はだいたいいつもこうなります。だいたいいつもやらかしてしまうからです。

　ポリニャック伯爵夫人とくだらない話題でバカ笑いしていたときにAが入ってくるのが見えて、あわてて扇子で口元を隠したのですが、彼にはしっかり見られていたようです。目が合うと、遠慮がちな親しみと戸惑いのこもった苦笑を浮かべて肩をすくめていました。あろうことか、フランス王妃が大口開けてあひゃひゃひゃと笑ってるんだからそりゃそうなるよね！

「あら、忠誠を誓う騎士《シュヴァリエ・セルヴァン》のおでましね」

　ポリニャック伯爵夫人があたしの耳元で囁《ささや》きました。急にあたしが挙動不審になったので、すぐにAがやってきたのだと気づいたようです。

「え、だれのこと？」

　あたしはしらばっくれ、彼のことなんて眼中にないというふりをしました。中学生が顔を真っ赤にしてよくやるあれです。「あんなやつのことなんか好きでもなんでもないし！　こっちにも選ぶ権利というものがあるんですけど！」っていうあれ。

「王妃さまったらほんとうにかわいい人《モン・シュー》」

　くすくす笑いながらあちらとこちらを交互に見やったポリニャック伯爵夫人は、六つしか年が離れていないのに酸《す》いも甘いも嚙《か》みわけた匂《にお》い立つような大人の色香を感じさせました。ヴェルサイユに嫁いできたばかりのころ、おぼこなあたしをからかって笑っていたご婦人方と同じことで笑っているのに、そんなにいやなかんじがしなかったのは相手が彼女だからなのか、そこに嘲笑《ちょうしょう》の含みがなかったからなのかはわかりません。実際、自分でもうんざりするくらいみっともなくてうまくやれないので、「ですよねー」って思うし。フランス王妃だろうと経産婦《KSP》だろうとそんなこと、恋の前では関係ないのです。

もっとスマートに大人のいい女風にふるまいたいのだけど、「大人のいい女」のモデルケースがあまりに少なくて、やりすぎるとデュ・バリー夫人になっちゃうし、あんまりお高く止まってるとマリア・テレジアになっちゃう。ポリニャック伯爵夫人はいい女すぎて初心者にはちょっと難易度が高い。どうしようどうしようどうしようどうしたらいい？　どんなことを言えば彼の気を引ける？　どんなふうに笑ったら魅力的に映る？　彼の印象に残るコケティッシュでセンシュアルなほどよい甘さのすみれの砂糖漬けみたいな女性……ってどんなだよ?!

こうなってしまったらもういけません。距離感がつかめず妙になれなれしく話しかけたかと思ったら、いきなり操り人形のようにぎくしゃくとしたり、そうかと思ったら少女のようなちゃめっけを発揮してダンスに誘う。Aの腕が産後太りした腰にまわされた瞬間、いますぐここから逃げ出したいと思う。ダンスが終わるとそっけなくお辞儀して、散会までいっさい彼を無視し続ける。そのくせチラチラとつねに視線を送り、目があったらさっとそらす。どうかしてる。

　そんな失敗をくりかえしているうちに、あたしのライフはどんどんゼロに近づいていってるわけですが、どういうわけだかAの態度はずいぶんとやわらいできた気がします。この国で暮らすストレンジャーはみなそうなのかもしれませんが、外国人としての節度を守り、この地に染まらぬよう、この国の人々に完全には心を明け渡さぬよう厳しく自分を律しているように見受けられます。Aはスウェーデン国王のお気にいりということなので、その戒めがいかに強いものであるかは想像にかたくありません。あたしだってお母さまやメルシーから再三にわたってオーストリア人のままでいろと注意されているので、鎖の重さは身をもって知っているつもりです。まあ、あたしの場合はうざったさを知ってるってだけで、わりに好き勝手しちゃってるんだけど……。

　だけど、Aにとってはそれがよかったみたいなのです。

「王后陛下はとても天真爛漫《てんしんらんまん》で自由な精神をお持ちですね。長いあいだヨーロッパを転々としてきましたが、あなたのようにチャーミングな王妃ははじめてです。こんなことを言っては失礼にあたるのかもしれないが、自国の宮殿でもこんなに楽しくくつろいだ気分になることはありません。これもひとえに王后陛下のお人柄によるもの」

　その晩はベッドに入ってからひたすら彼の台詞《せりふ》を一言一句まちがえないように頭の中でリフレインしていたせいで眠れませんでした。それは日課となっていまも続いています。したがってこのところずっと寝不足です。

　彼のように様々なものにがんじがらめにされている人間にとって、あたしのようなちゃらんぽらんな王妃は存在だけで癒しになるってことでしょうか。それにしたってここまで挙動不審でトンチキな女を「天真爛漫で自由な精神をお持ち」とはよく言ったもんだよね？　接待乙ってかんじだけど、やはり彼は女の扱いに慣れているのでしょう。美しい令嬢との数々の縁談を蹴《け》り、ヨーロッパのあちこちで浮名を流してきただけのことはあります。彼からしたら、あたしのハートを奪うことなど赤子の手をひねるよりかんたんなこと。品行方正なおぼっちゃま然としているけれど、彼が「悪い男」であることはオペラ座の一件からもあきらかです。あたしが王妃だから手加減してくれているだけで、彼はすでに知っているのです。あたしが彼のものであることを。どんなことを言えば女の気を引けるのか、どんなふうに笑ったら魅力的に映るのか。ご婦人方の印象に残るストイックでメランコリックな、ほどよい凜々《りり》しさのよく手入れされた牡馬《おすうま》。優位に立っていることをちゃんと自分でわかっていて、その余裕が悔しいぐらいに彼をセクシーに見せているのです。

「どうしてこちらに戻っていらしたの？」

「パリが恋しくて。それはもう夢に見るほどでした」

　そう言って彼がとろりと目を細めれば、どんな女もイチコロです。

「ひさしぶりのパリはいかが？」

「こんなに美しく刺激的な町はない。私はパリを愛しています」

彼の唇が囁けば、どんな言葉も官能的に響きます。

「あんな人、フランスにはいないわ」

「あのつめたい美貌《びぼう》の下に、どれだけの情熱を秘めてるのかしら」

「試してみる？」

「いやだ、火傷《やけど》しそう」

ご婦人方のさざめく声が聞こえてきます。チャラチャラヘラヘラした骨のないフランス男や文化的素養や機知《ウィット》をひけらかすスノッブ糞《くそ》野郎、大昔の武勇伝を得意げに披露するマッチョなおじさんたちにうんざりしていたご婦人方にとって、無駄口を叩かず、しなやかさと男らしさを併せもった北欧の騎士は「ほんものの男」に見えるのでしょう。だれもが彼に恋せずにはいられませんでした。「スパダリ過ぎて萌《も》えない」などと無駄な抵抗を続けるあまのじゃくはもはや存在しません。彼は、ときめきそのものでした。

思えばマリー・テレーズがおなかにいたころはまだよかったのです。突き出たおなかが恥ずかしくて、スウェーデンからパリに戻ってきたばかりのAをあたしはとてもがさつなやり方で誘いました。

「あなたの軍服姿が見たいってみんな言ってるわ。今度、宮殿に着てきてくださらない？」

　彼はすぐにその願いをかなえてくれました。美しく華やかなスウェーデンの軍服を颯《さっ》爽《そう》と着こなしたAがヴェルサイユにあらわれると、ご婦人方が色めきたってそりゃあたいへんな騒ぎでした——ってもちろんあたしがその筆頭だったんですけど。「きゃー！軍服萌えすな〜萌えすな〜！」おもちゃみたいにAを扱って、ほかのご婦人方にまぎれて安全な場所からきゃあきゃあ言っていられればそれであたしは満足でした。そうすることで少しでも彼がヴェルサイユになじめる手助けになれば、とも思っていたのです。

　出産後、プチ・トリアノンでパリピたちとごくごく内輪のお遊びをするようになり、そこに新しく彼を加えるのはとても自然な流れでした。新しくやってきただれかに自分の分け前を削られやしないかとつねに警戒している王妃のとりまきたちも、控えめで出すぎた真似をしないAのことはすんなりと受け入れたようです。なにより彼は独り身の外国人なので、分け前を奪われる心配もないですしね。

　あたしはずっと「そんなに興味はないけれどスウェーデンからの大事なお客人だから、王妃のつとめとしてやさしくしてあげてるの、しかたなくね」という態度を保ち続けているつもりでした。目ざとい人たちには「王妃はあのスウェーデン人に首ったけだ」とバレバレみたいですが——っていうかちょっと待って？　たったいま気づいたけど、もしかしたらランバル公妃もあたしの気持ちを知ってるのかもしれません。それで昨日のクリスマスパーティーにAを招待してくれたのかも……マジか……あのぼんやりしたランバル公妃にまでバレてるなんて……そんなにだだ漏れだったか……。

もはや触れなば落ちんようにみんなには見えているのかもしれません。慎重なAがフランス王妃に触れるはずもないから、落とされることもなくあたしはこの恋情をもてあまし、安全な場所で腐りはてる。夫に相手にされなかった七年間と同じようでちがうのは、心に嵐が吹いていることでしょうか。ハプスブルク家に代々伝わる秘技「臭《K》い《M》ものに蓋《F》」をしたところでソッコーで吹き飛ばされてしまう。いけない、こんなことはいけない、とわかっているのにどうしようもない。あたしはもうだめ。死にそうです。空白の四年のあいだに忘れられたと思っていたのに、以前よりも強くまぶしく磨きがかかった男ぶりから目をそらせない。彼に向かって溢《あふ》れ出すこの感情の正体をあたしはついに知ってしまったのです。

「いけないってなにが？　婚外恋愛が？　いやだわ、マリー・アントワネットさま。みんなやってることではございませんか。たとえいけないことだとしても、いつだって私は自分の心にしたがうまでですわ。がまんするほうが体に悪いもの」

ある晩のことでした。ビリヤードにもカード遊びにも飽いて、内輪の何人かと談笑していたとき、ポリニャック伯爵夫人がそんなことを言って、すぐ隣にいた公認の愛人ヴォードルイユ伯爵の肩に艶《えん》な手つきで触れました。

彼女は宮殿での催し物にも愛人同伴でやってくることが多く、夫のポリニャック伯爵のほうでも愛人を連れてその場に居合わせることがあります。フランスの上流社会ではこれがあたりまえのたしなみで、愛人を持たず夫もしくは妻ひとすじでいることのほうが粋《いき》ではないとされ嘲笑の対象になります。ルイ十五世の時世から目の当たりにしてきた光景ですが、いまだに慣れるということはありませんし、そうしたいとも思いません。

「いけないことっていうか……別にあなたのしていることにどうこう言うつもりはないのよ。ただ、あたしはいやだなって、そう思うの」

普段は率先してお道化《ODK》をキメてるあたしがこの話題に関してだけは頑《かたく》なになるので、とりまきのパリピたちはやれやれとしらけたように顔を見合わせました。男女の機微のなんたるかもわからぬ子どもがなにを言ってんだかと呆《あき》れているのでしょう。

「いいのよ、わかってる。こんな考え方は遅れててイケてないんでしょ？　でもあたしはいやなんだもの！」

最後はほとんど叫び声になっていました。顔を真っ赤にして主張する王妃を前に、みんな気まずそうに目を伏せます。いたたまれない空気の中でただひとり、こちらにまっすぐ視線を向けていたのがＡでした。北欧の深い森を思わせるそのコバルトブルーの瞳に称賛の光が灯っていたように見えたのは、都合よく事実をねじ曲げるのが得意な恋する乙女の妄想でしょうか。

「すばらしい。まさかヴェルサイユ《メルヴェイユー》のような魔窟《まくつ》でこんなイノセンスに出会うとは。王后陛下、私はあなたを支持します」

彼の放った一言に、爆《は》ぜるようにわっとその場が沸き立ちました。

「魔窟とはよく言ったもんだ」

「どうせ私にはイノセンスのかけらもございませんよ」

「生まれてくるときに母君のおなかの中に置いてきてしまったのでしょう？」

「いやあ、これは一本とられましたな」

あたしは射すくめられたようになって、涙がこぼれ落ちてくるのを止められませんでした。あわてて扇子で顔を隠しましたが、Aにだけは見られていたようです。彼は目だけでうなずくと、みんなの視線を誘導するようにきわめてエレガントな身ごなしで窓のところまで歩いていき、

「今夜は月がきれいだ。どうです、たまには魔窟から抜け出し、夜の散歩に出かけてみては？」

なにこの神対応

無理！　ひかえめに言って無理！

甘い疼痛《とうつう》が指先までゆきわたり、ああ、と呻《うめ》いてあたしは目を閉じました。今夜はこれをオカズにまた寝不足だわ……。Aの言うとおり無垢《むく》な魂の持ち主だったらよかったのに、ほんとのあたしは邪心の塊でした。つらい。

最近「王に愛妾《あいしょう》を」という動きがあることにはなんとなく気づいていました。以前よりお母さまやお兄さまからほのめかされてもいましたし、陛下に愛妾をあてがうことは臣下にとって重要なパワーゲームのひとつでもあります。なにより王が愛妾を持つことはフランスの伝統なのです。夫婦生活が落ち着き、子どもが生まれたいまとなっては避けられないことだろうとある程度は覚悟していたつもりでした。

けれど、いざ大臣たちがどこかで見つけてきたとおぼしき若く美しい女性が宮殿にあらわれると不安で不安でしかたがなくなるのです。舞台に立つ女優にことさら陛下が興味をお示しになると、「まさか……」と疑念が頭をもたげるのを止められないのです。

「陛下は新しくどなたかをお近くにお召しになるおつもりですか？」

一度、切羽つまってお訊《たず》ねしてみたことがあります。

「うーん、悪いけど、その頼みなら聞けないよ」眉間《みけん》を揉《も》みながら陛下がお答えになったので、もうちょっとであたしは絶望するところでした。「いまのままでとくに不便は感じていないし、なによりこの財政難に近侍を増やすつもりはないからね。いくら君の頼みでも特別にだれかを取り立ててやることはできない」

ちげえし！


そうだった、あたしの夫ってこういう人だった……激にぶちんのとうへんぼくだった……。思わずチョップをかましたくなるところをなんとかこらえ、

「そうじゃなくて！　あたしが言ってるのは、その……愛妾とか……そういうかんじのやつのことです！」

単刀直入に訊《き》きなおすと、「なにをばかなことを」と陛下は一笑しました。「みんなが愛妾を持たせたがっていることは知っているが、私にそんなつもりはないよ。君には前にも言っておいたはずだ。これまでずるずる続けていたくだらない慣習は私の代ですべて終わらせると」

これを聞いてどれだけあたしがほっとしたかわかる？　思わずわっと泣き出したあたしを陛下は驚いたようにぽかんと見ていました。やさしく肩を抱いてくれるわけでもなく、「おバカさんだね」と笑って慰めてくれるわけでもなく。もしかして、とこのときあたしは思ったのです。妻に愛されているか不安だったのは陛下も同じだったのかもしれないって。

王が愛妾を持つのと王妃が愛人を持つのとでは事の重大さがちがってきます。愛妾の

子に王位継承権が与えられることはありませんが、王妃の子宮はすなわち国の子宮なのです。そこに穢《けが》れた血が注ぎ込まれることなどあってはならないのです。王が愛妾を持つことは推奨されるのにこの非対称……ってかんじだけどシステム上しかたのないことでもあるのです（納得はできないけどね！）。

王妃の不義が発覚すればよくて修道院送り、最悪の場合、死刑に処されたって文句は言えません。だからこそ、あたしを色狂いだのソドミーだのと攻撃するパンフレットがあれだけ出まわっているのでしょう。それがいちばん有効な手だと王位転覆を図る彼らにはよくわかっているのです。「マリー・テレーズはほんとうに王の子なのか？」（はああああああ？　マジでふざけないでもらえます？　ちんこもいでハゲタカの餌《えさ》にしてやんぞ！！！）といったような風評が立つのもそのせいです。

罪を恐れて恋に手を伸ばせない臆病者《おくびょうもの》だと笑われるなら、そっちのほうがなんぼかましだったかもしれません。度胸試しにバンジージャンプ？　スリルがたまらないって？　そんなことでほんとの勇気が示せると思ってんなら好きなだけやってれば？――って鼻で笑い飛ばしてやれるから。

あたしを踏みとどまらせているのは夫への愛です。夫が愛妾を持つことを想像するだけで胸が張り裂けそうになるのに、逆のことをあたしがやれるわけがないではないですか！　貞潔を笑われることが、あたしにはなにより耐えがたいのです。

混乱してる？　あたしもしてるからあなたの気持ちはよくわかるよ。あたしはAに恋してます。あたしの心には嵐が吹き荒れています。だけど、夫を愛してもいるのです。その気持ちに嘘《うそ》はありません。

自担だなんだといって長年ごまかしてきたけれど、あたしは最後まで夫に恋することができませんでした。出会ったとき、あたしたちはまだほんのちいさな子どもで、いっしょに大人になっていくしかありませんでした。恋人ではなくきょうだいや幼なじみのような関係といったらいいでしょうか。愚かで無様な姿をたがいにさらすばかりで恋の気配は遠ざかる一方、そこへあらわれたのがスーパーダーリン最終形態みたいなAだったのです。

どうしても比べずにはいられませんでした。質朴として飾り気がなく、人づきあいが苦手でスマートさのかけらもない陛下に対し、親しみをおぼえこそすれときめきを感じることはできなかった。なるべく近づかないように気をつけていたのに、抵抗もむなしく北欧からやってきた奔流に足をとられてしまった。だれがあたしを責められるでしょう。ときめきを追い求め、王子様の訪れを夢見ていた平凡な少女を。

いまあたしは、退くことも進むこともできずに嵐の夜が過ぎるのを待っています。早く過ぎ去ってほしいとも思っているし、この時間が永遠に続けばいいとも願ってる。だれにわかってもらおうとも思わないけど、あなただけには知っておいてほしい。これがいまのあたしの嘘偽りのない気持ちです。

一七八〇年三月二十三日（木）

今日、Aがパリを去りました。

二年前からフランスが援助しているアメリカ独立戦争へ参加するためです。この数週間、彼との別れを思うたびに顔がぱんぱんに腫《は》れるまで泣いていたので、涙も枯れ果ててしまったようです。最後に彼が出立の挨拶《あいさつ》にきたときには笑って見送ることができました……っていうかほんとに泣きすぎで顔がむくんでブリオッシュマンみたいになってて、そんな顔をAの前にさらしたくなくて早く帰ってほしいばっかりで、「あ、うん、そんじゃまあ」てなかんじにそっけない態度を取ってしまい、「いやおまえ、もうちょっとこうなんかあるだろう……」と社交ベタの陛下にツッコまれてしまったほどでした。

「最近、あちこちからお二人の仲を勘繰る声が聞こえてきます。このままお近くにいたら王妃さまにご迷惑がかかるのではないかと、彼は自ら身を引いたのではないでしょうか」

ふたりきりになったとき、泣き暮れるあたしにランバル公妃は言いました。

「感傷的で少女趣味な妄想だとお笑いになりますか？　そうともかぎらないんじゃないかと私には思えてならないのです。あのお方こそほんものの騎士《シュヴァリエ》ですわ。そう思いませんこと？」

一時期、ランバル公妃とお気にいりの宮廷ロマンス小説を読み聞かせあっては「純愛やばい」「クッソ萌える」「ありえん萌えみが深い」「優勝」「尊い」「高まりすぎて致死」とベッドの上で足をバタバタさせていたことを思い出し、あたしはふっと笑いました。

騎士道では肉体の愛は禁じられ、精神の愛こそ崇高で尊いものとされています。愛する女性に指一本たりとも触れてはならないという騎士の掟《おきて》を遵守《じゅんしゅ》するほんものの騎士。夢見がちでおぼこなあたしとはいえ、さすがにそんなの宮廷ロマンス小説の中にしか存在しないと思っていました。

「いくらなんでもロマンティックがすぎるわよ」

と笑うあたしに、

「そうでしょうか。ほんもののお姫《プランセス》さまと騎士《シュヴァリエ》であるお二人にこそふさわしい物語だと私は思いますわ」

と言ってランバル公妃は引き下がろうとはしませんでした。気の弱い彼女にしてはめずらしく頑として譲らないので、思い込みの激しい強火オタクだと見なしてそっとしておくことにしました。あの勢いだと薄い本[22]作りかねないんじゃ……（ちょっと読みたい）（百リーブル[23]なら出してもいい）。

Ａの心の内をはかり知ることはできませんし、たとえ面と向かって訊ねたとしても、本心を話してくれるとも思えません。

これは後から聞いた話ですが、出征を決めた彼をある公爵夫人がからかったそうです。

「ずいぶんと薄情なお方ですわね。征服したものを捨てていくだなんて」

その場に居合わせた人々は目くばせしあって忍び笑いをもらしました。「征服したもの」とはもちろん王妃のことです。Ａは毅然《きぜん》としてこう答えたそうです。

「もしそんなものがあるとして、どうして捨てていけるでしょう。残念ながら私は清々するぐらい自由の身なのです。なんの心残りもなくこの地を去ることができる」

行間のひだのひだまで読むことのできる特殊な眼鏡（別名：ＹＡＯＩスコープ）を標準装備しているランバル公妃に言わせればそれも「王妃に迷惑がかからないようにわざと冷淡な態度を貫いた」ということになるのでしょうか。そうだったらどんなにいいだろうと思いますが、ロマンティック変換力の足りないあたしにはとてもそうだとは思えません。

神よ、どうか彼を無事に戦地に送り届けてください。そしていつか、あたしのもとへ帰してくださることを願います。あたしたちはまだはじまってもいないのですから。

一七八〇年八月一日（火）

ボンジュー！　フランス王妃改め「劇団☆ヴェルサイユ」看板女優のマリー・アントワネットさまだょ☆　ブロマイド好評発売中！　なんつってー。

プチ・トリアノンの敷地内に新しく作らせた「王妃の小劇場」——青と金の装飾で統一された息をのむほど美しい——で、「劇団☆ヴェルサイユ」の初公演がおかげさまで満員御礼大盛況のうちに終了いたしました。主演はもちろんこのあたし看板女優のマリー・アントワネット、相手役を演じたのはアルトワ伯、脇《わき》をかためたのはエリザベト王女やポリニャック伯爵夫人とその親族、グッドルッキングガイズ《GLG》といったイツメン[24]です。

「ブラボォー！」

幕が閉じると、最前列に座っていた陛下が真っ先に立ち上がって拍手しました。国王がスタンディングオベーションしてるとあってはみんな黙ってみちゃおれません。客席

(22) 同人誌。特に、漫画やアニメ、小説など特定の作品の成人向け二次創作同人誌を指すことが多い。ランバル公妃が作ろうとしているのは実在の人物を題材にしたいわゆる「ナマモノ」。(23) 現在の五万円に相当する。(24)「いつものメンバー」の略。

総立ちでカーテンコールは三回。さすがにやりすぎだろｗって気もしないでもないけど、気持ちよかったからまあいっか。

プチ・トリアノンでもお芝居が観《み》たいな～♡とは以前から思っていたことだったのですが、だったらパリから劇団を呼び寄せちゃえばいいじゃーん！と作らせた舞台にまさか自分が立つことになるとはね。羊飼いや村娘、小間使い——自分以外のだれかになりきる快感はちょっと言葉では言い尽くせません。ギャンブルやパリでの夜遊びに代わって気をまぎらすものが必要だったからちょうどよかったです。初期投資に多少注ぎ込んじゃったけど、たいして経費のかからないクリーンな遊びだからいいよねっ♪実質無料㉕みたいなもんだよねっ♪

そういえばまだプチ・トリアノンを案内してなかったっけ？少しずつ進めてきた改装もようやく終わりが見えてきました。これみよがしに金ピカなドヤ宮殿とはちがい、プチ・トリアノンの内装はロココの粋を集め、叫びだしたくなるぐらいロマンティック＆ガーリーな仕上がりになっております。

玄関から吹き抜けのホールに入っていくと目に飛び込んでくるのは優美な曲線を描く階段です。手すりにはMAの組み合わせ文字があしらわれ、ごく簡素で洗練されたシャンデリアがやさしい光を落としています。淡いブルーを基調にした室内にはいたるところにクリームでデコレーションしたみたいなすみれやスイカズラ、ジャスミン、スズラン、バラに矢車草、ぶどうに松ぼっくり、そして真珠とリボンのモチーフ。ここにあるものはドアノブや調度のひとつひとつ、タペストリーやセーブル磁器にいたるまであたしの趣味を反映させこだわりぬいて作らせました。「かわいくてちいさな宮殿」の名にふさわしく乙女の夢を凝縮したような空間です。も、ちょー夢かわ[26]！ テンアゲやばみ[27]！ 自分で言うのもなんですけど、アントワネットちゃんてばセンス良すぎじゃね？ 来世はインテリアコーディネーターになるべき！

さてさて今度はお庭を案内いたしましょうか（もみ手）。まずは寝室の窓から見える古代ギリシャ風のパビリオンをご覧ください。白大理石でできた「愛の神殿」です。庭を歩き疲れると、美しい天使の横顔を眺めながらあそこで休息をとることがあります。プチ・トリアノンの中でも特にお気にいりの場所です。

世界中から集めためずらしい植物がのびやかに繁茂する庭は、イギリス式庭園と中国様式《シノワズリ》を折衷し、「あるがままに気まぐれに」をテーマに作らせました。大きな池、小高い丘、蛇行する小川のせせらぎ、秘密の洞窟、滝や谷まである起伏に富んだ土地にあずま屋や展望台、古代神殿がわざとらしくなく溶け込むように配された様はさながら

(25) コンテンツに金を注ぎ込むためオタクが用いりがちな自己暗示であり自己欺瞞。(26)「夢かわいい」の略。幻想的で淡い色合いのアイテムなどに対して用いることが多い。(27)「テンションがアガりすぎてヤバイ」の意。

小宇宙です。どう？　すごくない？　丘も川も谷もぜんぶ作り物なのにまるきりほんものの自然みたいでしょ？

　この季節は庭全体にオレンジの薫《かお》りが吹き流れ、故郷のシェーンブルンを思い出させます。宮廷の一部では「王妃の小《プチ》ウィーン」と皮肉をこめて呼ばれているようですが、別にシェーンブルンに模して造らせたってわけでもないんですけどね。むしろどこにもない、どこにも似ていない庭にしたいと苦心した結果、すべての人の故郷に似てしまったみたいなんです。「なんだか故郷を思い出す」と訪れる人たちはみな口をそろえて言います。ときには涙ぐむ人さえいるほどです。この庭には、なにか人々の郷愁に強く訴えかけるものがあるのでしょう。

　プチ・トリアノンでは窮屈な宮廷服を脱ぎ捨て、ベルタン嬢に特別に作らせたふわっとした白いモスリンのシュミーズドレスを頭からかぶり、シルクのサッシュベルトを子どもみたいに背中で結んで、髪は結わずに流れるままにつば広の麦わら帽子か花飾り、田園風の装《よそお》いでギリシャ神話の女神たちのようにしどけなく裸足《はだし》で駆けまわっています。ようやく歩けるようになったマリー・テレーズと追いかけっこして、草の上に寝転び、太陽の光をたっぷり浴びて、おなかが空《す》いたら花の蜜《みつ》を吸い、果実をもぎってかじり、夜にはくたくたになって眠りにつく。ルソー先生の言ってる「自然に帰れ」ってこういうことなのかなって思う。ここはあたしがあたしらしくいられる唯一《ゆいいつ》の場所なのです。

ヴェルサイユ宮殿から二十分ほど馬車を走らせてプチ・トリアノンにくることをあたしは「プチ・トリップ」と呼んでいます。ここではだれにも「王妃」とは呼ばせません。「名前を呼んで。でなかったら追い出すわよ」と片目をつぶればだれもあたしに逆らえない。宮廷の堅苦しいエチケットや決まりきった挨拶もここではいっさい省略し、身分の上下もなく無礼講ですごしています。庭に張ったテントの下、イツメンを集めて晩餐《ばんさん》会《かい》。あたしはこの土地の女主人らしくみんなに給仕してまわり、アルトワ伯の卑猥《ひわい》な冗談に「最低！」とご婦人方は形だけ眉をひそめ、「くっだらねえ〜〜マジくだらねえ〜〜！」と殿方はのけぞって笑う。「うちら最高yeah〜！」と盛りあがってシャンパンの栓をぽんぽん開け、宮殿から連れてきた楽隊の演奏をバックにダンスを踊り、歌をうたう。若いころ夢中になってた薄っぺらくて楽しいだけのパリの夜遊びとはちがう、ローカルでグッドなヴァイブスがここにはあります。「地元《プチ・トリアノン》最高〜！　仲間《ホーミー》最高〜！」ほんと人に恵まれてるなって思う。面と向き合って言うのは照れくさいけど、みんな愛してるぜ／／／／／

ここはあたしの秘密基地。ここには家族か親しい友人しか招き入れないことにしています。国王ですらあたしの許可なく立ち入ることはできないのです。メルシーが言うには、プチ・トリアノンへ招待されないことをひがむ貴族たちから続々とクレームが寄せ(28)られているみたいですが、知ったこっちゃありません。そんなのいちいちフォロバしてたらキリねえし、クソリプ[29]してくるやつは片っぱしからブロック[30]&ミュート[31]にかぎります。ヴェルサイユにやってきて十年、やっと心からくつろげるプライベートな空間が持てるようになったのです。この楽園《シャンゼリゼ》を死守するためなら炎上だって辞さない構えです。かかってこいよオラオラ！

はっ、いけないあたしとしたことが。なんでかプチ・トリアノンにいると野生の血（っていうかヤンキーの血？）が呼び覚まされちゃうみたいで、無駄に好戦的、無駄に無敵の気分になっちゃうんだよね。束《つか》の間《ま》の自由を胸いっぱいに吸い込んでついつい気が大きくなっちゃうのかな?!

ここにいるときぐらいそんなこと忘れていたいんですけどね……。

一七八〇年十二月七日（木）

信じがたい不幸の報《しら》せをオーストリアからの使者が運んできました。先月の二十九日にお母さまがこの世を去ったというのです。

ひどい！　こんなのってひどい！

死んでしまったら悪口も言えないではないですか！　「あんのクソババアうるせえん

だよ黙ってろ！」ってもう言えない、言わせてもらえないなんてひどいです。お母さまは最後までほんとにお母さまでした。やりかたが汚いです。

どこかであたしは甘く見ていたのかもしれません。お母さまは永遠に死なないんじゃないかって。ずっとうざったいお吐言《こごと》を送りつけてくるんじゃないかって。それはそれでゾッとするけど死んでしまうよりずっとましです。

お母さまが死んでも世界は廻っていくなんて、こんなひどいことがあっていいんでしょうか。あたしはこれからどうすればいいのでしょうか。涙にくれてもう自分の書いた文字も見えません……。少し休みます。おやすみなさい、マリア。そして、マリア・テレジア。ボヌ・ニュイ

(28) Twitter で、自分をフォローしてくれた相手をフォローし返すこと。(29) Twitter 上での、下らない、または意地の悪いリプライ（返信）。(30) Twitter で、特定の相手からのフォローやリプライを拒否すること。(31) Twitter で、フォローしている特定の相手の投稿を非表示にすること。

一七八五年八月十五日（月）

ねえ、ちょっと聞いてよ！　事件です！　事件が起こったんです!!

――って、え？　その前にいくらなんでも時間飛び過ぎじゃないかって？　え、でもだって前回「少し休みます」ってお伝えしましたよね？　は？　え？　なに？　マリア・テレジア？　ああ、うん、そのことに関してはもういいから。お母さまの死はとっくに乗り越えました。そんなねえ、五年も前に死んだ人のこといつまでも悼《いた》んでられないって。どうせいずれ人は死ぬんだしgdgd[32]嘆いてたって糞の役にも立ちゃしねえっつーの。そんなことはどうでもいいからちょっと聞いてください！　事件が起きたんです!!

――とはいったものの、どこから話したもんかな。かなりこみいった話であたしもまだちゃんと飲み込めてないんだよね。整理しながら順を追って説明するから落ち着いて聞いてね。

あれは七月の中頃、八月十九日に上演する予定の「セビリアの理髪師」（もちろんあたしはロジーナ役♪）の舞台稽古《げいこ》をしていたときのことでした。宝石商のベーマーがこんな短い手紙をよこしてきたのです。

【このたびのお取り引きにつきましてはまことにありがたく光栄に存じております。この世でもっともすばらしいダイヤモンドの首飾りが、この世でもっともすばらしい王后陛下をよりいっそう輝かせるであろうことに私どもは至上の喜びを感じております……】

何度読んでもベーマーの言ってることの意味がよくわかりませんでした。

「こいつなに言ってくれちゃってんの？」

あたしは鼻で笑って、近くに控えていた腹心の侍女——カンパン夫人に手紙を読んで聞かせました。

手紙に書かれている「ダイヤモンドの首飾り」をベーマーがもてあましていることは前々から知っていました。五百四十個のダイヤモンドと百個の真珠からなるそのネックレスは、もともとデュ・バリー夫人のために作られたものだということでしたが、完成前に彼女が宮廷を去ってしまったので、引き取り手に困ったベーマーが何度かあたしのところにもセールスにきていたのです。百六十万リーブルもする超高額なジュエリーを購入できる人物などそうはおりませんし、実際ヨーロッパ中の王侯貴族にセールスして

(32)「グダグダ」の意。

まわっても買い手がつかなかったそうです。

あのネックレスを見せられたときの衝撃はいまも忘れられません。

「ダサッ！」

口には出さず、心の中だけであたしは叫びました。〝ダイヤモンド大好き〟マリー・アントワネットさまですら食指がぴくりとも動かない、ほんとに身の毛もよだつほどのありえないダサさだったんです。せっかく集めた高品質のダイヤモンドをここまで台無しにするかと目まいをおぼえたほどでした。いかに派手好きなデュ・バリー夫人だってさすがにこれを見せられたらドン引きしたんじゃないかと思います。

「すでにダイヤモンドはいっぱい持っているし、最近は宝石をつけない身軽なスタイルが気に入ってるの。もういい年だし――ってここ笑うとこだから！　そんな豪華なネックレスを身につけたら顔が負けちゃう。重たくて肩も凝るし、あたしには必要ないかな」

「陛下は買ったらどうかと仰《おっしゃ》っているけれど、この国にいま必要なのはダイヤモンドではなく戦艦です。この財政難にそんな高価な装飾品を購入する余裕はありません」

「そのデザインにこだわらずとも、いったんバラバラにして小ぶりなものに作り替えてみたら？　もっとシンプルで軽いつけ心地のものなら考えてみないこともないんだけれど……」

「っていうかもういっそ、首から下げるシャンデリアとして売り出せば?!」

そんなくそダサいネックレス、タダっていわれてもいらねーし！　とは言わずに、手を替え品を替え、遠まわしに断ってきたあたしの苦労があなたにわかりますか？　やさしくじゃない？　めっちゃやさじゃない？　王室御用達の宝石商を傷つけまいとこんなに気を使ってさ！

「この首飾りを製作するために私は莫大《ばくだい》な借金を背負うことになりました。王后陛下に引き取っていただけなければ一家で路頭に迷うことになります。何度、川に身投げしようと考えたことか。どうかこのあわれな宝石商をお救いください」

最後に押し売りに来たとき、ベーマーはほとんど脅しに近いことを言って泣きついてきました。は？　だからいらねえつってんだろ！　てめえが勝手に借金してこさえたくそダサえネックレスの尻拭《しりぬぐ》いをなんでこっちがしてやらなきゃなんねえんだよ！　とこれにはさすがのマリー・アントワネットさまもおこでした。

「あたしには必要ないと何度もお伝えしたはずです。今後いっさいこのことは持ち出さないでください。もうお話しすることはありません」

ぴしゃりと厳しい口調で言ってやったら、さすがのベーマーもそれ以降なにも言ってこなくなりました。そうして、すっかり忘れていたところへこの手紙が舞い込んできたってわけです。ね、意味がわからないでしょ？

「かわいそうなベーマー、ちょっと精神的にまいっちゃってるみたいね」

そうあっさり結論づけて、あたしは手近にあったろうそくの火でその手紙を燃やしました。

ぺらり一枚が燃えて消えて、それで終わればよかったのですが、八月に入ってすぐ、ベーマーは今度はカンパン夫人のもとへ押しかけてきました。

「王妃さまから先刻の手紙に対するお返事がいただけませんが、どうなっているのでしょうか。最初の支払いの期限もすでに過ぎております。私はもう不安で不安で生きた心地がいたしません」

あまりにもベーマーが取り乱しているので、カンパン夫人は彼を落ち着かせるためにお茶を淹《い》れ、「王妃さまは首飾りのことなど知らないとおっしゃっていました。なにか行き違いがあるのだと思いますわ」と諭したそうです。

「行き違いだって？　そんなことがあっていいものですか！　王妃さまは私に百六十万リーブルの支払い義務があるのですよ！　ああそうか、なるほど、あなたはなにも知らされていないのですね。でしたら教えて差し上げましょう。王妃さまは長らくあの首飾りをご所望だったのですが、国王陛下の手前、おもてだって購入できないのでロアン枢《すう》機卿《ききょう》を通して購入されたのです」

カンパン夫人もさすがにこれには黙っちゃいられなかったようです。

「ちょっとお待ちくださいませ。それは聞き捨てなりませんね。王妃さまが私になにか隠し立てなさるはずがございません。王妃さまの手となり足となり目となり耳となって動きまわるのが私の役目。私と王妃さまは一心同体なのですよ！」

えっ、ムキになるところそこ⁈　宮廷一の強火マリー・アントワネット担カンパン夫人の盲目っぷりが裏目に出たようです。「真実を知ってるのは自分だ、おまえはなんにもわかっちゃいない」「いいや、おまえこそなんにもわかっちゃいない」という押し問答が十分ほど続いたのち、カンパン夫人はふと気づきます。ベーマーの話には決定的な矛盾があることに。

「先ほどロアン枢機卿とおっしゃいましたね？　王妃さまが猊下《げいか》を避けていらっしゃることは周知の事実ではございませんか。百歩譲って王妃さまが首飾りをご所望になられたとして、猊下に仲介をお願いすることなど天に誓ってありえませんわ。お気の毒ですが、あなたは騙《だま》されたんですよ！」

そこでベーマーは火が付いたようにわっと泣き出してしまったそうです。不安で押しつぶされそうになっていたところへ、「俺のほうが王妃について知ってる」と言われてムキになった王妃担に正論で説き伏せられてしまったんだから無理もありません。かわいそうなベーマー……。

それにしたってこんなに奇妙な話はありません。プチ・トリアノンで話を聞かされたあたしは、カンパン夫人がなにを言っているのかなかなかなか飲み込めませんでした。

「えっ？　えっ？　ちょっ、待っ、なんて？　なななななんて？」

だってロアン枢機卿ですよ！　名前を口にするのもおぞましい、お母さまが忌《い》み嫌っていたあの腰ぎんちゃくのなまぐさ坊主《ぼうず》！　聖職者の身でありながら贅沢《ぜいたく》ざんまいで女遊びにうつつをぬかし、ミサの最中にもいやらしい目つきでなめまわすようにあたしを見るキモofキモ男。噂《うわさ》では、モールパ亡《な》きあと空きっぱなしになっている宰相の地位を狙《ねら》っているのだとか。図々《ずうずう》しいにもほどがあります！　あんな俗物が枢機卿という地位についているなんてこの国も終わりです。ウィーンに大使として送られていた彼がフランスに戻ってきてから、七年間あたしは彼とはいっさい口をきいていません。カンパン夫人は圧倒的絶対的に正しい。あたしが彼に個人的になにかをお願いすることなど万が一にもありえないのです。っていうかそもそもの大前提からしてあんなくそダセぇネックレスいらねえんだってば！！！！

「もうがまんできません！　いますぐロアン枢機卿を逮捕してください！　あの男はこともあろうに王妃の名を騙《かた》って詐欺《さぎ》を働こうとしたのです！　こんなでっちあげありえない！　これは陰謀です！　あたしの名を貶《おとし》めようとして枢機卿が企てた陰謀です！」

カンパン夫人の話を聞き終えてこみあげてきたのは抑えようもない怒りでした。あたしはすぐさまヴェルサイユ宮殿にとってかえし、執務室にずかずか踏み込んでいって、国王陛下や大臣たちのいる前ですべてをぶちまけました。

「おそらく枢機卿は長年の放蕩《ほうとう》で財産を使い果たし、金策のためにこのような企《たくら》みに手を染めたのでしょう」

以前よりロアンと敵対していた宮内大臣のブルトイユは、ここぞとばかりにあたしに同調し、「陛下、ご決断を！」と詰め寄ります。

「しかし、ロアン家ほどの名門貴族、それも枢機卿ほどの地位にある人をそうやすやすと逮捕するわけにはまいりますまい」

と、ヘタレの大法官ミロメニルが日和《ひよ》ったことを言い出し、

「たしかに、影響の大きさを考えますとここは慎重に事を進めるべきかと思われます」

陛下の信頼篤《あつ》い外務大臣のヴェルジェンヌも追い打ちをかけ、過激派と慎重派にまっぷたつに意見が分かれる格好となってしまいました。

両サイドから圧をかけられた陛下は、うーん、としばらく考え込み、「一度、枢機卿の話を聞いてみないことにはなんともならんだろう」と煮え切らない結論を出しました。

そうして今日、その審問会議が開かれたのです。ミサのための赤いローブを着た枢機卿が部屋に入ってきた瞬間、シャ――――ッと飛びかかりそうになったあたしを「ハウス！」と陛下は目だけでたしなめ、静かに問いました。

「ベーマーからあなたがダイヤモンドを購入したと聞いているが、事の経緯を我々にも

わかるように説明してもらえないだろうか」

すでになにかがおかしいと気づいていたのでしょう。ロアン枢機卿は悄然《しょうぜん》とした様子で答えました。

「ジャンヌ・ド・ラ・モット・ヴァロア伯爵《はくしゃく》夫人から相談を持ちかけられたのです。なんでも彼女は王妃さまと懇意にしているという話で……王妃さまがダイヤモンドの首飾りをご所望されており、私に仲介を頼みたいということでしたので、喜んでお引き受けしたのです。私は手付金を支払い、ベーマーから受け取った首飾りを彼女に渡しました。……首飾りは王妃さまのお手元に届けられたのではないのでしょうか？」

「ヴァロア？　まさかヴァロア家の末裔《まつえい》だとでも？　そんなご婦人の名前など聞いたこともありません！　あたしがあなたを黙殺しつづけてきたことはあなたがいちばんご存知のはずでしょう？　そんな相手にどうしてわざわざ秘密の買い物の相談をすると思う？　しかもそんな名前を聞いたこともないご婦人を仲介にして。よりにもよってヴァロアですって？　フランス王家の末裔がそのへんにいるとでも？　どうかしてるわよ」

あたしの剣幕に一同、黙り込んでしまいました。痛いほどの静寂。まただよ、とあたしは舌打ちしたい気持ちをこらえて唇を噛《か》みました。女が怒りをあらわにすると、どうしてみんな「まあまあ」とたしなめてくるか、ドン引きするかのどちらかなんでしょう。あまつさえ、「怒りを上手にあしらって、〝バカねえ〟と鼻で笑ってるほうが賢い大人の女の態度というものですよ」なんてアドバイスしてくるのまでいるんだからたまったもんじゃありません。

「首飾りは王妃のもとには届いていない。いまどこにあるのか、貴殿は承知しておらんのか」

静寂をやぶるように、陛下が続きを促しました。

「おそらくは、ラ・モット伯爵夫人のもとにあるかと……いや、もしかしたらすでに売り払われてどこかへ消えているかもしれません」絶望のこもった枢機卿の声が室内に響き渡りました。「つまり私は騙されていたというわけですね……信じていただけないかもしれませんが、長いあいだ王后陛下のお役に立ちたいと願いながらその機会を与えられずにおりましたので、突然降ってわいた僥倖《ぎょうこう》に目がくらんでしまったのです。首飾りの代金は私が支払います。ですからどうか、このたびのことはどうか……」

あたしははっとして青褪《あおざ》めきった彼の顔を見ました。燃えさかるあたしの心にしゅんと水を差すような真に迫る表情で、もしかしてこの男の言っていることは嘘ではないのかもしれないと一瞬いやな予感が頭をよぎりましたが、いまさら引っ込みもつかないしどうしよう……と迷っていると、ロアン枢機卿が懐《ふところ》から一枚の紙を取り出しました。ラ・モット伯爵夫人と名乗る女から渡されたという借用書の末尾には、【マリー・アントワネット・ド・フランス】という署名がありました。

「筆跡を問うまでもない。これが王妃の署名でないことはあきらかであろう。いやしくもロアン家の当主で、王室付司祭長ともあろう者が、どうして【マリー・アントワネット・ド・フランス】などという署名を王妃のものだと思ったのか。王妃が洗礼名でしか署名しないことは宮中の人間ならだれでも知っていることではないか」

国王陛下がめずらしく声を荒げたので、みな驚いて顔をあげました。王妃のヒステリーとはわけがちがう、威厳ある国王の義憤に、だれもが敬意を払っているのが感じ取れました。

「陛下、どうかお許しください。私は騙されただけなのです」

「妻の名を汚《けが》すことは何者であっても許しがたい。国王として夫として、私は義務を果たすまでだ」

足もとにひれ伏すロアン枢機卿を見下ろし、決然と陛下は言い放ちました。

「枢機卿を逮捕せよ!」

こうして枢機卿は晴れて監獄《バスティーユ》送りとなったのです。逮捕の瞬間には大勢の野次馬が押しかけ、宮廷は大騒ぎになりました。この事件に関わっていたとされる女詐欺師も数日中には逮捕されるでしょう。

なにか釈然としない気味の悪さが胸に引っかかっていますが、ひとまずこれにて一件落着。騒ぎのせいで中断していた「セビリアの理髪師」の舞台稽古にやっと戻れます。

上演が四日後に迫ってるのにまだ一度も通し稽古ができてないんだから大変です。しばらくは寝食惜しんで取り組まないとなのでご報告はこれにて。オヴォワー！

一七八六年五月二十二日（月）

ボンジュー、疑惑の王妃マリー・アントワネットさまですわよ。コマン・タレ・ヴー？(33)

本日ようやく高等法院で首飾り事件の裁判がはじまりました。この九ヶ月間、聞くに堪えないような醜聞《ゴシップ》――王妃と枢機卿はできていた！　事件の真犯人は王妃！　王妃のクロゼットには件《くだん》の首飾りが眠っている……etc.――が世間に飛びかい、情緒は安定しないし体調は崩すしパリに遊びにも行けないしで最悪でした。この裁判できっぱり決着がつけられることを願うばかりです。

まさかあなたは疑っていやしないとは思うけど、ほんとあたし、この件に関しては無実だからね！　っていうか、この件に限らず法を犯すような真似は一度もしたことがないし、王妃としてっていうか一人の人間として尊厳を損なうような行いをしたこともございません。これだけは声を大にして言いたいです。言われっぱなしで反論の機会を与

(33)「ご機嫌いかが？」の意。

えられないってめっっっっちゃストレス溜《た》まるんだから！　有名人がSNSやらなんやらで「自分の声」を発信したがる気持ちすっごくよくわかるもん。わかるんだけど、あたしがSNSなんかやろうもんなら炎上炎上炎上、炎上に次ぐ炎上で大変なことになるだろうから十八世紀に生まれてほんとよかったなとも思ってます。

それにしても、ロアン枢機卿に続き、ラ・モット伯爵夫人をはじめとする事件の関係者が次々に逮捕され、事件の全容があきらかになるにつれ、なぜか王妃を批判する声が高まってるっていうんだからびっくりしちゃうよね！　えっ、待って？　あたし関係なくね？　むしろベーマーの次ぐらいに被害受けてるんですけど？　なにがどうしてそうなった?!　みたいな。

世間のみなさまが言うには「王妃に不利な証言が出てこないなんておかしい！　警察とマスコミに圧力をかけて事実を隠ぺいしたにちがいない！」んだそうで、うーん、つまりどういうことなのかな？　見えないものを見ようとして顕微鏡を覗《のぞ》き込んでいるのかな？　毎日のように送られてくる膨大な報告書や王妃を告発するパンフレット（発行元は外国になっていますが、どうだかねえ……）に目を通してもそこんところがよくわからないのですが、このへんであなたにもざっと事件の概要を説明しておくことにします。

まずラ・モット伯爵夫人についてですが、なんとこの人、驚いたことにほんとにヴァロア家の末裔らしいのです。その血統にはふさわしくない貧しい生まれで、父親が死の間際《まぎわ》に「私たちは実はヴァロア王朝アンリ二世の庶系なのだ」といきなりのカミングアウトをしちゃったもんだからさあたいへん！　父親の死後、母親に強制され、「ヴァロア家の末裔」という看板をさげて路上で物乞《ものご》いをしていたところ、とある侯爵夫人に拾われ教育を施され、修道院に入れられたものの修道女になるのがいやで逃げ出して、その後なんやかんやあって、今回の事件の共犯者でもあるラ・モット伯爵（と名乗ってはいるけどほんとかどうかも怪しい）と結婚し、侯爵夫人にこさえてもらった家系図を利用してヴァロア家の末裔として年金を受け取り、宮殿に出入りが許されるまでにのしあがったとかで、えっと……うん、気持ちわかる、わかるよ。もうここまででおなかいっぱいですよね？　いくらなんでも要素乗せすぎって思ったでしょ？　朝ドラヒロインの三十倍ぐらいの濃さだよね？　おそろしいことにこれでもまだ序盤なんです！　ちょっと黙って聞いてて！

ラ・モット伯爵夫人は王妃の通りすがりに二度も気絶したふりをしたことがあるそうです。「王妃の同情を買うためにしたことでしたけどね、王妃はあたしには一瞥《いちべつ》もくれずにその場を立ち去りました。つめたい女。あの女の前に出ると、自分なんてなんの価値もない人間なんじゃないかって思えてくる。目が合っただけで舞いあがるぐらいうれしくて、無視されると塩かけられたナメクジみたいにしおしおとみじめな気持ちになる……」と供述しているそうですが、マジでおぼえがないんですけど……こわっ！　マジでこわっ！　一方的に愛されたり恨まれたりは日常茶飯事なのでいまさら気にもしてられないけどさすがにこの女の執念には恐怖をおぼえます。

あたしから認知をもらうために変わった行動をする人間は引きも切らないので、いちいち相手にしてたら大変だというのもあるんですが、そういうやつらに限ってほんとつまんなくて相手すんのもやになるんですよね。え？　なにそれ面白いと思ってやってるの？　うわー、引くわー。っていうか逆にウケるー。「一度、私のサロンにもお越しください。マジ頭おかしい人ばっかり集まっててチョー最高だから！」自信まんまんのあぶらぎった顔で言われた瞬間「アウト！」ってかんじ。「いつかいっしょに面白いことやりましょうよ！」って申し出てくるのがいちばん多いパターンだけど、は？　ちょっと待って？　それ以前におまえ自身が面白かったところを見たことがないんですけど。いままで一度でもそんな瞬間ありましたっけ？　何時何分何秒何曜日、地球が何回まわった日？　どいつもこいつも王妃の面白ハードルがどんだけ高いかご存じないのでしょうね、お気の毒に。

はっ、いけないいつい日頃の鬱憤《うっぷん》が……で、えっとなんだっけ？　そうそうラ・モット伯爵夫人の話ね。彼女はあまりに王妃に相手にされないんで、標的をアルトワ伯妃に移し、それでもだめなもんで、あの純真なエリザベト王女をまんまと騙し、さらに年金額を引き上げさせたのだそうです。なんていうか、っょぃ……って思っちゃったよね。同じ王家の血を引く者でも生まれがちがうだけでこんなにもちがうんだと愕然《がくぜん》としてしまいました。もしあたしが彼女と同じ境遇に生まれていたら、「路上で物乞い」の時点で「無理！」ってなって人生糸冬了してたでしょう。ジャンヌまじっょぃ……。

そんな野心と欲望の塊のような女が今回の事件の首謀者なのです。さして巧妙な手段を用いたわけでもないのにまんまとみなが騙されたのは、彼女の身内に渦巻く暴力的なエネルギーに否応《いやおう》もなく呑《の》み込まれてしまったからなのでしょう。

ラ・モット伯爵夫人がロアン枢機卿と出会ったのは一七八三年、当初、二人のあいだには肉体関係があったようです（キショキショキショキショ！）。ロアン枢機卿が宰相になりたがっていること、彼がひそかに抱いている王妃への恋心（キショキショキショキショキッショー！）に気づいたラ・モット伯爵夫人は、夫のラ・モット伯爵と愛人レトー・ド・ヴィレットと共謀し、枢機卿から金をまきあげることを思いつきます。彼女はレトー・ド・ヴィレットに偽造させた王妃の手紙をちらつかせ、枢機卿を幻惑しました。

「王妃さまはあの首飾りを以前からよだれを垂らさんばかりに欲しがっていましてよ。だれかお手伝いしてくださる人さえいれば手に入れられるのに……とほれほれ、この手紙にも書いてありますでしょう？　私が猊下のお名前をそれとなくほのめかしてみたところ、王妃さまははっとしたようなお顔をされて、もし猊下がこの役を買って出てくれたらどんなにいいだろう、けれどいまさら猊下にお願いできるはずもない……とこれまでの猊下に対するむごい仕打ちを悔やんでおられるようでした。王妃さまは素直なお方ですから、今回のお役目を果たしていただけるのであれば、きっと猊下に感謝し、猊下を宰相にとご推挙してくださることでしょう。どうかご検討くださいませ。またとないチャンスでございますよ」

この時点で枢機卿はすでに夢うつつの状態、いくらでも金を引き出せるガバガバなATMと化していたようですが（人のこと言えた義理じゃないけど経済観念ちょっとは仕事しろ！）、最後の仕上げにラ・モット伯爵夫人は大芝居を打ちます。王妃への謁見《えっけん》を渇望《かつぼう》する枢機卿の願いをかなえてやることにしたのです。Q．どうやって？　A．王妃の替え玉を用意して！

ラ・モット伯爵はオルレアン公が所有するパリの盛り場パレ・ロワイヤルに通い詰め、王妃にそっくりなニコル・ドリヴァという名の娼婦《しょうふ》を見つけます。伯爵はすぐに彼女と妻を引き合わせ、仕事の依頼をします。あなたにちょっとしたお役目をお願いしたいのです、きれいなドレスを着て夜中にヴェルサイユ庭園のヴィーナスの茂みの中で待っているだけのかんたんなお仕事、後からやってきた殿方に一本のばらを差し出し、「わたくしの気持ちはこれでおわかりですね？」と言い添えるだけでお役目は終了です、すぐに警備がきたと言って殿方を去らせるように段取りするから正体がバレることもありません、報酬として一万五千リーブルお支払いしましょう。若い娼婦はこれまで手にしたこともないような大金に目がくらみ、そのお役目がなにを意味するのか、深く追及することもなく二つ返事で引き受けます。一七八四年八月十一日、その逢引《ランデヴー》はつつがなく執り行われ、枢機卿もラ・モット夫妻も娼婦もＷｉｎ‐Ｗｉｎ(34)の幸福な一夜となったのです。

　この身の毛もよだつような話を聞かされたときのあたしの気持ちがわかりますか？　ばらは王妃を象徴する花です。あたしの愛する花です。そんな大切なばらをみずからロアンのような男に渡すことなどマジで絶対ありえない《MZA》（Ａにだって渡したことないのに！）。悔しくて悔しくて考えるだけで涙が出てきそうになります。このような辱《はずかし》めがいまもあたしの知らないどこかで行われているのかもしれないと思ったらじっとしていられなくて、落ち着きなくバタバタと鏡の間を行ったり来たりして、その様子が次の日には「ついに王妃ご乱心か?!　檻《おり》の中のトラのような奇行をくりかえす」と醜聞新聞の一面を飾ることとなり、ますますあたしの情緒が不安定になっていくのです。

　このセンセーショナルでスキャンダラスな首飾り事件は発覚するやいなや旋風のようにパリを駆けめぐりました。とりわけヴィーナスの茂みのエピソードは人々の興奮をあ

(34)　当事者のいずれもが得をすること。

おったようです。生身の王妃にふれることで枢機卿が完全に罠《わな》にかかってしまったように、人々もこのエピソードに生々しさをおぼえたのでしょう。王妃が普段から夜の庭園を散歩していることはさんざん醜聞新聞に書きたてられてきたのでフランス国民ならだれでも知っていることでした。そこで数々のお相手と逢引《あいびき》をくりかえしていることも。つまりこれはいかにも王妃らしいエピソードだったのです。大衆によって作り上げられた、彼らの思うリアルな王妃そのものだったのです。

さらに悪いことには、王妃の浪費癖、宝石ぐるいもだれもが知るところでした。かわいそうに枢機卿は愛する王妃をかばうために嘘偽りを述べているのだ、王妃にねだられて首飾りを買っただけなのに、ロアンとの関係が国王にバレるのを恐れた王妃が土壇場《どたんば》で怖気《おじけ》づいてトカゲのしっぽ切りをしたのだ……ロアン枢機卿に同情が集まる一方、でたらめな供述をくりかえすラ・モット伯爵夫人への関心も高まっていきます。彼女を悲運の星のもとに生まれた王家の血を引く可憐《かれん》なヒロインとして見るか、当代一の女山師と見るかで、事件の色合いはまったく変わってきますし、どちらにせよドラマティックな大衆受けする物語であることには変わりません。あたしだって直接の関わりさえなければ、夢中でこの物語を追っかけていたことでしょう。

一七八五年二月、ロアン枢機卿から首飾りをかすめとったラ・モット伯爵は、すぐさまイギリスに飛び、バラバラにしたダイヤモンドを売りさばきます。夫妻はその後、パリ市内に屋敷を買い、目に見えて金まわりのいい生活をはじめたそうです。「もしあたくしたちが詐欺を働いたとして、それでそんな生活をはじめるなんて〝おまわりさん、あたしをつかまえてごらんなさい〟と言っているようなものじゃありませんこと？　見くびらないでくださいな。あたしがそんなバカをやるように見えます？　もしあたしが犯人ならいまごろ高飛びして外国で悠々自適の暮らしをしているわ」とラ・モット伯爵夫人はもっともらしい供述をしているようですが、実際のところ、夫のラ・モット伯爵は海外に逃亡したきり戻りませんし、ロアン枢機卿や共犯者たちの供述から彼女が主犯であることはまちがいなさそうです。

ここで目をそむけたくなるような事実が浮かび上がってきます。そう、ロアン枢機卿も被害者の一人である、ということです。しかし、頭ではわかってもどうしても心がその事実を受け入れられません。彼は許しがたい罪を犯したではありませんか！　王妃の名を汚し、侮辱した不敬罪です。

「口に出すのもおぞましいことですが、あろうことか彼は、あたしが彼に恋をしているのだと厚かましくも信じ込んでいたのです。こんなの許せない、許していいはずもありません。あの茂みの一件を、大衆はあたかもほんものの王妃と枢機卿のあいだにあった事実だと思い込んでいるというではないですか！　どうかお願いします、枢機卿を裁判にかけて、大勢の前であたしの身の潔白を証明してください！」

大臣たちが見守る中で、あたしは陛下に泣きつきました。妻のヒステリーをおさめる方法を他に知らない夫はこう言うよりありません。「君の好きにすればいい」。

一七八六年五月三十一日（水）

本日、事件の判決が言い渡されました。
ニコル・ドリヴァ、無罪。レトー・ド・ヴィレット、国外追放。ジャンヌ・ド・ラ・モット、鞭《むち》打ちと泥棒《Voleuse》のVの字を焼き印した後、終身刑。ロアン枢機卿、無罪。

一七八六年六月一日付け　ポリニャック公爵夫人(35)にあてた手紙

パリの町は枢機卿の勝利に沸きに沸いているそうです。「枢機卿ばんざい！」の歓声が通りのあちこちからあがり、調子に乗った枢機卿は赤いローブを着て、数万人の群衆を引き連れてバスティーユまで凱旋《がいせん》行進したという話です。
どうかあたしのところへきて、いっしょに泣いてくれませんか。今回の判決にあたしは絶望し、泣き暮れています。お願いだから早くきて。あなたの助けが必要なの。あなたがいなくちゃ死んでしまいます。

一七八六年六月二十四日（土）

陛下が視察のため地方に旅立たれ、大宴会や舞踏会も首飾り事件の余波で取りやめとなり、ヴェルサイユ宮殿はこれまでになく静まりかえっています。こちらにきてもう十六年になりますが、ここまで静かだったことはちょっと記憶にない。お義祖父《じい》さまの喪中でさえ、式典などで人の出入りがあってにぎやかだったのに。

判決の翌日、陛下はロアンに公職を辞すよう命じ、宮廷への出入りをいっさい禁じました。「こんな判決、納得いかない」と泣き叫ぶ妻の疳気《かんき》を解くためにしかたなく下した処置でしたが、これが思いもかけず貴族――それもいずれ劣らぬ大貴族《ビッグネーム》ばかり――の反発をまねくことになりました。無実の枢機卿を屈辱的なやり方で逮捕し、一年近くも身柄を拘束したあげく、無罪判決が出たにもかかわらずこの仕打ち、それこそ王妃になにか後ろ暗いところのある証左ではないか、と彼らは訝《いぶか》っているようなのです。このごろでは、真っ向からあたしに憎しみのこもった視線をぶつけてくる貴族も少なくありま

(35) 一七八二年、ポリニャック伯爵はルイ十六世より公爵位を与えられた。

せん。王太子妃時代、「オーストリア女」だとか「やる気そぎ子」だとか柱の陰でくすくす笑っていたあんな生易しいものではなく、肌に突き刺さるような剝《む》き出しの敵意です。

前々からプチ・トリアノンに招待されないことや王妃のマイメン[36]に選ばれないことをひがむ声が貴族のあいだで高まっていたようなので、起こるべくして起きたことだとも言えます。自業自得《じごうじとく》ってやつ？　あたしが身分の高さや家柄にはとらわれず（王妃より「上」なんていないのに気にする必要ないじゃんね？）、フィーリングやヴァイブスを優先することが彼らには気に入らないのでしょう。なによりの誇りでありよすがである「家名」が、王妃の前に出たとたん無価値でとるにたらないものと見做《みな》される。彼らはそれに傷つき屈辱をおぼえているのです。

最近では王妃のサークルから弾《はじ》かれた人たちが、宮殿の奥深くに引きこもって暮らしていらっしゃる叔母さま方やプロヴァンス伯を囲む輪の中に取り込まれていると聞きます。王位継承者の一人でもあるオルレアン公のパレ・ロワイヤルにも独自のサロンが形成され、さまざまな陰謀がめぐらされているのだそうです（※当社《メルシー》調べ）。王妃を非難するパンフレットの一部はここで刷られ、パリ中にばらまかれているのだとか。陛下がくだらない派閥争いや因習をなくすため、愛妾《あいしょう》の一人も持たず、廷臣のだれか一人を特別に取り立てることもなく平等に遇しているというのにこのていたらく。しかし、人が集まるところでこのような諍《いさか》いは避けられないことなのかもしれません。高い理想を掲げ、バカ正直に突き進む陛下をあたしは心から尊敬しておりますが、いささか見通しが甘かったのではないでしょうか。

陛下のそのご立派な方針はさらなる悲劇を生んでいます。ガス抜きの役目を果たす愛妾が存在しないことで、国民の憎悪《ぞうお》がまっすぐ王妃に向かってしまったのです。国民のあいだで、どうやら最近あたしは「赤字夫人《マダム・デフィシット》」という呼び名で通っているそうです。ルイ十四世の治世から持ち越された莫大な負債に加え、アメリカ独立戦争でさらに借金を抱え込むことになり、いまやフランス財政は破たん寸前です。戦争に費やした金額に比べれば宮廷費などごくわずか、その中であたしが使った分なんて小指の先にも満たない金額なのですが、国民にとっちゃそんなの知ったこっちゃねえ、年収三百リーブルに満たない労働者たちに百六十万リーブルの首飾りという具体的な数字を突きつけちゃったもんだから、パンがないのも天候に恵まれずに不作が続いているのも伝染病も重税も女房が若い男と逃げ出したのもなんでもかんでもあたしの責任にされてしまったのです。

何年か前、ヴィジェ＝ルブランの描いたシュミーズドレス姿の王妃の肖像画が集中砲火を浴びたことがありました。「こんな下着みたいな簡素な服を着た王妃など見たくな

(36) "My Man" あるいは "My Member" の略。「愛しき友」の意。

い」「王妃としての威厳が感じられない」「フランスの伝統をぶちこわしたオーストリア女！」そのくせ翌月にはモスリンのドレスを着た女たちがヴェルサイユやパリの街頭をにぎわすようになったんだから、てめえらマジでおふざけにならないでいただけます？ってかんじだよね。しまいには「オーストリアから輸入したモスリンばかり着て、フランスの絹織物産業を衰退させようとしている」なんて陰謀説までとなえられちゃったんだからマジうけるwwwとしか。

結局、あの人たちはあたしがなにをやっても気に入らないんです。派手に着飾ったら「贅沢ざんまいで国庫を潰《つぶ》した軽薄クソ女」にされるし、野花をアクセサリーに簡素な服を着てれば「フランスの産業を破滅に導くオーストリアの手先」にされてしまう。いったいどうしろと?!　ってかんじだよね。やっぱ穴かな？　穴にこもって一生出てこなければいいのかな？　歴代の王妃たちが目立たないようにひっそり宮殿の奥で暮らしていたみたいに尊敬されるような行い（ってどんな？　寄付とか？？　慈善事業とか？？？）だけしてればみんな満足なのかな？

先日、ひさしぶりにパリに観劇に出かけたときのことでした。桟敷《さじき》席にあたしが顔を出すと、客席から野次が飛んできました。最初は少数だったその声も小さな石ころを投げ込んだ湖のようにじわじわと波紋を広げ、やがては劇場の空気を一色に染めあげました。ブーイングに耐えかねてあたしは劇場を飛び出し、それ以降パリには足を運んでいません。どんな危険に遭うかわからないのでしばらくはパリ行きをお控えくださいと警視総監からも注意を受けました。

なんだか世界中から嫌われてるような気がします。ここまでくると笑える。あたしのことなんかなんにも知らないで、みんな好き勝手なことばかり言ってる。マジ笑えるわ。ねえ、こんな面白いことってある？

もういい。ほんと、もういいです。なんかめんどくさくなってきちゃった。反論したところでわかってもらえるわけないし、わかってもらおうとも思いません。

いったいあたしがあの人たちになにをしたっていうの？　あたしはただあたしであろうとしただけなのに。

だれになにを言われても気にしない強い精神力がなければとてもこの国で王妃など務まりません。十六年かけてあたしもそんなタフレディに成長したつもりだったんだけど、ここにきてポリニャック公爵夫人とのあいだに溝ができつつあることだけはちょっと耐えられそうにないです。

というのも彼女の愛人ヴォードルイユ伯爵が首飾り事件が発覚した直後にロアン派を標榜《ひょうぼう》し、彼女のサロンで大っぴらに王妃批判をぶっていたようなのです。あの男を追い出すようにとあたしは何度も彼女に請《こ》いました。いまの地位も宮殿内の居室《アパルトマン》も友情の証《あかし》にあたしが与えてあげたものです。そこからあたしを締め出すような真似《まね》をするなんてひどいじゃないの、あなたの友情を疑ってしまいます、と。

「いくらなんでも干渉がすぎるのではありませんか？　私が王妃さまの交友関係にあれこれ口出ししたことがありますか？　おたがい大人なのですからもうすこし適切な距離を取っておつきあいしたいものですわ。王妃さまに与えていただいたものへの返礼はじゅうぶんにお渡ししているつもりです。いつでも呼ばれれば飛んでいき、王妃さまを楽しませ、お慰めし、献身を捧《ささ》げてまいりました。これ以上を求められても、お渡しするものはもはや髪の毛一本たりともございません。まさか友情の証に命を差し出せだなんて無体なことを仰るおつもりじゃありませんわよね？」

彼女の友情をあたしはお金で買ったのです。そんなのはじめからわかっていたこと、わかっていたことではないですか！　なにをいまさら、いちいち心を痛めるのもばかばかしい……。

だけど、ほんとうに？　とも思ってしまうのです。ぜんぶがぜんぶお金で買ったものだったの？　くだらない冗談でふたり笑い転げたあの瞬間、うすく開いた唇からのぞいた宝石のような歯、汗ばんで光る首すじにさっとさした朱色、ぜんぶ嘘《うそ》だったの？

こんなときこそ気晴らしにおバカなアルトワ伯でも誘ってパリに遊びに行きたいけど、いまやそれもかなわなくなってしまいました。ぱーっと踊って憂《う》さを晴らそうにも舞踏会を開いたところで針のむしろだし、そんな贅沢をしたらまたなにを言われるかわかったものじゃありません。「会いにきて、いまこそあなたが必要なの、あなたといっしょに笑っていられればそれだけで救われる」ポリニャック公爵夫人に宛《あ》てた手紙を何度も書いては燃やし、そうしているあいだに日が暮れる。今日も彼女に手紙を出さずに済んだと、大運河の向こうに日が沈んでいくのをあたしはほっとして眺めるのです。

一七八六年八月三十日（水）

短くも美しく甘やかな夏が終わりを告げようとしています。夏の終わりはいつもそうですが、どうしてこうもうすさびしく、感傷的になってしまうのでしょう。何度、夏を越えても――あたしももう三十路《みそじ》でございます……――慣れるということはありません。

この夏のあいだあたしはプチ・トリアノンでチルってました[37]。七月九日に四人目（！）のソフィー・エレーヌ・ベアトリスを出産してからなかなか体調が回復せず、静養が必要だったということもありますが、首飾り事件でもともと地面すれすれだった評判が地中深くにめりこみ、パリにもヴェルサイユにも居場所がなくて秘密基地に逃げ込んでいた、といったほうがいいでしょう。

(37)「ゆっくりまったりと過ごす」の意。

プチ・トリアノンではついに村里《アモー》が完成し、ほんものそっくりの田園風景の中で子どもたちとひと夏を過ごすことができました。それっぽく見えるようにわざと壁にひびを入れて建てられたノルマンディー風の田舎家に、ほんものの農民一家を住まわせて野良《のら》仕事をさせています（ただし「王妃の家」の内装にはこだわり、長時間の滞在にも耐えられるように暖炉やビリヤード台や長椅子《いす》などを設《しつら》えました）。大きな池を掘らせそこに二千匹の鯉《こい》を放って釣りを楽しんだり、鶏や羊や牛やヤギを飼い（家畜のにおいがどうにも苦手なので徹底的に清潔にさせ、仕上げに香水を噴きつけておくよう指示してあります）、卵を収穫したり毛を刈ったりミルクをしぼったりして自給自足の生活を送っています。工場に特注したセーブル焼のカップで飲むしぼりたてのミルクのおいしさといったら格別です。最近ではバターやチーズまで手作りしてるんだから！　ぶどうを収穫したらワイン作りにもチャレンジしてみるつもり。そのためにいま特注で大理石の器を用意してもらっています♪

――ええ、ええ、あなたの言いたいことはよおくわかってますよ。どうせこれもごっこ遊びにすぎないって、テーマパークみたいなもんだってそう言いたいんでしょ？　ご指摘ごもっとも。でもさ、それのなにがいけないの？　いつの時代も田舎暮らしをファッションにしようとする人はいるものです。流行《はや》りものに目がないミーハー女のあたしが飛びつかない手はないじゃん？　スローライフ／（＾o＾）＼ってね。

そうそう、ご報告が遅れちゃったけど、実はあたし、この数年のあいだに子どもを二人（それも待望の男の子を！）産んでいたのです。早く子どもを産め産めと急《せ》かされていたあの七年間はなんだったの？　ってくらいの勢いでぽんぽんと。おかげでぶくぶく見事に太っちゃいましたがそのぶん胸も大きくなったからプラマイゼロってことにしとこうかな？「洗濯板」「やる気そぎ子」と呼ばれていたこのあたしがいまや四人の子持ちの巨乳マダムだっていうんだからびっくりだよね！

王太子のルイ・ジョゼフが生まれたときはちょっとばかし感動的でした。というのも、子どもが生まれてからもしばらくだれもなんにも言わないので、てっきりまた女の子が生まれたものだとばかり思ってたんです。

「いいのよ、わかってるから。なんにも訊《き》きません。おとなしくしてるわ。あたし、えらいでしょ？」

などと欲しがりマックスな台詞《せりふ》を吐くあたしに、陛下はやさしくほほえんで仰いました。

「君はわれわれの願い、そしてフランスの願いをかなえてくれたんだ。王太子殿下が母君にご挨拶《あいさつ》したいそうだが、よろしいかな？」

控えの間からわっと歓声が上がり、その日は宮廷中——いえ、おそらくフランス中がお祭り騒ぎでした。

そのルイ・ジョゼフももうすぐ五歳になります。生まれつき体が弱く、しょっちゅう熱を出す子なので心配が尽きませんが、天使のように心の美しい男の子です。ヴェルサイユはどこもかしこも汚染がひどいので、どこか空気のいい離宮に連れていって静養させたいのですが、「王太子の御座所」にはさまざまな利権がからんでいるので話が一向に進みません。手遅れになる前になんとかしなくては。

その下のルイ・シャルルは兄とはうってかわって健康で、ちょっと元気すぎると思うぐらいの男の子です。落ち着きなくちょこまかと動きまわって、ちょっと目を離すと大理石の床に落書きしたり、宝石をちりばめたがらがらであたしの大事な漆器コレクションを小突きまわしたり、最高級品のベルギーレースをよだれまみれにしたり！　お兄さまから言わせるとあたしの幼いころそっくりだそうですが、さすがにここまで手の付けられないやんちゃ坊主《ぼうず》ではなかったと思いますけどね?!

いちばん上の「モスリンちゃん」――マリー・テレーズは七歳になりました。父親ゆずりの気難しさと、母親ゆずりの気位の高さを持ちあわせたなかなかにやっかいな子にすくすくと成長しています。きかん気が強く、なにかの拍子に声を荒げて叱《しか》ったりすると、その後何日も口をへの字に曲げてむすっとしている、なんてことがしょっちゅうです。幼いころから社交界に出入りしているので、あちこちで母親の悪口を耳にすることがあったのでしょう。どこかであたしを軽蔑《けいべつ》しているような気がしてなりません。ときどき、こちらがぎょっとしてしまうような大人びた口調で反論してくることがあり、そのたびにあたしはお母さまのことを思い出します。お母さまもこんな気持ちであたしの反発を受け止めていたのかしら、なんて。そうすると、娘に対する「こまっしゃくれたクソガキが」という気持ちがすうっと引いていき、しぜん笑いがこみあげてくるのです。ああ、たしかにこれはイラつくわ。お母さま、ごめんなさい。やっとお母さまのお気持ちがわかりました。この子がいつか子どもを産むとき、そこにあたしはいないかもしれないけれど、こうやってあたしたちは続いていくのですね……。

世間では父性のかけらもない国王と母性のかけらもない王妃と非難されているようですが、少なくとも陛下もあたしも親であろうと努力しているつもりです。通常、王家の子どもたちはグラン・コートの侍従に教育を丸投げすることになっているのですが、できるだけあたしは子どもたちにかかわり、いっしょに時間をすごすようにしています。自分が子どもだったころ、お母さまが直接あたしを教育してくれてさえいれば、もっとまともな賢いレディになれていただろうにという思いが強くあるからです。陛下もそれを理解し、協力してくれています。

そういえば、地に落ちた王妃の評判をなんとか回復させようとメルシーがヴィジェ＝ルブランに肖像画を依頼しているようです。構図はすでに決まってます。四人の子どもたちに囲まれ慈愛に満ちた微笑を浮かべる王妃（装身具は控えめに落ち着いた色あいの重厚感のあるドレスで、フィシューを飾るのが好ましいでしょう)。家庭的で母性あふれる完璧《かんぺき》な母親として売り出せば、人々の王妃に対する軽薄なイメージが払拭《ふっしょく》されるだろうとメルシーはこのアイディアに絶対の自信を持っているみたいですが(グラビアアイドルが気づいたらするっとママタレに移行してたみたいなことでしょうか)、そんなうまくいくわけねえだろって正直あたしは思います。だいたいなんだよ「完璧な母親」って?

完璧な親がどんなものかなんてあたしにはわかりません。オーストリアの国母と崇《あが》められていたマリア・テレジアも母親としては完璧にはほど遠い人でしたし、圧倒的な父権をふりかざした太陽王ルイ十四世も、「男らしさ」を色事方面で全開にしたルイ十五世も父親としては下の下だと思います。うちのお父さまのようにふわふわふらふらとして最後まで大人になりきれずに死んでしまった父親だっています。

完璧な人間がいないように、完璧な親なんているわけがないのです。あたしなんてぜんぜんだめ。ほんとにだめです。歴代のフランス王妃や上流社会のご婦人方にくらべたら、ずいぶん子どもに手をかけているほうだけど、いたずらに手をかけりゃいいってわけでもないと思うしね。子ども相手にすぐむきになってイライラしてしまうし、えこひいきもするし、楽しい誘いがあれば子どもをほったらかしてそっちにふらふら流れていきそうにもなる。子どもたちを愛する気持ちに嘘はないし、子どもたちといるときがいちばんしあわせだって断言できる。だけど自分のためだけに使える時間も欲しいし、たまには観劇もしたい。友だちとおしゃべりもしたい。乗馬もしたいし、おしゃれもしたい。何人も子どもを産んで、すっかり薄くなってしまった髪をごまかすためにレオナールが短くカットしてくれた髪型だって気に入っていないこともないし、無様にふくらんだ大きな胸も、ぼってりと肉のついたお尻《しり》だってこれはこれで悪くないと思ってる。だけど大好きだったピンクを着るのはもうやめた。甘く愛らしい少女のための花柄も似合わない。身体《からだ》のラインを隠す天然素材のドレスばかり着て、社会から隔絶された人工の田舎に引きこもって暮らしてる。

ホルモンの影響で「母性」がキマりまくってた状態はむしろ楽だったのかもしれないなっていまになって思うこともあります。夢見心地でふわふわしててしあわせいっぱいで子どものこと以外なんにも考えなくてよかった。欲望が生まれる隙《すき》がないから楽でよかった。子育てに欲望って邪魔なだけじゃん？　欲望ってつまり自分じゃん？　あたしのように欲望にまみれた女は本気でそう思います。母親になったからってあたしはなくならないんだから！　そのことにあたし自身がいちばんびっくりしてるんだから！「王妃」という看板だけでももてあましてたのに、さらにそこに「母親」まで加わるなんてマジ無理ゲー(38)なんですけど。「あたし」が爆発しそう。

(38) 難易度が高くクリアできないゲーム。

クールダウンするためにあたしは村里に建てられた王妃の家の二階から美しい箱庭の風景を眺めます。つやつやした毛なみの、よく太った白鳥の親子が連なって池を泳いでいます。香水をふりかけられた山羊《やぎ》の親子が草を食《は》み、子牛が母牛の乳を飲んでいる。これが自然のあたりまえの姿です。著作の一冊もまともに読んだことはなくて聞きかじった程度の知識しかありませんが、ルソー先生がそう言ってるそうです。本能にしたがえ、自然に帰れ、母性本能はすべての女にあらかじめ備わっているものなのだ、したがって女が家庭で子育てに従事するのは自然の摂理なのだ、自己犠牲に喜びを感じる、それこそ母親というものである、と。

こんだけ流行ってるんだからいい教えなんだと思うけど、そんならどうしてあたしはいつまでもあたしのまま剝き出しのエゴを抱えているんだろうね？ あたしが悪い母親だから？ 子育てを断固として拒否するご婦人方は上流社会にはいまだ根強く存在しますし、マリア・テレジアをご覧なさいよ。あの人たちは「女」ではないってこと？ もしかして――万が一にもそんなことあるわけないと思いますけど、ルソー先生のほうがまちがってるなんてことあったりしちゃったりするわけなんてないよね？ そんな、まさかね？ あんな偉い人が言ってることだもんね？ よく知らんけど、ルソーって偉い人なんだよね？？？

あ、いかん、考えすぎたら頭が痛くなってきた……。カンパン夫人にオレンジ水を持ってきてもらうようにお願いします。考えたところでどうせ答えなんて出ないんだから、難しいことは先送りにしてやりすごすのがいちばんですね。

ああ、いやだ。夏の終わりってほんとにいやなものです。秋のにおいのするかわいた風、生気を失い少しずつ褪《あ》せていく草木やその影、したたるように燃え落ちる夕陽と子どもたちの笑い声、むやみに情緒がありすぎて、ふとなにか考え込んでしまう隙間があちこちに出現する。ああ、いやだ……。

一七八七年一月一日（月）

ボナネー！　ぼんやりしてたらまた年が明けていました。もちろんこれを書いているのは元日ではなく一月十九日です！　三十一歳にもなって根っこのところはなんにも変わっていない自分に頼もしさを覚えると同時におそろしさも覚えている今日このごろ、いかがお過ごしですか？

今日は、今日こそは、新年一発目ということで何度もここに書こうとして躊躇《ためら》ってきたことをあなたにご報告しようと思い筆をとりました。慎み深いあなたのことだから気になりつつもそっとしておいてくれたのですよね。おそらくあなたにとって――そしてあたしにとってもいちばんの関心事、Aのことを。

あたしとAはいまとても説明するのが難しい関係にあります。思えばあたしたちは、出会ったときからずっとそういう関係にあったとも言えます。名前をつけてしまったとたん、そこからはみだすものができてしまう、そういう関係。どちらにせよ、ここにきてようやくあたしたちははじまったのです。それだけは間違いないと言えるでしょう。

アメリカ独立戦争が終わり、Aが帰ってきたのは一七八三年のことでした。頻繁に手紙のやりとりはしていたのですが、それゆえなんだか照れくさく、再会してしばらくのあいだあたしは彼に人見知りしていました。バカみたいな話だけどほんとに。そんなあたしの様子を面白がってとりまき連中が囃《はや》したてるから、余計に照れくさくて顔もまともに見られない、そんなおもちゃみたいな時期が過ぎ、気づくとあたしたちはふたりきりで会うことが増えていました。早くこうしたかった、とあたしは言い、早くこうするべきでした、とAも答えました。

フランスに戻った年の九月、Aは陛下よりロイヤル・スウェーデン連隊の指揮官に任命されました。かねてから彼は軍人として身を立てたいと願っておりましたし、彼の願いはあたしの願いでもあります。なによりフランスの外国人部隊に所属すれば、ふらふらと外国を渡り歩いていた彼を長くフランスに引き止められるということです。「王妃にお・ま・か・せ☆」とばかりに腕まくりしてあたしから陛下に口利《くちき》きしたことは言うまでもありません。

駐屯地とパリ、故国スウェーデンを行ったり来たりするAの生活がはじまりました。パリに戻ってきたときには、なにをおいてもヴェルサイユに顔を出すのがあたしと彼との約束になっています。宮廷で行われる儀式や夜会で顔を合わせることもありますが、あたしたちがふたりきりで会うのは決まってプチ・トリアノンでした。かわいた苔《こけ》の敷き詰められた「恋の洞窟《どうくつ》」で、花盛りの庭をばらのアーチをくぐって、小高い丘の上に建てられた展望台《ベルヴェデール》で……。

いつのころからでしょう。彼のあたしを見る目が恋する男のものに変わったのは――っていやいやいやいやかんちがいじゃないから！　ランバル公妃みたいに妄想がいきすぎちゃったわけでもないからね？　あたしだっていちおうは恋する男の瞳《ひとみ》を知っているつもりです。こんなのわざわざお伝えすることじゃないから言わないでおいたけれど、これでもあたし、けっこうモテるんです。グッドルッキングガイ《GGL》の何人かは本気であたしを口説こうとしていましたし（袖《そで》にしているうちに標的を変えたみたいですけど）、ロアン枢機卿《すうききょう》をはじめとする一方的で迷惑な崇拝者も多数存在します。ある殿方にいたってはほとんどストーカーのように一日中あたしの後をついてまわっていたので、陛下にお願いして接近禁止命令を出してもらったほどです。

とまあ、そんなわけで、恋愛経験の乏しいあたしでも、こちらに気のある男性ぐらい見分けられるんです！　すれっからしの手練《てだ》れを相手にした恋の駆け引きに疲れた殿方が癒《いや》しを求めて初心《うぶ》な聖女（ってだれだよw）に手を出すようなものでしょうか。遊び慣れた男性ほど無理めの女に狙《ねら》いを定めるもの。王妃などその最たるものです。

けれどAはそのだれとも違ってました。いまなおあたしは、いつ彼があたしに恋したのかわからないでいるのです。最初にパリを離れたとき、あのときはまだ違ったはず。二回目の別れでアメリカに渡ったとき、あのときもたぶん違う。それならいつ？　戦争から戻ってきてすぐ？　外国人部隊に口利きをしてやってから？

アメリカから戻った彼を待ちかねていたようにスウェーデンの父親が縁談を持ちかけたようでしたが、彼はまったく興味を示しませんでした。男盛りの年頃、家庭を持ってこそ一人前の男だという周囲からの押しつけに、毅然《きぜん》と「ノン」を言い続けます。どうも私は結婚には向いていないようなので、と。

「そんなに頑《かたく》なにならなくても、結婚なんて形式的なものだってみんなわかってやってるんだよ。我々には子孫を残し家名を継ぐという大事な義務があるんだから。それさえ果たしてしまえば、あとは外で好き勝手すればいいだけじゃないか」

プチ・トリアノンで開かれたいつものごく私的な晩餐《ばんさん》の席で、そんな彼の態度を不自然だと揶揄《やゆ》した殿方がおりました。

「しかし、どうでしょうね」とAは顎先《あごさき》を軽くつまんで答えました。「私には、そういった結婚の形こそ自然に反するように思えるのですが」

いつかの晩にあたしがやらかしちゃったみたいに、今度はAがやらかしました。みんなが鼻白んでいるのがわかります。背徳こそが美徳とされているフランス上流社会において、彼のような考え方は潔癖とみなされ、それゆえ聞き入れられないものでした。

「私はもう決めたんです。結婚はするまいと。私が望む人のものになれないかぎり、結婚にはなんの意味もない。それこそむなしい形式しか残らないからです」

彼が助け舟を出してくれたみたいに、あたしもなにか言ってみんなの気をそらそうと思ったのですが、彼の告白がそれを遮りました。そう、それは告白でした。彼がだれのことを頭に描いているのか、雷に打たれたみたいにあたしにはわかったのです。それまで彼の恋心に気づいてもいなかったのに。

「んま！　我々に対する痛烈ないやみですわね」

ポリニャック公爵《こうしゃく》夫人が茶々を入れ、みんなお愛想で笑いましたが、なんとなく場が白けてしまってその日はそれで散会となりました。最後に残ったAとあたしは夜のプチ・トリアノンを少し散歩することにしました。大勢でいるときよりもあたしはのびのびとして、彼の隣を歩くことに心地よいヴァイブスを感じていました。彼といるときにあんなにリラックスしていられたのはそれがはじめてでした。

「なんか不思議。いまやっとあなたに出会った気がする」

「私はずっと王妃さまにお目通り願いたかったのですが」

「ずいぶん待たせちゃったわね。もうどれだけになるかしら？」

「そうですね、十年ほどかと」

「十年！　もうそんなに」

思わずぴょんと飛び跳ねたあたしを見て、Aがくすくす笑いました。その笑い声はどんな愛の言葉よりあたしをくすぐります。月明かりの下、太陽神アポロンのような美しい横顔が浮かびあがってもあたしは不必要にどぎまぎしたりはしませんでした。

あたしはずっとからっぽな人間だと彼に気づかれるのがこわかった。恋する価値もないつまらない女だと思われるのがこわくて、「特別な女の子」になりたくておかしなパフォーマンスを繰り広げていた。だけどそれも終わり。そういう時期は過ぎたのです。

彼はあたしを知っている。

人の目を盗んでふたりきりで逢瀬《おうせ》を重ねるようになったのはそれからです。あたしたちはおたがいの気持ちを知っていますが、わざわざ言葉にして確認することはありません。必要を感じなかったし、はっきり言葉にしてしまうことをおそれてもいるからです――言葉にしていたら、陛下への後ろめたさからすぐに潰れていたでしょう。二人のときに話すことといえば、色っぽさのかけらもないことばかり――たわいもない日々の出来事について、故郷のこと、家族のこと、それから驚かれるかもしれないけれど政治の話も最近よくします。

　陛下はあたしと政治の話をしたがりません。お兄さまやメルシーに言われるがまま、オーストリアに有利になるようあたしが働きかけることを陛下はとにかく嫌っています。

「いつになったらわかるんだ。君はフランス王妃なのだよ」

　けん制のつもりか、それだけ言って背を向けてしまうので、あたしは国のことなどなんにもわからないまま取り残されます。あたしだって偏《かたよ》りたくて偏ってるわけじゃありません。あたしに政治を教えてくれる人がオーストリア人しかいないんだから自然とそちらに傾いちゃうのはしかたのないことだと思わない？

　世界中を旅してきたAはニュートラルな視点でさまざまなことを教えてくれます。世界情勢やいまフランスが置かれている立場、いまこの国で起きていること。ごくごく水を飲むようにあたしはそれを吸収します。知らないことを知るのは気持ちがよくて楽しいことです。そんなことをしてたら今度はスウェーデンびいきのレッテルを貼《は》られるようになるんじゃないかって？　その心配は無用です。スウェーデンの有利に働くよう王妃を操作するなんて、あの潔癖な騎士にできるはずもありませんから。

　すでに一部ではあたしたちのことが噂《うわさ》になっているみたいですが（「ルイ・シャルルの父親はだれか？」なんて陰で囁《ささや》かれているようです）、念のため断っておくと、やましいことはいっさいございません――いやほんとマジだってば！　マジでやってないから！　先っぽほども入れてないから！　戯《たわむ》れに口づけをかわすことさえ一度もしたことはありません。ほんとにほんとほんとなんだってば！　いい年した男女がふたりきりで逢瀬を重ねてなんにもないなんておかしいって思いますか？　男と女がいればすることは一つってそういうさもしい考え方しかできないの？　男と女を結ぶのはほんとにセックスだけなのかな？　いろんな形があっていいと思いますけど？　っていうかそもそもセックスってそんなにいいもんですかね?!（爆）　みんなセックスを過大評価しすぎじゃない？

――ってつい興奮してしまったけれど、正直言うとあたしも最初のうちはなんかちょっとぐらいいいんじゃないかなって思ったんです。スケベ心を発揮してわざとぶつかったり、べたべた腕に触れたり、胸を強調するドレスを着たりしてみたんですけど、こちらが思ってる以上に彼の決意は固かったようです。ランバル公妃の書いた薄い本みたいな展開で恥ずかしいんですけど、あたしたちの関係はあくまで清らかで、それゆえ燃えあがらずにはいられない、そういう性質のものなのです。

　はたして彼は「ほんものの騎士」なのか？　そうだとも言えるし、そうでないとも言えます。少なくともあたしの前では清廉潔白《せいれんけっぱく》な騎士然としているけれど、あたしの知らないところではそういうお相手がいてそれなりに遊んでいるという噂を耳にしました。おかしな話ですが、それを聞いたとき、あたしは嫉妬《しっと》するどころか血がさざめくような興奮をおぼえてしまったのです。性欲なんてございませんとばかりにつるりとすました顔をしている彼も生身の男だったのだ、と。

「花のように愛らしい女性などいくらでもいます。艶《つや》っぽく美しい女性も、賢く尊敬できる女性も。しかし、あなたはそのだれとも違う。私があなたのおそばにいたいと思うのにそれ以上の理由が必要でしょうか」

「うん、いらない！　必要ないね！」

あのメランコリックな双眸《そうぼう》に熱っぽく見つめられてこんなことを言われてしまったら、白旗を上げるよりしかたありません。やはり彼のほうが一枚も二枚も上手のようです。

かなうわけない。こんな甘美な敗北なら大歓迎です。

あんな美丈夫を女たちが放っておくわけもありませんし、彼に貞節を守れという権利もあたしにはありません。ほんとうはあたしに触れたくてたまらないのに、あたしを危険にさらすことになるからそうできない彼の胸中を思うだけであたしの胸はせつなく疼《うず》きます。

知らないあいだにあたしもフランスの上流社会に毒されてしまったのでしょうか。あたしだってほんとは彼に触れたい。夜のヴェルサイユ庭園で行われていためくるめくような快楽の宴《うたげ》を人生で一度ぐらいは体験してみたい。けれど、もしかしたら直《じか》に触れ合うよりも、こんな倒錯のほうがずっと甘やかでエロティックなのかもしれないとも思うのです。陛下とやりたくてやりたくてやりたくて悶々《もんもん》としていた十代のころにくらべたらずいぶん成長したって思わない？　天国のお母さま、マリー・アントワネットは大人の階段を少しずつのぼっています……。

次はいつAに会えるだろう。その日を指折り数えているだけで退屈で空虚な日々もばら色に変わります。遠くから蹄《ひづめ》の音が聞こえてくると、プチ・トリアノンの寝室の窓から首を突き出してあたしは彼を探します。ヴェルサイユの林の中を白馬にまたがったAが駆けてくる。いまこの瞬間に死んでしまいたいとあたしは思う。いつか終わってしまうなら、いっそいまここで終わらせて――

一七八七年九月十二日（水）

今日も陛下は朝からひどい憂鬱《ゆううつ》に襲われるといって、そんなにお強くもないのに大量にお酒を飲んで、私室にこもられてしまったようです。それでなくとも仕事が山積みになっているのに、困り果てた大臣たちが決裁を求めてあたしのもとへとやってきました。

この六月にソフィー・エレーヌが一歳の誕生日を前に夭折《ようせつ》し、しばらく二人で泣き暮らしていたのですが、どうやらそれきり陛下の心がぽっきりと折れてしまったようなのです。なにかから逃げるように休みなく狩りに出かけるようになり、そうでないときは一日中お酒を飲んで過ごし、起きているあいだはつねに酩酊《めいてい》していて閣議の最中にも居眠りすることが増えました。目はうつろで、話しかけてもはっきりとした答えを返さず、自分を痛めつけるかのように過食をくりかえし、しょっちゅう腹を下しています。「そんなふらついた足取りで屋根の上にのぼるのだけは絶対におやめください！」ときつく言い聞かせたら、最近では屋根裏のお散歩を日課にしていつも頭に蜘蛛《くも》の巣を貼りつけていらっしゃいます（すぐさまベルタン嬢を呼びつけてこの「蜘蛛の巣風ボンネット」のアイディアを相談したかったんだけど、そうでした、あたしにはもうそんなバカげたファッションに使うお金は一銭たりとも残っていないんでした……）。

先代のころより宮廷に伺候《しこう》している医者の話によると、お義祖父《じい》さまのルイ十五世もときどきひどい倦怠感《けんたいかん》に苛《さいな》まれ、気力が湧《わ》かず、ネガティブな感情ばかり襲ってくると嘆いていたのだとか。過去にさかのぼるとブルボン家の血筋には似たような症状を訴える人がよく見られたようです。

今年に入って陛下が心より信頼していた唯一《ゆいいつ》の臣下であるヴェルジェンヌが亡《な》くなり、涙も乾かぬうちに開かれた二月の名士会で、財務大臣のカロンヌがこれまで免税特権のあった聖職者や貴族たちから税金を徴収する（その一方で、貧困者には税金を免除する）という大胆かつ公正な税制改革案を発表すると、名士会のメンバーから猛烈な反発が起こりました。これまで払わなくてよかったものをいきなり払えと言われたらそりゃみんな怒るわな。普通に考えればわかりそうなもんなのに、なぜか陛下もカロンヌも予想できなかったみたいです。「うるせー黙れ！　王がやるっつってんだからやるんだよ！」とワンマンかまして強引に事を進めてしまえばやれないこともなかったのでしょうが、「国が傾きかけているんだからみんな協力してくれるはずだ」なんて人の善意に依《よ》りすぎたのがいけなかったのです。首飾り事件で高等法院が下した判決もそうでしたが、少しずつ王権が弱まってきていることを陛下もカロンヌも認めたくなかったのでしょう。国王が提示した改革案にこうも真っ向から反対するなんてルイ十四世の治世では考えられなかったことです。

「カリスマ性がない」「男らしくない」とは陛下が即位してから言われ続けてきたことですが、ついにここまできてしまったかというかんじです。いまや陛下は完全になめられ、つけあがった貴族たちが絶対王政から自分たちの権利を取り戻す絶好のチャンスがまわってきたと手ぐすねを引いています。個人的にはマッチョな独裁者やスケベなガハハおじさんなんかより、心やさしく公正な草食系のルイ十六世のほうがずっとずっとキュートで好ましい君主の姿だと思いますけど、国が破たん寸前まで追い詰められている現状それでは弱すぎる。政治家に必要なものはハッタリです。残念ながら陛下にはそれが欠けているのです（ハッタリを厭《いと》う品の良さ、それこそが彼の美徳でもあるのですが)。

このまま黙って見ちゃおれん。そう思ったあたしは積極的に政治に口出しするようになりました。四月にはカロンヌが罷免《ひめん》され、次の財務大臣にはあたしが推薦したブリエンヌが就くことになります。このような重要な役職であたしの推薦に陛下が首肯したのははじめてのことです。王妃として国のことを慮《おもんぱか》った上での推薦だと理解してもらえたのか、あたしをようやく信頼してくだすったのか、あるいは単に投げやりになっていたのか、どちらにせよあたしはこの「勝利」を静かに受け止めます。このことがどんなふうに伝わったのか、「オーストリア女が国を乗っ取ろうとしている!」と世間では騒がれているようですが、いちいち構っちゃおれません。あたしはただ、凋落《ちょうらく》した王の子を名乗って物乞《ものご》いさせるような真似を子どもたちにさせたくないという一心でいるのです。そのために王権だけはなんとしてでも守らねばなりません。

もはやあたしは夫に相手にされずにめそめそ泣いているだけの十四歳の女の子でもないし、おしゃれと夜遊びに夢中の二十歳の女の子でもない。酸《す》いも甘いも嚙《か》みわけた大人の女——とまではさすがにいわないけど、子どもを四人産んだ三十一歳の主婦です。国を動かすには知恵も経験も浅いのはわかってる。だけど、あたしには生来備わった勇気と決断力があります。まさか女帝マリア・テレジアの血をここまで頼もしく思う日がくるとは思ってもみませんでした。長いあいだ、これはあたしにとって祝福ではなく呪《のろ》いでしたが、もう力を振るうことを恐れなくてもいいのです。

ブリエンヌのもと宮廷の経費削減が行われ、王妃のまわりだけで百七十三の役職が廃止になりました。王室が所有している城館や土地を売り払い、あたしも「王妃にふさわしくない」華美な装飾品やドレスを処分しました。そんなことをしてもしょせん焼け石に水、抜本的な改革をしないかぎりこの国を立て直すことができないのは明らかですが、高等法院の承認が得られず、名士会も解散してしまったいまとなっては、さしものブリエンヌもちまちませこせこ宮廷費を削るよりほかに打つ手がありません。そうして、役職を奪われた貴族たちからさらなる反発を引き起こすはめになります。

「昨日まで持っていたものを今日になって急に没収されるなんて。この先こんな国で暮らしていかねばならないかと思うとぞっとしちゃいますよ」

とりまきの一人からは面と向かっていやみまで言われました。どいつもこいつも欲深いったらありゃしない！　このままではこの国は既得権益にしがみつくシロアリにたかられて食いつぶされてしまうでしょう。

「どうしろっていうんだ！」

退くことも進むこともできずに追い詰められた陛下が、自分の殻にこもるのは当然といえば当然のことだったのかもしれません。

いまのフランスは終わりかけの倦怠に浸《つ》かった舞踏会のようです。もうすぐ夜が明けようとしているのに、まだなにか面白いことが起きるんじゃないか、まだなにかおいしいものが出てくるんじゃないか、決してやってくることのないなにかを期待してだれも家路につこうとしない。腐りかけの果実のようにだらしなくけだるく、くるくる踊り続けて停滞の海に沈んでいく。

この国はとっくに終わっていた。もう何十年も前から終わりに向かってワルツを踊り続けていたのです。

「王になどなりたくはなかった。王になりたいなどと、私は一度だって願ったことはなかったのだ」

一度だけ、陛下があたしの前で心情を吐露してくれたことがありました。いつもは亡霊のようにすうっと目の前を通りすぎて、触れたくても触れさせてもらえないのに。

その日、陛下は狩猟中に一通の手紙を受け取りました。そこにはあたしとAとの関係が仔細《しさい》に書き連ねられていたといいます。手紙を読み終えた陛下が、声もなくぼろぼろと泣きだしたので、従者たちはぎょっとして急ぎ陛下を宮殿に連れ帰ったということでした。

報《しら》せを受けたとき、あたしはルイ・ジョゼフにつきっきりで看病をしていました。いつのころからか王子の背骨は老人のように折れ曲がり、歩くのも困難になっています。時間を見つけては彼のそばにいるよう心がけていたのですが、その日の午後、血相を変えた使いの者が入ってきたのを見てとるや、あたしは息子にキスして立ち上がりました。

「いい子ね。すこし眠るといいわ」

いったいだれがなんのためにそんな告発をしたのでしょう？　がくがくと膝《ひざ》が震え、まっすぐ歩くこともかないませんでしたが、侍女に手を貸してもらいあたしは陛下のもとへと急ぎました。何度でも言うけど、あたしとAとのあいだにやましいことはありません。だけど、もしかしたらそのほうが陛下にとっては残酷なことだったのかもしれない――そのときはじめて思い至って、血の気の引く思いがしました。陛下を裏切るまいとして、いちばん手ひどいやりかたで陛下を傷つけてしまったのです。

「二度と彼とは会いません。彼には国に帰ってもらうことにしましょう」

いっさいの言い訳も挟まず、あたしは陛下に告げました。長椅子《いす》にもたれかかってワインを飲んでいた陛下は、それには及ばない、と首を横に振りました。

「私は信頼する友をなくしすぎた。これ以上だれかを失ったら肉体より先に心が壊れてしまうだろう。彼は私にとっても大切な友人だ。失いたくはない」

絶対に泣くまいと思っていたのに、陛下のそのお言葉であっけなく決壊してしまいました。立ったままハンカチを噛みしめて涙をこぼすあたしを見て、陛下は傷ついたような顔をされました。

「また君を泣かせてしまった。はじめて会ったときからそうだ。ほんとはいつだって君を笑わせたかった。しかし、どうやら私にはその才能がないようだ」

　傾きかけた陽が窓から射《さ》して、陛下の半身を照らしています。コンピエーニュの森ではじめて会ったときはひょろひょろの痩《や》せ細った少年でしたのに、いまではすっかり肥え太り、あのころの面影はどこにもありません。けれど、いまなお陛下の中にあのときの少年が所在なげに立ち尽くしているのがわかります。

「ときどき考えることがある。私が王でなければ、私たちは普通の夫婦になれたんじゃないかと。へんに身構えることもなく素直に君を受け入れて、毎日好きなだけ本を読み、王となった兄を補佐しながら静かにおだやかに暮らせていたんじゃないかって……まあ、そもそも私が王でなければハプスブルク家の皇女を妻にすることもなかったのだろうが」

「それ、あたしも考えたこと、あります。陛下が王でなければよかったのにって。そしたらもっと陛下と仲良くなれたんじゃないかって。でもすぐに、あ、でもそしたらお母さまがあたしと陛下を結婚させなかっただろうなって気づいて、そこでやめとけばいいのに、もし陛下でなかったらだれと結婚させられてたんだろう?!　って考えはじめちゃって、あの人?　それともこの人?　っていろんな顔が浮かんできて……」

　ぐずぐず鼻をすすりながらあたしが言うと、陛下がぶっとワインを噴き出しました。

「いつもそうだ。笑わせるどころか、君に笑わされてばかりいる」涙でぐしょぐしょになったハンカチであたしは陛下の胸元にこぼれたワインを拭《ふ》いてあげました。

「あたしは陛下と結婚できてよかったと思っています。あたしの夫は陛下以外考えられない。陛下の弟君を悪く言いたかないですけど、ぶっちゃけプロヴァンス伯とかアルトワ伯とか想像しただけでゲーッてなる」

「そうだな。私も王になってよかったと思える唯一のことといえば、君を妻にできたことぐらいだよ」

「そんなのはじめて聞いた」

「はじめて言ったかもしれない」

「泣いていいですか」

「できれば笑ってほしいんだが」

笑おうとしているのに、それより先に涙があふれてくるので、なかなか陛下の願いをかなえられませんでした。こんな簡単なこともしてあげられないなんてほんとにダメな妻ですよね……。

「君にはすまないと思っている。私が強い王なら君を守ってやれたのに、あの事件の時だって……」

「陛下はなんにも悪くありません。それに、守ってくれようとしてくださったじゃないですか。ちゃんとわかっていますから」

ほんとうにあたしはわかってるんです。陛下があたしを愛していること、あたしを守ろうとしてくれてること。ほんとは狩りなんて好きでもなんでもないのに、工房に引きこもって機械いじりをしてるほうがずっと性に合っているのに、雄々しさを演出するため毎日狩猟に出かけていくこと。己の弱さを恥じていること。

「強い王じゃなくたって、あたしは陛下がいいんです。なんべんも言わせないでください。あ、ひょっとしてなんべんも言わせたくてやってるとか？」

「そうだな、その言葉なら何度でも聞きたいよ」

陛下は声をあげて笑い、すぐにそれは嗚咽《おえつ》に変わりました。あたしたちはしばらく人払いをして、二人だけの時間を過ごしました。陽が落ちてからも灯かりをつけないで、暗闇《くらやみ》にうずくまってじっとしているだけ。陛下はこまかく背を震わせて子どもみたいに泣いていました。王たる者、決して弱音を吐いてはならないと長いあいだ気を張ってきた彼が、はじめて人前にさらけだした弱々しい姿でした。

いったいだれが陛下を責められるでしょう。みずから望んで王になったわけではないこのかわいそうな人を。いつの時代も国王を追い落とし、あまつさえ王座を狙おうとする人物が後を絶たないというのに、ここまで無欲で善良な男が神に選ばれ王冠を授けられたことは皮肉としか言いようがありません。「そんなものいくらでもくれてやる」と放り出せたらどんなに楽だったでしょう。しかし、神の御心に背くわけにはいきません。

あたしの夫はいけにえとなり、窮屈な王冠に耐え、重たい責任と義務を今日まで果たしてきました。

「いささか疲れてしまった。すこし休みたい」

「ええ、そうしましょう。ゆっくり休んで」

汗で濡《ぬ》れそぼった陛下の頭を撫《な》でながら、あたしはまだ結婚の意味さえ知らない子どもだったころのことを思い出していました。嵐《あらし》の夜にきょうだいで身を寄せ合い、窓の外で怪物のように荒れ狂う自然を眺めながら、大丈夫、あたしが守ってあげるから、大丈夫だよ、と震える弟の手を握りしめて囁いたあの夜。

「大丈夫、大丈夫ですから。陛下も子どもたちもあたしがお守りします」

一七八九年六月四日（木）

早朝、ルイ・ジョゼフが天に召されました。まだ七歳でした。慣習により、すぐさま家族と引き離されて解剖された結果、脊椎《せきつい》カリエスと診断されました。息子のためにミサをあげるお金すら王室には残されていないので、先ほど陛下が「銀器を売り払って工面するように」と指示を出されていました。情けないやら恥ずかしいやら口惜しいやらであんまり泣きすぎて涙も干涸《ひから》びてしまいました。まだ七歳、まだ七歳だったのです！

一七八九年七月十五日（水）

〈午前五時〉

先ほど使いの者がきて起こされました。なにがどうなっているのかまだよくわかっていませんが、どうやら昨日のうちにバスティーユが民衆の手に落ちたのだそうです。

「暴動か？」

深夜に報せを受けた陛下は使いの者に訊《たず》ねました。

「いいえ、陛下、革命です」

短く簡潔な言葉で、彼は主君のまちがいを正しました。


〈午前十一時〉

どこから情報が漏れたのか、すでに宮殿内はバスティーユ陥落のニュースで持ちきりになっています。というのも、王の眠りを妨げるなど、緊急時以外あってはならないからです。情報が乏しく不確かな中でみな混乱し、騒然となっています。宮殿のあちこちで顔を寄せあって話す声が聞こえてきます。「バスティーユが……」「そんなまさか」「なにかのまちがいでは？」「なに心配することはない。すぐに王の軍が鎮圧するさ」

「殺されるわ！　みんな殺されるのよ！」

使いの者の話によると、昨日パリで数千人にも及ぶ武装した民衆が武器庫を狙ってバスティーユを攻め落としたのだそうです。勝利の味に酔いしれ、血に猛《たけ》った民衆は、すでに白旗をあげ降伏の意を示していたバスティーユの司令官を虐殺《ぎゃくさつ》し、その首を槍《やり》の先に刺して見せしめのようにパリの町を練り歩いたといいます。正確な数字はまだわかりませんが、この反乱でかなりの数の死者が出たようです。あの美しい町が血に染まってしまっただなんてにわかには信じられません。

たったいま、陛下はプロヴァンス伯とアルトワ伯をともなって「国民議会」のおかれた室内球戯場《ジュ・ド・ポーム》に向かいました。それで事態が好転するとも思えませんが、いまはなにより民衆の怒りを鎮《しず》めることが先決です。あたしは気が気でなく、なにも手がつかなくていまこうして日記を開いています。

――って、なに？　ものすごい急展開だけどいったいなにがどうしてこんなことになってるんだって？　いまそれ訊《き》いちゃう？　っていうかほんとになんにも知らない？　一七八九年七月十四日だよ？　この数字見てぴんとこない？　ほら、あの有名なあれだってばあれ。えっ、世界史専攻じゃなかった？……あのさあ、それでも「ベルばら」ぐらい読んだことあるっしょ？　ない？　あの名作を？　マジで？　一度も？　ああ、そう……。

そんじゃいまから説明するけど、脳が理解を拒否する場合は飛ばして読んでくれてかまわないからね。年号とか固有名詞とかいろいろ出てくるけど大丈夫！　テストに出ないから！

〈マリー・アントワネットの「五分でわかるフランス革命が起きるまで」〉

えっと、一七八七年にブリエンヌが新しく財務大臣になったところまでは話したよね？　あれから二年のあいだにまあなんやかんやいろいろあってブリエンヌが失脚し、もうどうすんのこれ？　だれが財務大臣になっても収まんなくない？　みたいな状態の中で、国民にめっちゃ人気のあるネッケルを後任にすれば多少は国民の不満も解消されるんじゃないかってことで採用することにしたんだけど、そのネッケルもなんやかんやでいろいろ問題があって、つい四日前にクビにしたばっかりだったんです。たぶん今回の騒動の直接の引き金はネッケルの解任によるものだと思われます。

えっ、ところどころ適当じゃねえかって？　あたしだってすべて把握してるわけじゃないしこれでいっぱいいっぱいなんです！　フランス革命について詳しく知りたい人は勝手に調べてください！　書店に行けば無数の関連書籍が売ってるから！　ここで詳細なフランス革命の解説を求められてもスレチ(39)としか言いようがありません！

うーんとそれで、前々から陛下は三部会を開くようにいろんな方面から圧をかけられてたんだけど——三部会っていうのは第一身分の聖職者、第二身分の貴族、第三身分の平民からなる身分制議会で百七十五年ものあいだ停止されていた古い制度のことね——、いつまで経《た》っても税制改革は進まないし、去年から今年にかけての天候不良で不作がマジやばくてパンの値上がりがかなりエグいことになってってパリで大規模な暴動も起こるしで、もうわーってなってがーってなっちゃって、この事態を少しでも改善するためにこの五月に三部会を開催することになったのです。

啓蒙《けいもう》思想の風に煽《あお》られ、パリは熱狂に包まれます。パレ・ロワイヤルは反乱分子の温床となり、無数の政治結社が暗躍し、体制批判を書き連ねた小冊子《リブレ》が毎日のように発行されます。

「パリではたいへんな騒ぎになってますよ。このごろではどこのサロンに顔を出してもご婦人方のほうが率先して政治の話をされているぐらいです。殿方はご婦人方の気を引くため、知的に見せるためにポーズで政治向きの話をする、といった具合なんですから」

とはAが冗談で言っていたことです。彼は笑いながら、こうも言っていました。「ある友人は嘆いていましたよ。私が女性とかわしたいのは政治談議などではないのに、と。

(39) インターネット上の掲示板「2ちゃんねる」用語で、「スレッド違い」の略。扱うテーマが異なるスレッドに書き込むこと。

これは我々――ひいてはフランスにとって大いなる損失だ。女性たちのやさしい胸は政治のためにあるわけではないのに」

「へー、あっそう、友人が言ってらしたんですね」とあたしがひややかに彼を睨《にら》みつけたら、「おやおや、なにか気に障《さわ》るようなことを口にしてしまいましたかな」なんつって首をすくめていました💢

言うまでもないことかもしれませんが、三部会の議員は全員男性です。投票権でさえ一部の身分の高い女性に許されているだけです（しかも委任投票という形を取らなければなりません）。そりゃそうですよね、「女性の本領はここで発揮されるべきではない」んですから。はあああああ?!「自由・平等・博愛」が聞いてあきれるわ。

二年前からあたしも陛下を補佐するようになりましたが、髪をふりみだし眉間《みけん》にしわを寄せて口角泡を飛ばす勢いで大臣たちとやりあうあたしに殿方がドン引きしていることは肌で感じていました。「姉上ったらせっかくの美貌《びぼう》が台なしじゃーん？ そんな怖い顔しないで、ほら笑顔笑顔～☆」会議の最中でもアルトワ伯がおちょくるようにそんなことを言い、プロヴァンス伯は隣でニヤニヤ笑ってる。それにかぶせるように、大臣たちのお追従《ついしょう》笑い。肝心の陛下は困ったような顔をしてあたしと男たちの顔を見比べているだけ。

あらやだごめんあそばせ、ついむきになって本題からずれてしまいましたわ。男性の言葉尻《じり》にいちいち目くじらを立てたりせずに女性らしく、、、やさしくほほえんでいないと。それからいつも身なりに気をつけてきれいにしてなくちゃいけませんし、調子に乗ってしゃしゃりでることもいけません。賢くふるまうことを求められますが、男を脅《おびや》かすほど賢くなってはいけませんし、適度にバカなふりをして優越感をくすぐってやることもマストです。いつでも男を立て、男の世話を焼き、男の言うことをなんでも受け入れ、ベッドでは大胆に淫《みだ》らに乱れる（ただし俺との時だけにかぎる）……それが「いい女」ってものですよねっ、おほほほほ。**ぶっ殺すぞ！**

——で、えーっとなんだっけ？　あ、そうそう、そんなわけで開かれた三部会なんですけれども、開いたら開いたで採決方式をめぐって「有能な国民の代表」がやいのやいのといつまでも揉《も》めてて一向に討議が進まないときたもんだ。まあ、いつの時代もおなじみの光景といえばおなじみの光景ですけど（ここで問題になってる「採決方法」については説明がめんどいので自分で調べてね☆）。

六月十七日になると、いつまでもこんなことやってられっかと業《ごう》を煮やした第三身分の議員たちが「国民議会」を発足させ、二十日にはヴェルサイユ宮殿の近くにある室内球戯場《ジュ・ド・ポーム》に集まって「憲法を制定するまで決して解散せず、どこであろうと必要があればしつこく何度でも何度でも何度でも集まってやんぜ！」という誓いをたてます。これがかの有名な「テニスコートの誓い」です。

「憲法?!　憲法ってなんかね?!」

　これには陛下もあたしもびっくりしてしまいました。まさか第三身分の平民たちがそんな大それたことを考えていたなんて！　陛下はいつだって「人民のいちばんの友」なのです。第三身分を味方につけることで改革を有利に進め、国民の幸福のために既得権益を打ち崩そうとしていたのに、まさか彼らの方から王権に唾《つば》を吐きかけるような真似《まね》をするとは。やがて第一身分の半数と第二身分の一部（中にはオルレアン公も含まれているようです）も「国民議会」に合流します。

　平常時ならまだしもルイ・ジョゼフの喪中にそんなことが起こったのでお母ちゃんは怒り心頭でした。だれもかれも息子の死を悼《いた》むどころかひとひらの興味すら寄せていないのです。彼らがあんなにも望んでいた王太子が死んだというのに！

「ぜったいにぜったいにぜったいにぜったいにそんなこと許してなるものですか！　王太子となったルイ・シャルルのためにも断固として王権を守らねばなりません！」

　争い事を好まない、ましてや国民に銃を向けるなどとんでもない、と主張する陛下をなんとか説き伏せ、国民議会を解散させるために三万の軍隊を呼び寄せてパリを包囲したのが七月の頭。これですべてが収束するだろうとこのときあたしたちは信じていました。いざとなったら武力行使も辞さない構えだとプレッシャーをかけるだけで、なにも本気で彼らに銃を向けるつもりなどなかったのです。

しかし、民衆の心を制御することは不可能でした。あるいは裏でだれかが扇動でもしていたのでしょうか？　王は軍の力でパリを抑え込むつもりだ、と。愛国者諸君、目覚めよ、やつらの好きにさせておくな、我々に残された道はただ一つ、武器を持て、いまこそ立ち上がるときだ、自由と平等をこの手に！　そこへ舞い込んできたネッケル解任の報。大きく動き出した歯車を止めることはだれにもできませんでした。

ふーっ。急ぎ足で説明したけどこれでご理解いただけたかしら？

えっ、ずいぶん主観的な解説だなって？　「マリー・アントワネットの」って冠ついてるの見えなかったかな？　多角的な解説がお読みになりたければいますぐ書店に（ry

そうこうしているうちに陛下がお戻りになられたようです。ちょっと様子を見てきますね。よくわかんないところがあったらいまのうちにググっといて(40)！

〈午後五時〉

たったいま会議から解放されて居室《アパルトマン》に戻ってきました。時間がないので手短にすませます。

陛下の話によると、「国民議会」は彼らの王を拍手喝采《かっさい》で迎え入れたそうです。パリで結成された市民軍を正式に「国民衛兵」として承認し、アメリカ独立戦争の英雄ラ・

(40)「Google」で検索することを「ググる」という。

ファイエット侯爵をその司令官とすること、パリに配置した国王の軍隊を撤退させることを伝えると、彼らは飛びあがって「勝利」を喜んだということです。

陛下が戻ってくると、あたしたちは一室に集まって今後の対応について話し合いました。まずはネッケルを呼び戻し、再び財務大臣の地位につけることが決まりました。それからブルトイユが、フランス北東部に位置するメッスに避難し、情勢を立て直してから軍隊を率いて戻ってくることを提案し、あたしもアルトワ伯もそれに賛成すると、陛下は難色をお示しになりました。

「これ以上の血は流したくない。何度でも言うが、私は国民に銃を向けるつもりはない」

「このままだと民衆はつけあがる一方です。いまのままでは王政の存続も危うい。みすみす放っておかれるおつもりですか？」

「いつだって王は民衆とともにある。彼らは私の一部であり、私も彼らの一部なのだ。私はどこにも逃げるつもりはない。王のいる場所はここだ」

出たよ、君主ポエム……。あたしとアルトワ伯はあっけに取られて顔を見合わせました。陛下がいったんこうなってしまったら、手の付けられない頑固者だってことはいいかげんあなたもわかってるよね？

「ご自分の安全を第一にお考えください。ここに残ればどんなおそろしいことになるかわかりません！」

どれだけ泣いてすがっても、陛下が「ウィ」と言うことはありませんでした。

「立派な国王なんて正直あたしにはどうでもいい。あたしが欲しいのは夫です。子どもたちの父親です。いまだけはどうかお願いします。ご自分のためにではなく、家族のためにここを離れると言ってください」

人目もかまわずに泣き叫ぶと、陛下は静かな悲しみを湛《たた》えた水色の目をあげて、すぐにあたしからそらしました。「すまない」

――もう知らね。

それであたしブチ切れちゃいました。マジでこんな男、知りません。はいはいご立派ご立派ほんとに陛下は涙が出ちゃうぐらい偉大な王様ですよ、あーそうですよね国民第一ですよね、こんな愚妻なんかより自分の子かどうかもわからない子どもたちより国民のほうがそりゃ大事ですよね、はいはいわかってますよ。あなたがそういう人だってことぐらいとっくにわかってましたよ！

そんなわけであたしはとっとと子どもたちを連れてここから逃げることにします。カンパン夫人を呼んで荷物をまとめさせなくちゃ。どのドレスを持っていこう？　あんまり派手なのはよしておいたほうがいいよね。持っていくのにかさばるから宝石は台座から外したほうがいいかな。旅行用のテーブルにティーセットも必要だし、精油をいくつかと化粧品、長旅で退屈したときのためにコミックオペラと手芸道具、トランプやボードゲームなんかもあるといいかな。あーやることが多すぎて目がまわりそう！　そんなわけでちょっとあたしいま手が離せないからまた今度ね。大丈夫だってば、あなたのことも忘れずちゃんと荷物に入れていくから。

一七八九年七月十六日（木）

ヴェルサイユからあっというまに人がいなくなりました。天変地異を察知して逃げ出す鼠《ねずみ》のように、貴族たちが群れをなして次から次へと出ていきます。居室《アパルトマン》の窓からあたしはそれを見送っています。いまもまた降りしきる雨の中を一台、大荷物を搭載したいかにも「お貴族様」な馬車が黄金の王宮門を抜けていこうとしています。

今朝、あたしと陛下はアルトワ伯とポリニャック公爵《こうしゃく》夫人を呼び出して、今夜中に宮殿から出ていくよう命じました。彼らは王妃に次いで国民から嫌われているので、このまま留まっていたら命の危険があると判断したのです。

「あっ、はい、かしこまりました。そんじゃ、準備があるのでこれで」

あっさり、あまりにもあっさりポリニャック公爵夫人はうなずいて、早速荷づくりに取りかかっているようです。

「姉上、これまでいろいろあざっした。(41) いっぱいバカやって楽しかったっス。とりま俺、(42)
亡命するんでオーストリアかイタリアか、まあどっかそのへんで合流したらまたいっしょにバカやって盛りあがりましょーや。ほんじゃ、お疲れっした。お先ーっス」

アルトワ伯にいたっては言うに及ばずです。っていうかこの緊急事態にこの底抜けのバカさ……ここまでくると尊さすら感じてしまうのは別れの時が近づいているからなのでしょうか。

あたしはといえば、昨晩のうちに旅の準備をととのえ、いつ陛下に三下り半を突き付けてやろうかタイミングを計っていたのですが、薄情な彼らの対応を見ているうちにすうっと頭が冷えてきました。徹夜で部屋中の宝石をかき集め、子どもたちの下着を旅行鞄《かばん》に詰めながらずっと考えていたのです。陛下を一人残して出ていくのにふさわしい言い訳を。陛下のためでなく自分のために。けれど、一晩中考えても納得のいく答えは見つかりませんでした。

「君も早く支度したら?」

いやみのつもりで言っているのではないのでしょうが、平淡な陛下の声で言われるといやみにしか聞こえませんでした。

(41)「ありがとうございました」の意。(42)「とりあえず、まあ」の意。

「もう準備はできてます」

「そうか、ならいますぐにでも発《た》つといい」

「ほんとにここに残るおつもりですか？」

「うん」

「ぜったいに？　なにがあっても？　明日地球が終わるとしても？」

「うん」

あたしはため息をつきました。やめろ、ぜったいにやめろ、いますぐここから逃げ出せ。どこからか聞こえてくる声を無視してあたしは覚悟を決めました。

「そんじゃ、あたしも残ります」

あたしだってほんとは逃げたかったよ！　なんならいまだって逃げたいと思ってます。アルトワ伯やポリニャック公爵夫人みたいにとっとと陛下を見捨てて逃げられたらどんなにいいだろうって。でもそんなことしたら、あたしはこの先ずっと自分のことを嫌いなまま生きていかなくちゃならない。ろくな取り柄もないあたしですが、「自分のことが大好き」って点だけはなかなかどうして捨てたもんじゃないって思うんですよね。

自分に恥じない生き方を――といったら聞こえはいいけど、なんのことはない、要はかっこつけたってことです。陛下のことをかっこつけクソ男なんて笑えない。あたしもそうなんです。アルトワ伯よりずっとずっとずっとあたしたちのほうがバカなんです。

「なにを言い出すんだ。子どもたちはどうする？　いまからでも遅くない。考えなおしてくれ」

　と陛下はしつこく食い下がっていましたが、マジでおまえにだけは言われたくね《MOI》え！！！　まったく正反対の夫婦だと思ってましたけど、二十年目にしておかしな共通点を見つけてしまいました。

　ほらまた一台、馬車が出ていこうとしています。みんなここから出ていきます。アルトワ伯やポリニャック公爵夫人だけでなく愉快で気のいいとりまきたちもヴェルモン神父までみんなみんな……。

　アデュー、いとしき友《マィメン》よ。狭い世界に閉じ込められたあたしにかけがえのない青春を与えてくれて感謝しています。プチ・トリアノンの風に梳《す》かれるあなたの髪、やわらかな頬、ともにすごした時間、あの輝かしい日々を思い出すと涙が止まりません。新しい地にたどりついたらどうかすぐにあたしのことなど忘れてちょうだい。置きざりにしてきたものに罪悪感をおぼえることはありません。だれのせいでもない、これはあたしが選んだ道なのですから。どんな場所でもあなたがあなたらしく生きること、それがあたしの願いです。どうか無事に逃げのびて。いまはただあなたの安全をお祈りしています。最後の力をふりしぼって心からのハグを。永遠に愛しています。

一七八九年九月十日（木）

バスティーユ陥落から二ヶ月が経ちました。あれから大きく変わったこと――八月四日、「国民議会」はフランス各地で相次いでいた農民たちの反乱を鎮めるため、中世から持ち越されてきた支配層の特権すべてを廃止することを決定します。二十六日にはラ・ファイエット侯爵が草案を担当した「人権宣言」[43]が採択されました――もあるっちゃあるんですけどすべてあちら側で起こったことで、宮殿は「熱狂の改革」から遠く隔たっています。

人がいなくなってがらんとした宮殿ではかなりの縮小があったものの、以前と同じように起床の儀も就寝の儀も行われています（伝統っょぃ……）。「国民議会」に実権が移ってからも形ばかりとはいえいまだ政府が置かれていますし、以前より頻度は減りましたがあいかわらず陛下は狩猟に出かけ、ちょっとした夜会が開かれることさえあります。あたしも夏のあいだ足しげくプチ・トリアノンに通うことができました。侍女もつけずに一人でプチ・トリアノンの庭を歩いているときに、ふとだれかの笑う声が聞こえた気がしてあたりを見わたしてもだれもいない。そんなことが何度かあったぐらいでとくに変わったことはありません。セーブル磁器のカップでしぼりたてのミルクを飲み、夢中になってアヒルを追いまわし、疲れたら木陰で昼寝をする。通常営業です。

　ヴェルサイユを去っていった人々に代わり、子どもたちの家庭教師には新しくトゥルゼル公爵夫人が就くことになり、駐屯地のヴァランシエンヌからAも戻ってまいりました。国境近くのこの町で彼は大勢の亡命貴族たちを見送ったそうです。その気になればいつでも故国に逃げ帰ることができたのに、ここにもバカな男が一人いました。

「気にせず捨てていけばよかったじゃない。征服したものをどうしようとあなたの勝手でしょ」

　と笑いながらあたしが言うと、

「残念ながら征服されているのは私のほうなのです。この地を離れたくても離れることができない」

　と彼も笑って答えました。

　こんなふうに奇妙に明るくおだやかな生活をあたしたちは送っています。このままひっそり息をひそめて暮らしていれば、いつか状況はよくなっているのではないか。うっかりとそんな楽観的な考えが滑り込んでくるぐらいには退屈で、輝かしい日々の亡霊と戯《たわむ》れているうちに時が流れていく。指の先で赤いケシの花をまわせば、フープでふくらんだ女たちのお尻がくるくるとワルツを踊る姿が浮かんでくるようです。ほらいまもど

(43)「すべての人間は自由かつ平等な権利を持って生まれた」から始まる十七条の宣言。

こからか風に乗って楽隊の奏《かな》でる音楽が聞こえてきそう。

夏の終わりだからまたエモくなっちゃってんのかって？　うん、そうかもね……。

一七八九年十月五日（月）

〈午前十一時〉

プチ・トリアノンの洞窟《どうくつ》でAと会っていたところへ急使がやってきました。パリから女たちの大群がこちらに向かっているそうです。急ぎ、宮殿に戻ることにします。またのちほど。


〈午後一時〉

使いの者から詳しい説明を受けてきました。

四日前、宮殿の警備を補うために呼び寄せたフランドル連隊を歓迎するため、ヴェルサイユでささやかな宴席が設けられたのですが、それが「とんでもない乱痴気騒ぎだった」とパリの新聞に報じられたのです。ありあまるほどのワインとご馳走《ちそう》がふるまわれ、革命の象徴であるトリコロールの記章[44]が踏みにじられ、「国王万歳！」「王妃万歳！」の声が絶えず鳴り響き、最後には「国民議会をぶっつぶせ！」と反革命的なスローガンを叫び出す者までいた、と（「ねつ造だ！」「信じられない」「彼奴《きゃつ》らには義というものがないのか」「なんと卑劣な……」とみんなショックを受けていましたが、あたしからしてみればなにをいまさらってかんじです）。

　革命勃発《ぼっぱつ》から貴族の国外亡命が相次ぎ、職を失った使用人たちが放り出され、パリの町は大恐慌《だいきょうこう》に陥っていると聞いています。富裕層が消えたことにより消費も落ち込み、商業も大打撃を受けているとか。それに加え、パリには十分に小麦がいきわたらず、いまだに飢饉《ききん》が続いている状態だそうです。そこへこんな鮮烈なニュース、干し草の山に火を投げ入れるようなものではないですか！

「パンがないのは王室が独占しているからだ！」「これは陰謀にちがいない」「兵糧《ひょうろう》攻めにしてパリ市民を飢え死にさせるつもりなんだよ」「今夜食べるパンにも困ってるっていうのに男たちはなんにもわかってない！」「憲法憲法いってるけど憲法で腹がふくれるかっつーの！」「はいはい平等平等」「高邁《こうまい》な思想（笑）」「もう男たちにはまかせておけん！」「国王に小麦をよこせと直談判《じかだんぱん》しに行こう」

　腹を空《す》かせた子どもたちが泣き叫び、甲斐性《かいしょう》なしの夫はどこかへ行ったきり帰ってこ

（44）現在のフランス国旗。「青は自由、白は平等、赤は博愛を表す」というのは俗説で、青と赤はパリを、白はブルボン家を表す。

ない。自分たちでなんとかしないと明日にも飢え死にしてしまう。斧《おの》や鉈鎌《なたかま》、出刃包丁や麺棒《めんぼう》、棒切れの先にくくりつけたナイフ、箒《ほうき》、はたき……etc.女たちはそれぞれ手近にあった得物を手に一路ヴェルサイユを目指して行進をはじめます。その数はどんどんふくらみ続け、数千にも及んでいるそうです。様子を見にいった者の話によると、どうやらすべての女たちが真剣に怒りくるっているというわけではなさそうです。「おっ、フェスか？」「ヒャッハー！」なんて軽いノリで、なんか面白そうだからと列に加わったお祭り野郎も多数いるようです（こっち見んなって！）。真偽のほどはさだかではありませんが、中には女装した男たちも紛れ込んでいるとか。

「パン！　パン！　パン！　パンをよこせ！」

武器をふりまわし、飢えた女たちが怒号をあげる。

「あのオーストリア女を殺してやる！」

「引きずりまわして腹を引き裂いて内臓をひねりつぶしてやる！」

長い道のりの途中でにわかに雲がわきはじめ雷雨に襲われると、疲労と飢えでだんだん殺気だってきたのか、物騒な声が飛び交うようになる……。

あっ、ムードンの森で狩猟をしていた陛下がようやく戻ってきたようです。これから大臣たちと対応を協議することになると思うので、とりあえずこれにて。

〈午後五時〉

ああでもないこうでもないとうだうだ話し合った結果、なんの対応策も見いだせないまま会議が終わりました。

兵を出動させて行進を食い止めることには陛下が激しい抵抗を示し（「女性たちを武力で抑え込むなどとんでもない！」）、王を残し、王妃と家族だけでランブイエに避難する案はあたしが断固として拒否（「なにがあってもあたしは陛下のそばを離れません！」）、そうこうしているあいだに第一陣が到着してしまったのです。

これから「国民議会」の議長を務めるムニエの取り計らいで陛下は女たちの代表と会見するようです。残された我々はなりゆきを見守るしかありません。

〈午後九時〉

夕刻、降りしきる雨の中を泥まみれになった女たちの大群が到着しました。はじめてほんものの平民を目にしたマリー・テレーズは彼女たちの身なりに衝撃を受けていたようです。さらに、三万の「国民衛兵」を率いたラ・ファイエット侯爵がこちらにむかっているという続報が入ってきました。真意は計りかねますが、招かれざる客であることは疑いようもありません。

群衆に取り囲まれ、逃亡がかなわなくなったことを知ると宮廷内はパニックに陥り、みな不安がって泣きはじめました。あたしは一人一人に声をかけ、彼らをなだめることに専念しました。そうしているほうがあたし自身も落ち着いたからです。ここに残っている人たちは家族も同然なのです。あたしが守ってやらなくて、だれが彼らを守ってやれるでしょう。

「いまからでも遅くはない。命に代えても私が道を開き、ここからあなたを逃がします。だからどうかお逃げください」

蒼白《そうはく》な顔でAが懇願しましたが（こんな時だっていうのに、あたしは美しい彼の顔に見とれていました）、笑顔であたしはそれを固辞しました。

「王妃にふさわしい死に方ってどんなだと思う？　死ぬことを恐れてはならないってお母さまは言っていたけれど、どう考えたってなんべん考えてみたって、あたしは死ぬのはこわいなって思っちゃう。だってそうでしょ？　死んだらもうあなたに会えなくなる。夫にも子どもたちにも。だけど、あたしはここでそのときを待つことに決めました。こわいことには変わりないけど、じたばたするのはエレガントじゃないもの」

宮殿にあるだけのパンと小麦粉を与えることを陛下が約束すると、中庭に集まった女たちはいっせいに「国王万歳！」と叫び声をあげました。当初の目的は果たしたはずなのに、それでも女たちが立ち去る気配はありません。この機を逃すなとばかりに「国民議会」が女たちを利用し、特権廃止と人権宣言の法案を認めるよう陛下を脅しにかかったのです。ついいましがた、くやし涙を目にためながら陛下は書面にサインをしました。

一七八九年十月六日（火）

〈午前〇時〉

まぬけな英雄ラ・ファイエット侯爵が先ほどヴェルサイユに到着しました。肩に落ちた雨も振り払わぬまま（「急いで駆けつけた」アピールのつもりでしょうか？　その割には軍服をずいぶんとおしゃれに着崩していましたけど）謁見《えっけん》にあらわれた彼は、到着が遅れたことを謝罪し、陛下をお守りするためにやってきたのだと進軍の意図を明らかにしました。

「陛下のお命を救わんがために、我が首をかける覚悟で馳《は》せ参じました。もし万が一でも我が血が流れるようなことがあれば、それは我が王のためにほかなりません」

なにこの恩着せがましさ……。

その場に居合わせた全員がそう思ったことでしょう。しかし、ラ・ファイエット侯爵は注目を浴びていることに満足しきっていたようです。

「さあさあみなさん、**この私**が来たからにはもう安心です。どうぞ後のことは**この私**に任せてお休みください。大丈夫です、**この私**が守ってさしあげますから、どーんと大船に乗ったつもりでいてください。なにも案ずることはない、**この私**がやって来たのですからはっはっはっ」

なんかうるせえな?!

こんな男が草案を担当したという人権宣言に署名させられた陛下の胸の内たるや。おいたわしくてなりません。

〈午前二時〉

長い一日がようやく終わりを告げようとしています。陛下と子どもたちと同じ部屋で休むように言われましたが、あたしといっしょにいたら彼らを危険にさらすことになるので一人で寝室に戻ってきました。部屋に控えていた侍女も全員下がらせようとしたのですが、断固としておそばを離れないと言い張る強情っぱりが二人ほど近くに残っています（やれやれ）。

窓の外には、寝る場所が見つからなくて身を寄せ合う女たちの姿が見えます。暗闇《くらやみ》の底で獣のように光る無数の目がこちらを向いた気がして、すぐに窓から離れました。とても眠れそうにありませんが、少しでも体を休めるためそろそろベッドに入ることにします。

〈午前六時〉

朝方、少しだけうとうとしかけていたところを不穏な物音で目覚めました。

「王妃さま、お逃げください！」

近衛《このえ》兵《へい》の叫び声と銃声ののち、階段を駆け上がる暴徒の足音が迫ってきます。「王妃はどこだ」「王妃を殺せ！」

あたしはベッドから跳ね起き、「段取りとかいいから！　早く！」侍女に手伝ってもらって着替えをしました（呆《あき》れたことに彼女たちはいつものあれをやろうとしていたのです！）。それから王の部屋へとつながる秘密の階段——そう、いつの日かメルシーがやいのやいのうるさく言って作らせたあの階段です——を通り、間一髪で寝室を逃げ出しました。メルシー、ありが《メルシー》！

不意打ちのことでなにがなんだかわからないまま無我夢中で飛び出してきましたが、危うく寝首をかかれるところだったのだと気づいたのは陛下や子どもたちと落ち合ってからでした。震える体を抑えるため、自分で自分の体を抱きかかえるようにしていたら、マリー・テレーズが近づいてきて母の手にそっと手を重ねました。

そうしているあいだにも宮殿に忍び込んだ暴徒たちが虐殺を繰り広げる物音が聞こえてきます。無残に体を切り裂かれ、断末魔の悲鳴をあげる衛兵たちの声が。王妃の階段は血の海と化し、殺された衛兵の首が槍の先に掲げられているのを見たという者もいます。追手がここまでやってくるのは時間の問題です。

「いったいどこから侵入したのだ？」「警備はどうなってる？」「ラ・ファイエット侯爵はどこへ行ったんだ！」

遅れて大臣たちも陛下の部屋に集まってきました。それぞれの情報を突き合わせた結果、どうやら夜中に「もう大丈夫！　**この私**が言うんだからまちがいない！」とラ・ファイエット侯爵が独断で兵を引き上げてしまったことが判明し、全員が唖然《あぜん》としているところへ、近くのホテルで眠り惚《ほう》けていたラ・ファイエット侯爵が頭を掻《か》きながらやってきます。

「いや〜まさかこの私としたことが。寝る前に彼女らにしつこく言って聞かせたはずなんですけどね、決して宮殿を攻撃したりするんじゃないぞって。まったくとんだじゃじゃ馬どもだ」

彼はすぐさま兵を指揮し、あっというまに暴徒たちを宮殿内から一掃させました。起き抜けに一仕事を終えた彼は鬘《かつら》もつけず寝癖で乱れた頭を撫《な》でつけながら、我々に向かってこう言ってのけました。

「**この私**の手にかかればほれ、この通りでございます。さあ、みなさん、ご安心ください。**この私**が来たからにはもう安全です！」

なんなのこいつ……ちょっとかわいい顔してるからって許されると思ったら大間違い

だからな！

〈午前八時〉


ヴェルサイユの夜が明けようとしています。血に染まったヴェルサイユ最後の夜が。

大理石の広場に大勢の民衆が詰めかけ、「王を出せ！」と騒ぎはじめると、ラ・ファイエット侯爵に促される形で陛下はバルコニーに顔を出し、民衆の要求に応じました。

「王妃を出せ！」

続いてあがった声に、その場に居合わせたみなの顔色が変わるのがわかりました。民衆の中には銃を持つ者も多数存在します。どこから弾が飛んでくるかもわからないのに、憎悪《ぞうお》の対象である王妃が姿をあらわすなど危険極まりないことです。そうしているあいだも窓の外では口汚い言葉で王妃を罵《ののし》る声が後を絶ちません。

「彼らが呼んでいるのであれば、参りましょう」

目立ちたがり屋のラ・ファイエット侯爵が「マダム、こちらへ」と差し出した手を力いっぱい振り払い、あたしは一人でバルコニーへ足を踏み出しました。

どのように振るまえばいいのか、あたしにはわかっていました。考えるより先に体が動くのです。媚《こ》びへつらうような態度はハプスブルク家の名にかけて許されません。びくびくと怖気《おじけ》づいたような素振りを見せるのはフランス王妃にあるまじきこと。顔を高く上げ、厳《おごそ》かに前へ進み出て、この上なく優雅にお辞儀するのです。幼いころから教え込まれてきたように――あの偉大な女帝のように。

つい先ほどまで罵声《ばせい》で埋め尽くされていた広場に静寂が訪れました。一瞬にも永遠にも感じられる静寂ののち、「王妃万歳！」どこからかあがった声につられ、満場の拍手が沸き起こります。その声はやがて大きなうねりとなって、「パリへ！　パリへ！」と新たな要求を告げはじめます。

そのときになってやっとわかりました。背後から迫っていた足音の正体はこれだったのです。

だれかここから連れ出してくれないかと長いあいだあたしは夢見ていました。退屈なエチケット魔人がはびこり、ヴィンテージがいきすぎて酸《す》っぱくなったワインに肩まで浸《つ》かったようなこの宮殿から、だれか、だれでもいいからあたしを救い出して、と。

どうやらようやく迎えがきたようです。思っていたよりもずいぶん手荒なお迎えでしたけど、武器を手に怒りくるった女たちがあたしをここから連れ出してくれるのです。

「パリへ！　パリへ！」

狂騒の渦の中へ、あたしは大きく身を乗り出しました。もうなにも恐れることはありません。アデュー、ヴェルサイユ。二十年間お世話になりました。生きてお会いすることは二度とないでしょう。

一七九〇年三月二十日（土）

　また恐ろしい夢で目が覚めました。昨年十月にこちらに移ってきてから同じ夢にうなされています。忘れようと思っても忘れられないあの日の光景を何度も夢に見るのです。

　馬車に揺られパリへと連行されるあいだ、おなかが空いた、なにか食べるものはない？　と膝《ひざ》にのせたルイ・シャルルがべそをかき、どさくさまぎれにボンボンのひとつでも忍ばせてくるんだったとそのたび苦い後悔が襲った。国王を乗せた馬車の後ろには、宮廷人を乗せた馬車が長い列をつくり、周囲をパリの女たちと国民衛兵の無秩序な隊列が取り囲んでいる。見あげれば晴れやかな秋の空、しかしすぐに視界をふさぐように女たちが窓に張りつき、のべつまくなし罵詈《ばり》雑言《ぞうごん》を吐き出す。オーストリア女、この糞《クレアチュール》ビッチ、大食らいの××××め！

「パン屋とパン屋のおかみさん、その子どもたちをパリに連れていくんだ。これでもうパンには困らないよ」

だれがはじめたのか、その歌を彼らはいたくお気に召したようで、六時間にも及ぶ行進のあいだ絶えまなく口ずさんではゲラゲラ笑っている。いったいなにがおもしろいんだか、庶民の笑いはレベルが低すぎてまったく理解できない。行列の先頭では槍の先に刺された血まみれの首が揺れている。王妃の居室《アパルトマン》を命がけで守った二人の近衛兵のものだ。「王妃さま、お逃げください!」彼らの叫び声でその朝あたしは目を覚まし、命を救われた。真向かいに座った陛下は力ずくで宮殿から引きはがされた己の無力さに涙も見せずに泣き、その隣で王妹エリザベトは彼女が愛した領地モントルイユの並木道に小さく手をふっている。あたしは子どもたちを抱き寄せ、彼らの耳をふさぎ、窓の外から視線を逸らせる。

これが革命か。こんな野蛮で残虐《ざんぎゃく》な行いが許されていいわけがない。こんなものが革命だというのなら最後の一人になってもあたしは抵抗を続けてやる。恐怖と屈辱、そして激しい怒りが煮えたぎった鉛のように身内に流れ込み、嗚咽《おえつ》と吐き気が同時にこみあげる。悪い夢でも見てるみたい。いっそあのとき死んでいれば……一瞬、頭をよぎった想念を、いけない、とふりはらう。それは王妃にふさわしくない。そこで、いつも目が覚める。

夢から覚めるたびに自分がどこにいるのかすぐにはわからず、タペストリーの模様や窓から見える景色、シーツの手ざわりを頼りに現状を手繰《たぐ》るのがくせになっています。パリ市内にあるチュイルリー宮殿に移って半年が経《た》とうとしていますが、いまだにこの有様です。目覚めてからも悪い夢が続いているような感覚が抜けないのです。どこから石つぶてが飛んでくるか、だれに見られているかもわからず四六時中びくびくしているので急激に白髪が増え、肌つやも悪くなって十も二十も年をとってしまったような気がしています。

ルイ十五世が幼少期をすごし、それ以降ずっと見放されていたチュイルリー宮殿は荒廃のかぎりを尽くしていました。使用人とその家族のほかに、浮浪者同然の没落貴族や芸術家、貧乏軍人などが勝手に住み着いてちょっとしたコミューンを作っていたらしく、彼らを追い払うのがやっとで部屋をととのえる余裕がなかったようです。壁紙は剝《は》がれ落ち、窓ガラスはひび割れて、かび臭くがらんどうの室内にぽつんと一台、急ごしらえで設《しつら》えたベッドがいっそう憐《あわ》れを誘いました。

「きったねーっ、こんなとこじゃ寝れないよ」

本来ならいちばんにあたしが口にしそうな台詞《せりふ》をルイ・シャルルがつぶやいたので、あたしはそれをたしなめる役にまわらねばなりませんでした。

「ひいおじいさまもここで寝起きされていたんだから、あんまりぜいたく言ってたらもったいないおばけが出るよ」

　その後、国民議会のはからいでヴェルサイユから家具が運び込まれ、職人たちの不眠不休の働きによってあっというまに内装がととのえられ、ずいぶんと住みやすくはなりましたが、VRS《ヴェルサイユ》48と呼ばれていた見目麗《みめうるわ》しい近衛兵に代わって粗野で無骨な国民衛兵が警備（というより監視）にあたるようになり、心休まるときがありません。いきなり作画が池田理代子[45]から宮下あきら[46]に変更になったようなもんだって言ったらわかっていただけるでしょうか（えっ、たとえが古い？　平成生まれにはわからないって？　忘れてもらっちゃ困りますけどこちとらロココ生まれですからね！）。

　チュイルリー宮殿の庭は一般にも公開されているので（！）四六時中パリ市民がうろつき（！！）あまつさえ窓に貼《は》りついて中の様子をじろじろ窺《うかが》ってきます（！！！）。彼らのぶしつけな視線に耐えかねてエリザベトは翼棟に移っていきました。コルセットで胸をメガ盛りした夜の蝶《ちょう》たちが国民衛兵相手に商売しにやってきたりもして、ほとんど無法地帯と化しています。

　舞踏会や音楽会などアゲアゲなイベントこそなくなりましたが、ヴェルサイユで行われていたサゲサゲな儀式の数々――毎日のミサ、起床の儀と就寝の儀、各国大使や大臣、議員たちとの謁見、週二回の公開午餐《ごさん》はこれまでどおり行われています。陛下が執務にあたっているあいだ、あたしは子どもたちに本を読んでやったり勉強を見てやったりします。午後には狩猟を禁止され運動不足を気に病む陛下とビリヤードをしたり、庭を散歩したりします。その後、それぞれ自室に戻って陛下は昼寝か読書、あたしはランバル公妃とおしゃべりしながら刺繍《ししゅう》をしたり、Aとふたりきりで時間をすごしたりします（チュイルリー宮殿の警備責任者であるラ・ファイエット侯爵が、どういうわけかAが自由に出入りできるように取り計らってくれたのです。こういう気のきかせ方がいかにもおフランスってかんじですよね）。

夕食後はエリザベトや叔母さま方、リュクサンブール宮殿に移ったプロヴァンス伯夫妻がやってきて一家でともに時間をすごします。ヴェルサイユにいた最後のころは「もう顔を見るのもいや！」ってぐらい疎《うと》ましかった叔母さま方やプロヴァンス伯もこうなってみるとやはり大事な家族……やさしく慈《いつく》しみあっていきたいものです……（プロヴァンス伯はチュイルリー宮殿に足を踏み入れるなり「やれやれ、よくこんなとこに住んでるよな」と言わんばかりに肩をすくめていましたし、叔母さま方は叔母さま方であの女官がお辞儀しなかっただの、あんな身分の低い者と同席するのはありえないだのこの期《ご》に及んでgdgd言い続けていますけどね！　いずれも絶好調でなによりです！）。

国民議会からは宮廷費として年間二千五百万リーブルが支給され、これまでどおり陛下は趣味の錠前づくりに励んでいますし、あたしはヴィル・ダヴレーからわざわざ取り

（45）漫画『ベルサイユのばら』などの作者。（46）漫画『魁《さきがけ》!!男塾』などの作者。

寄せた水を飲んでいます。(47)レオナールを呼び寄せて髪を結ってもらったり、ベルタン嬢に新しいドレスを注文することだってできます（ただしデザインは質素なものになり、あまりお金もかけられません）。どんなふうにしてここに連れられてきたか、それさえ忘れられればそんなに悪くない生活だと思えたかもしれません。

国民議会は暴走した民衆が武力にものを言わせて国王をパリに強制連行した「十月事件」をもみ消し、あくまで宮廷が自主的にこちらに移ったのだという体裁をとりたいようでしたが、我々が囚《とら》われの身であることは疑いようもないことです。急ピッチで進められる改革により国王の権利が次々にはく奪され、少しでも反革命的な態度を見せようものなら死の恐れもあるので、陛下もあたしもひたすら従順にふるまわねばなりません。意に染まぬ法令にだって署名をしなければならないし、必要があればあの忌々《いまいま》しいトリコロールの記章を身につけることだってあります。信用できるのは家族と昔からの廷臣だけ。外出を許されたとしても一歩外へ出れば周囲は敵だらけ。庭を散歩していても行きあう市民から憎悪を剝《む》き出しにした視線でにらまれ、中傷を浴びせられることなどしょっちゅうです。以前なら「え、なに、めっちゃdisってくれるじゃんwww」と軽く笑い飛ばせていたものが、いまでは足がすくんで声のしたほうをふりかえることもできません。荒っぽく下賤《げせん》なパリ市民にくらべれば、ヴェルサイユのソフィスティケートされた視線や聞こえよがしの悪口などそよ風のようなものです。それでも母親ゆずりの負けん気の強さと気位の高さからすっくと首をのばし、鉄面皮を装《よそお》って悠然と歩いていくと、彼らのほうがひるむのが肌でわかります。これがあたしにできる精一杯の抵抗《レジスタンス》です。

しおれた花のようにしおしおと現状を受け入れる――素直にそれができていたらよかったんですけど、いかんせんハプスブルク家の女は気が強すぎる！　国民の怒りはすべて王妃に向けられています。おかげで陛下や子どもたちと庭を歩いていても、彼らが罵るのはこのあたし、敵国オーストリアからやってきて王を意のままに操りフランスを窮状に陥れた雌虎《めすとら》マリー・アントワネットだけです。どうしてあたしばっかり……なんていじけたことはもう思いません。いっそ修道院送りになったほうが……なんて弱腰なことはみじんも思わない。いまとなっては彼らの憎悪の対象があたしでよかったと思うほどです。繊細な陛下や子どもたちをこんな苦難にさらすわけにはいきませんから、あたしがスケープゴートになって家族を守れるならぜんぜんオッケー！　むしろラッキー☆謹んでこの泥水を啜《すす》らせていただきます（。Д。）ｹﾞｰ　みたいな？

もちろん陛下だって打ちひしがれているだけじゃありません。この状況をなんとか打開できないものかと監視の目を盗んで諸外国に支援を求める手紙を書きましたが、所詮《しょせん》

（47）マリー・アントワネットは体質的にセーヌ川の水が合わなかったらしく、「俺たちの水が飲めねえっていうのか！」とパリの民衆の反感を買っていた。

は対岸の火事、どの国も自分のところで手いっぱいでよそのごたごたに干渉してる場合じゃないとそりゃあ冷たいものでした。頼りにしていたオーストリアのお兄さまヨーゼフ二世ですら「いまはとにかく耐えるのです。いずれ好機が訪れる……こともあるかもしれなくもないだろう」とか無責任なことを言って突き放してくる始末。そのままお兄さまは先月二十日に結核を患《わずら》って急死し（このタイミングで逝《い》くとかマジひどくない？）、現在は三男のレオポルト二世が皇帝の地位に就いていますが、こちらの兄とは昔っから疎遠《そえん》だったので積極的かつ熱烈な援助は期待できそうにありません。泣《N》きっ面《T》に蜂《H》とはこのことかってかんじだよね。

　聞くところによると、「十月事件」の余波で国民議会議員のあいだでも亡命が相次いでいるのだそうです。槍《やり》の先に突き刺された血まみれの首にびびって逃げ出したってとこでしょうか。神の代理人である王の意志に背き、御座所を追うなど本来ならばあってはならないテロリズムにも等しい行為、神を神とも思わぬ暴虐です。「なに勝手なことしてくれとんねん、あのクソアマどもが」と報《しら》せを受けて真っ青になった国民議会が火消しに奔走しているのを見ればあきらかです。当初のうちは知識階級が先導していたはずの革命が大衆の手に落ち、暴力的で過激な行動を抑えられなくなっているようなのです。このままでは転がる石のように暴走していく一方なのではないか、と革命の行く末を危惧《きぐ》する声も高まっています。

そうしているあいだにも国王一家を救い出そうとするいくつもの計画が進められては立ち消えになってゆきました。王党派も決して一枚岩ではありません。国外亡命組と国内残留組では言い分もちがうし、なにより陛下自身が逃げるのはいやだと言ってきかないのです。神から授かった王冠をみずから手放すことはできない、私は王である、王は国民とともにある――一貫してフランス国王ルイ十六世が主張し続けてきたことです。

進むことも退くこともできない我々に残された道は、事態が好転するのを待つという実に消極的なものでした。じきに革命は綻《ほころ》びを見せるはず、そこを逃さず突けば王権の復活も不可能ではないはず、希望はまだあるはず……お兄さまも言っていたように、とにかくあたしたちにいま求められているのは一にも二にも忍耐なのです。

忍　耐　！

よりによってこのあたしにいちばん欠けてるやつ！　アッチョンブリケ！n)。3。(n

……………………はあ、さしものマリー・アントワネットさまもここにきて精彩を欠いているようです。最近どうもお道化《ODK》のキレが悪いというか、いまいちノッてこないというかでスベリがち。それでもこの状況でなおもお道化てみせようっていう気概だけは認めてほしいものです。

これまでは人に好かれるため、自分が楽しむためだけにお道化を用いてきたけど、いまはそんなスケベ心ぜんぜんまったくこれっぽっちもない。目の前の大切なだれかを笑わせたくて、一瞬でも不幸を取り除いてあげたい一心でそうしているのです。息の詰まるような心落ち着かない毎日の中で、「モスリンちゃん」と「いとしのキャベツくん」――子どもたちだけがあたしの慰めであるように、あたしのお道化が彼らの慰めになればいいと願っているのです。ルイ・シャルルなどはヴェルサイユにいたころよりいまのほうが両親といっしょにいられるので嬉《うれ》しいなんて言ってるぐらいなんですから。

うん、そうだな、子どもたちのためなら、「忍耐とかマジ無理！」なあたしでもなんとか耐えられるような気がします。マリー・テレーズは女の子なので命の保証はされていますが、王太子のルイ・シャルルには危険がつきまとっています。我々はいまや息子を人質に取られているも同然なのです。息子を守るためならこんな悪夢もなんてことはありません。ここが踏んばりどころ、お母ちゃんがんばるぞい(´・ω・`)

※追記

それでも夜、家族と離れて一人でベッドに入ったときなどに、あれにつかまりそうになることがあります。暗闇でいつも待ち構えている。いっそあのとき死んでいれば……ぞっとするほどエゴイスティックな想念。いけない、それはあたしにふさわしくない、とかぶりを振って追い払うたびに、あたしはあたしがいまどこにいるのかわからなくなるのです。

一七九〇年七月三日（土）

夏のあいだ、国王一家はサン・クルー宮殿に移ることを許されました。空気が悪く、つねに人の視線にさらされているパリでの生活に一家で神経衰弱に陥っていたところでしたので、骨休めができてほっとしています。陛下は長らくご無沙汰《ぶさた》していた狩猟を再開し、あたしも子どもたちも自然に触れてのびのびと日々をすごしています。

今朝、来客がありました。「革命のライオン」と呼ばれるあばた面《づら》の醜い男ミラボー伯爵《はくしゃく》が以前より謁見を申し入れてきていたので、ついに根負けする形で承諾したのです。

革命の指導者的立場にある彼と陛下のあいだで密約が交わされたのは今年の二月。ミラボー伯爵は宮廷の相談役となり、国王に有利に働くよう国民議会をうまく操作することを約束し、その見返りに莫大《ばくだい》な報酬を要求してきました。ミラボー伯爵は長年に及ぶ放蕩《ほうとう》と女遊びのはてに財産を食いつぶし、多額の借金を抱えていたのです。革命のごく初期の段階でその申し入れがあったときはあたしも陛下も「なにをふざけたことを」と鼻で笑っていましたが、ここへきてほかに頼れる人間も見つからないのでしぶしぶ彼と手を結ぶことにしたのです。

　しかし、革命の旗手である彼とおもてだって接触するわけにはいきません。この密約が世間の知るところとなれば両者ともまずい状況に置かれてしまうからです。ミラボー伯爵は王家に忠誠を誓い、自分こそが急激にスピードを増していく革命にブレーキをかけ、この上なく美しい軌道を描いてフランスを立憲君主国に着地させることのできる唯一《ゆいいつ》の男なのだと再三にわたって手紙に書きつけてきましたが、あたしも陛下も放蕩者で調子のいいこの男のことをどこまで信用していいのか計りかねていました。業《ごう》を煮やしたミラボー伯爵が「サン・クルーならば人の目も少ないでしょうから直接会ってお話ししたい」と申し入れてきても陛下は断固として突っぱねました。演説家として名高いミラボー伯爵に言いくるめられることを恐れたのかもしれません。実際、ミラボー伯爵は弁舌にはぜったいの自信があるようでした。そこで矛先を向けられたのがこのあたしというわけです。王を攻略せんがためにはまず王妃を落とせってか。

「王のそばに男は一人しかいない。それは王妃だ」

　とミラボー伯爵はドヤ顔で語っていたようですが、は？　あたし女ですけど？　なにそのうまいこと言ったったみたいなかんじ、「名誉男性」にされてあたしが喜ぶとでも思った？　いるよねー、「男前」が女に対する褒め言葉になるとか思ってるやつ。引くわ、ドン引きだわ、どうしてなにかにつけて女を劣位に置こうとすんの？　そんなに女がこわいの？　ママのお膝に泣きついて蹴《け》っ飛ばされちまえ！

「お気持ちはわかりますが、あの男には利用価値があります。革命のライオンとは名ばかりで、金銭で手なずけられるような飼育された獣ならこちらとしてはむしろ都合がいい。伯爵とはいえ本来なら国王のそばに仕えることもかなわない小貴族の出身、そういった手合いほどうまく自尊心をくすぐってやればいい働きをするものです。ここはどうかひとつ、フランス王家のために力をお貸し下さい」

怒りで火を噴きかねないあたしを鎮《しず》めたのがメルシーのこの一言でした。いつだって「オーストリア第一《ファースト》」のこの男が「フランス王家のために」などと口走るとは意外でした。

「あたしの気持ちがわかるって、あなたがそんなこと言うの、はじめてだね」

「はて、そうでしたでしょうか。実際マリー・アントワネットさまのお気持ちが理解できたことなど一度としてありませんからね」

「なにそれ、ひどくない？」

「ようやくお気持ちに寄り添えることができて光栄に存じております」

「めっちゃ棒読み！」

革命の影響で彼の身にも危険が及んでいるだろうに、そんなことはおくびにも出さず、これまでと同じように振るまうメルシーの存在はとてもありがたいものでした。「わかった、会うよ、会えばいいんでしょっ」革命を経て、ずいぶんと御しやすくなったあたしにメルシーも満足しているようでした。

　ミラボー伯爵との面会はサン・クルーの庭園にある木立の陰で行われました。朝の八時、まだ宮廷が眠りから覚めずにいる時間を狙《ねら》いすましてやってきたその男は、あたしの姿を見るなり膝をつき、「王后陛下、**この私**がやってきたからには王政は救われるでしょう。どうか大船に乗った気持ちでいてください」と熱のこもった声で言いました。なるほど、先手必勝で自分のペースに引き込むのがこの男のやり口か。

「〝**この私**がやってきたからには〟ってそれ、ラ・ファイエット侯爵も言ってたけどなに？　国民議会で流行《はや》ってんの？　ウケる〜〜！」

　しかし、あたしはのらりくらりとかわします。犬猿の仲といわれているラ・ファイエット侯爵の名前を出され、それでなくともあばたでぼこぼこの強面《こわもて》が岩のように硬くなり、あたしは「勝利」を確信しました。目に映るすべてのものを制圧し支配しなければ気が済まない女帝マリア・テレジアに幼少のころから抵抗《レジスタンス》運動を続けてきたこのあたしが、ぽっと出の革命野郎にやすやすと征服されるかっつーの。

　とにかく彼は自分に全幅の信頼を寄せてくれ、自分の言うとおりにしていれば悪いようにはしない、間違っても反革命派の言葉には耳を貸さないように、と手紙でさんざん言ってきたことを朝の光の中でくりかえし説きました。女好きで有名なミラボー伯爵の不敬かつ不埒《ふらち》なまなざしに鳥肌を立てながら、あたしはそれを聞き流します。デュ・バリー夫人のように振るまってミラボー伯爵を手玉に取ることをメルシーは期待していたようでしたが、あたしに！　そんなこと！！　できるわけないよね！！！（ぜんぜん「お気持ちに寄り添え」てない！）

しかし百戦錬磨のミラボー伯爵には下手な手管を用いるより、ひややかな微笑を浮かべ、心ここにあらずといったかんじで遠くのほうに気をやっているほうが効果的だったようです。脂《あぶら》っぽくぬるりとした唇を手の甲に押しあてられ、あまりの気色悪さに涙ぐんだあたしを見てなにを思ったのか彼は、「**この私**が命に代えても陛下をお救いいたします」とお安いヒロイズムに目をぎらつかせて誓ったのでした。キショすぎて死ぬかと思いました。

ミラボー伯爵といいラ・ファイエット侯爵といい自分が正しいと信じて疑わない人間のエネルギーは強大で、少しでも気を緩めたらたちまち呑《の》まれそうになります。あんなに醜くても、あんなにバカでも、「**この私**が」「**この私**が」って自信まんまんなんだもん。っょぃ……としか言いようがありません。もし革命家がみなそうなのだとしたら、雅《みやび》な宮殿で何百年にもわたってスポイルされてきた宮廷人に勝ち目などないのでは。そんな恐ろしい想像が頭をもたげ、重い気分で午後をすごしていましたが、日暮れすぎにAが顔を出してくれたので浮上しました。

「どうでしたか、ミラボー伯爵との面談は」

「どうしたもこうしたもないわよ、はやく消毒して」

　そう言ってあたしはAに手を差し出しました。ミラボー伯爵に対面したときと同じ木立の陰に隠れているのでだれに見咎《みとが》められることもないのに、Aはそっけなく事務的に、これっぽっちの情熱もこもってないキスを手の甲にくれました。不満げに唇を突き出すあたしを見て、やれやれといったふうに彼は肩をすくめます。

「ときどきわからなくなることがあります。自分がお仕えしているのが王后陛下《マダム》なのか内親王殿下《マドモワゼル》なのか」

「んま！」

「そのお顔、ポリニャック公爵夫人そっくりですよ」

　あたしたちはいたずらっぽい目を見かわし、身を折り曲げて笑いました。

　秘密の楽園プチ・トリアノンを奪われてから半身をごっそり持っていかれたような喪失感に打ちのめされていましたが、いまはAのいる場所があたしにとっての秘密基地でした。ここにいるときだけ、あたしはあたしに還《かえ》れるのです。

　そうはいってもそれはここ最近の話で、チュイルリー宮殿に移ったばかりのころはあたし以上にAが悲嘆に暮れてて大変だったんですけどね！　どうやらAは愛する人（ってもちろんあたしのことですけどぉ～ｖｖｖ）が暴徒に囲まれさらわれていくのを指をくわえて見ているしかなかった無念に貫かれ、自己嫌悪に陥ってしまったようなのです。

「こんなに苦しんでいるあなたを救って差しあげることができない。ふがいない自分が口惜しい」

　週三のペースで通ってきてはぐじぐじ思い悩んでる様を見せつけられて、ぶっちゃけあたしにどうしろと?!　ってかんじだったよね。陛下もAもどうしてこうも男らしさの呪《のろ》いにとらわれているんでしょう。騎士道精神だかなんだか知らないけど、どうしてなにかといっちゃ女を守ってやったり救ってやったりしたがるんですかね。そんなことで女からの愛が得られるとでも思ってるんでしょうか。

　そりゃ腕力ではかなわないよ？　でも実際、陛下よりAよりあきらかにあたしのほうが精神的にタフじゃん？　その時々でやれるほうがやればいいだけの話だと思うんだけど。生活費を稼いでくるのも皿洗いでもなんでもさ。そのほうがずっとフェアだし、おたがい気が楽になるんじゃないかな。

「あなたがここにいてくれるだけであたしは慰められてる。それで十分だって思うけど？」

　チュイルリー宮殿のささくれた床に膝を抱えて座り込み、のの字を書く勢いだったAを見かねてあたしは声をかけました。はっとしたようにAは顔をあげ、お道化るようにくるんと目をまわすあたしを胸に抱きしめました。すぐに「失敬《パルドン》」とその手を離してしまいましたが。

「別にいいんだよ、いくらでも弱音吐けば。完璧《かんぺき》な騎士《シュヴァリエ》のあなたももちろん素敵だけど、いまのほうがあなたを近くに感じる。あなたはいつどんなときも立派で――立派すぎるほど立派でこっちが気おくれしちゃうぐらいだったもん。ようやく本音が聞けてうれしいぐらいだわ。だけど、こんなにもあたしが大切に思ってるあなたを、あなた自身が卑下することは許さない」

一瞬だけ感じたAの体温にぽうっとなって、思いついたことをべらべらしゃべってしまったけれど、そのおかげであたしたちは新しい段階に歩を進めたようです。こしきゆかしき宮廷ロマンスの枠を飛び越え、戦友のような、魂の双子のような尊敬と共感をもって、より対等な関係に近づけたんじゃないかって気がいまはしています。あたしたちを結び付けているものはもはや恋ではないのかもしれません。そう考えると少し残念な気がしないでもないけど、なにかもっと尊く美しい奇跡のようなものに近づけているんじゃないかって、そんな予感がある。

最近のAはこれまで以上に冗談を言ってあたしを笑わせ、だれよりも頼もしい相談役になってくれています。ミラボー伯爵と会うことにしたのもAの助言があったからです。信用できない相手ではあるが、革命側に付かれるぐらいなら味方に引き込んでおいたほうが得策でしょう、と彼はあたしに言ったのです。

夕闇に包まれたサン・クルーの庭園で、あたしはいつものように会わないあいだに起こったことをすべてAに報告しました。ミラボー伯爵との謁見《えっけん》についてはとりわけ念入りに。

「最後にミラボー伯爵はなんて言ったと思う？　〝**この私**が命に代えても陛下をお救いたします〟だってよ！」

迫真のものまねでミラボー伯爵との別れ際《ぎわ》を再現してみせると、暗がりで表情もよく見えないのにあからさまにAが不機嫌になっていくのがわかりました。

「さあ、それはどうでしょう。覚悟のない人間ほど軽々しくそのようなことを口にするものです。まさか陛下がそんな戯言《ざれごと》を信じたわけではないと思いますが、念のためご忠告を」

Aはさっと立ち上がると、風が出てきましたね、そろそろお部屋に戻られた方がいいでしょう、今日はこれにて失礼いたします、と言ってふりかえりもせずにサン・クルーの林苑《りんえん》の奥へと消えていきました。なにが彼を豹変《ひょうへん》させたのか、すぐにはわからずに茫《ぼう》然《ぜん》とあたしはその背中を見送っていました。

男って、男って、男って……。

一七九〇年十二月三日（金）

無理！！！！！！！！！！！

一七九〇年十二月十八日（土）

決めました。
あたしたちは逃げることにします。
そうと決まったらやることがアルプス山脈ぐらいあるのでくわしい話はまた今度！
オーヴォワー！

一七九〇年十二月二十六日（日）

本日、「聖職者民事基本法」（舌嚙《か》みそう……）が公布されました。聖職者を公務員として扱い、革命への宣誓を強制するこの法令が議会で採決されてから、「あんなものを認めるぐらいなら死んだほうがましだ」と悲愴な顔つきでいた陛下の心労たるやはかりしれません。なにかお声をかけたくとも、この頃の陛下は極限まで張りつめた薄いガラスに覆《おお》われてなにをも近づけまいとしているようです。

　十月の終わりにチュイルリー宮殿に戻ってからというもの、以前より監視の目が厳しくなり、窮屈な生活を強いられるようになりました。国内のあちこちで反乱やデモが起こり、その一部は王妃がそそのかしたものであるとどこかの新聞がでっちあげたのです。さらには、アルトワ伯をはじめとする亡命組が国境付近に集まって「革命ぶっつぶす！」とイケイケドンドンで息巻いているらしく、その動きがパリまで伝わってきているのです（残されたこっちの身も考えず好き勝手やりやがってほんとあのバカ……）。国内に残った王党派によるずさんな国王誘拐計画もあかるみに出て、いまやパリ中が不穏な空気に包まれてピリピリしています。

　国民議会ではミラボー伯爵が孤軍奮闘し気焔《きえん》を吐いているものの、いまのところ芳《かんば》しい成果が得られていないどころか状況はどんどん悪くなっています。事を急《せ》いた（成功報酬欲しさで？）ミラボー伯爵が提案してきたのは、革命を抑えるのではなくいっそ背中を押してやってはどうか、という過激極まりないものでした。議会への不信を煽《あお》り内乱を起こさせ、フランスを混沌《こんとん》に陥《おとしい》れれば必ずバックラッシュがくる。民衆は革命に絶望し、平和と秩序を求めるようになるだろう。古き良き時代《アンシャン・レジーム》への憧憬《しょうけい》をかきたて、王政復古の鐘を大きく打ち鳴らすのだ——。

「冗談じゃない！」

めずらしく陛下は声を荒げてその提案を撥《は》ねつけました。内乱や諸外国との戦争によって多くの血が流れること、それこそ陛下がいちばん恐れていることでした。血塗られた王座に座るぐらいなら逃げ出したほうがましだとそのとき陛下も思ったのではないでしょうか。待Mてば海路Kの日和Hありなんて悠長にかまえてる場合じゃないとさすがのあたしも目が覚めました。すでにのっぴきならないところまであたしたちは追い詰められていたのです（それにしても、フランス宮廷に数々の「革命」をもたらし、前時代的なものをさんざんバカにして笑ってきたあたしが古いもの《アンシャン・レジーム》呼ばわりされる日がくるとはね……）。

正直なところ、革命が起こってから逃亡を考えなかった日は一日もありません。陛下もメルシーも、あたしと子どもたちだけでも逃がすことはできないかと画策していたようでしたが、そのたびにあたしは同じ言葉をくりかえさなくちゃいけませんでした。

「このやりとりもう百万回くらいしてる気がしますけどまだ続けます？　逃げるときは陛下も含めた**家族全員で、**です。それ以外はありえません。ここ太字でお願いしますね？　テストに出ますからね？」

ミラボー伯爵も国王一家がいったんパリを離れるのは一つの手ではないかと思っているようでした。ただし、その際は正当な手続きを踏んだ上で、国王にふさわしく正面突破で国民に見送られて発《た》つべきだ、というのです。は？　なにその絵空事？　もし仮に議会が許可したとしても国民が黙って見てるわけねーだろ！　それでなくともあいつらどんどん凶暴化してんのに、へそで茶《テ》が沸くわ、沸きまくりだわ。ミラボー伯爵から送られてきたその提案書はすぐにぐしゃぐしゃに丸めた上、ぐじぐじに踏みにじり、びりびりに引きちぎって暖炉に放り込んでやりました。

「無理！　これ以上はもう耐えられません！　ミラボーはぜんぜん使えねーし、一刻も早くここを逃げ出さないとどうにかなってしまいそう！」

かなり早い段階から亡命を勧めていたAに、ここにきてようやくあたしはGOサインを出しました。なかなか覚悟が決められずにずるずると決断を先延ばしにしていたのです。もしかしたらもう遅いのかもしれない、と不安がるあたしをAは力強く励ましてくれました。

「よくぞ決心してくださいました。いまより遅いなどということはありません。すぐに手配いたしましょう」

かねてから望んでいた出番がようやくまわってきて、彼の顔に精気が宿るのがはっきり見て取れました。戦場にいる彼をこの目で見たことはありませんが、おそらくこんな顔をしているのでしょう。氷のようにつめたい美貌《びぼう》の奥に秘められた熱き闘志。生まれながらの軍人Aの面目躍如です。

「問題は軍資金です。恥ずかしい話だけど、陛下もあたしも自由になるお金がそんなにないし、オーストリアのお兄さまはあてにならなくて……」

「ご心配には及びません。私が所有するパリの屋敷を抵当に入れればまとまった金額が借りられます。王党派の貴族や財産家の友人にもあたって援助を頼むつもりです」

ひそかにシミュレーションを行っていたのでしょう。逃亡先はどうするの？ そこに辿《たど》り着くまでのルートは？ パスポートは？ 逃走用の馬車は？ どんな質問をしても、あらかじめ用意してあったようにつらつらと彼は答えるのでした。

「一つだけ問題があるとしたら国王陛下ですね。おとなしく同意してくれるとは思えませんが」

そ　り　！(48)

思わず叫びそうになり、あわてて口を抑えました。部屋の外で革命側から送り込まれた召使いが聞き耳を立てていないともかぎりません。

「……そうだなあ、いちおう説得はしてみるけど、いざとなったらべろべろに酔っぱらわせて簀巻《すま》きにしてでも連れてくわよ」

あたしが力こぶを作ってみせると、ふむ、とAも腕を組みました。

「陛下を担《かつ》ぎあげるのはちょっと骨が折れそうですね。やれやれ、体を鍛えておかないと」

「大丈夫、あたしも鍛えておくから！」

こんなふうに冗談を言って笑っていられるのもこれが最後だとあたしたちにはわかっていました。だからこそ、あたしも彼もいつも以上に大きな声をあげて笑いました。戸口で聞き耳を立てている革命側のスパイが「能天気な……」とあきれるぐらいに。

この計画が外に漏れれば家族の命が危険にさらされることになります。細心の注意を払い、極秘で計画を進めていかなければなりません。これまで以上に緊張を強いられる日々がはじまろうとしているのです。

これが最後……。

言葉には出さず腹の底から笑うことで、あたしたちはそれを確かめあっていたのです。

一七九一年四月二日（土）

たったいまミラボー伯爵が死んだという報せが入ってきました。

(48)「それ」すぎてそりかえりそうに「それ」の意。

あの殺しても死なないような男がマジか……ってかんじですが、こうなったからには一刻も早く計画を実行に移さねばなりません。すぐにあたしはAのもとへ使いをやりました。てこでも動かぬと言いはっている陛下の心がこれで少しでも動いてくれればいいのですが……。

一七九一年四月十八日（月）

陛下、逃亡するってよ！

言質《げんち》とったぜyeahhhhhhhhhhhhhhhhhhhhhhhhhhh!!!!

しちゃう～？　プリズンブレイクしちゃう～？

……失礼《パルドン》、興奮のあまりはしゃいでしまいましたわ。いけない、いけない、あたしとしたことが。

去年の末から秘密裏に進めてきた逃亡計画最後の砦《とりで》が満を持してみずから動いてくれるっていうんだからこれが狂喜乱舞せずにいられますかっての。念のため言っとくけど簀巻きにして運ばなくて済んだことを喜んでるんじゃないよ？　まあ正直ほっとはしてるけどw

「聖職者民事基本法」によって国内の聖職者たちが分断され、さらにはローマ教皇から「遺憾の意」を表明されちゃったことを気に病むあまり、日に日に陛下の輪郭が薄れていくのをあたしは心配してたんです。春先に陛下が一週間ほど寝込んでしまわれたときは、夜も眠れずつきっきりで看病していたぐらいです。もしかしてこの人はもう生きたくないんじゃないか。つねに憂愁の影をつきまとわせている陛下の横顔はあたしにそんな懸念《けねん》を抱かせるのに十分でした。「自由か、しからずんば死を」いやでも目に飛び込んでくる革命のスローガンがあたしたちの心を揺さぶらない日はないからです。さいわい一命は取りとめたものの、思い詰めたような表情が陛下のお顔から消えることはありませんでした。

そうして今日、復活祭のためサン・クルーに赴こうとした我々の馬車を民衆が妨害するという騒動が起こったのです。王の行く手を阻《はば》むなど、なんと恐れ多く許しがたい狼《ろう》藉《ぜき》でしょう(〃ω〃)

えっ？　言ってることと顔が合ってないって？　んー、そうね、なんていうかまあ、この騒動のおかげで陛下が逃亡することに「ウィ」って言ってくれたようなもんなので結果オーライみたいな？　むしろ民衆ありが《メルシー》！　みたいな？

二月に叔母さま方が先んじてローマへ亡命されたのですが、どうやら民衆のあいだで次は国王が逃げるのではないかという噂《うわさ》が立ちはじめていたようなのです。その影響もあってか、「王が逃げるぞ！」と騒ぎ出した民衆に取り囲まれ、にっちもさっちもいかずに二時間近く馬車に閉じ込められるはめになったのです。パリ市長バイイやラ・ファイエット侯爵が出てきて民衆を鎮めようと試みましたがいっこうに埒《らち》が明かず、たまりかねた陛下は窓を開け、彼らに向かって言い放ちました。

「国民に自由を与えたというのに、私は不自由を強いられているとは不思議なものだ。よろしい、諸君の望むとおり、私は馬車を降りよう」

国王の声にしてはあまりに弱々しい、けれどそれゆえ諦念《ていねん》がこちらにも伝わってくるような静かな怒りのこめられた声でした。国王に要求を呑ませることに成功した民衆は「勝利」に沸き立ちました。にわかに「国王万歳！」の大喝采《だいかっさい》が起こる中、陛下はいっさいの感情を捨て去ってしまったような虚無の表情で馬車を降りていきました。

そのときすでに陛下のお心は決まっていたのでしょう。身動きが取れずどうすることもできない毎日の中でじりじりと膨れあがっていた自由への希求がついに限界に達したのです。

「やっと決心がついたよ。ずいぶん待たせてしまったね」

「いまより遅いということはありませんわ」

Aに言われた言葉をそのままあたしは陛下に告げました。

「それにしても陛下の忍耐強さには驚いています。よくぞここまでご辛抱なさいましたね」

残念ながらあたしはAより意地が悪いので、いやみを付け加えずにはいられませんでしたが。

一七九一年六月六日（月）

当初の予定では本日発つ予定だったんですが、先送りになってしまいました。あと二、三日待てば議会から毎月の王宮費《おこづかい》が支払われるのでそれを受け取ってからにしたいと思ったんです。だって無一文で慣れない土地に降り立つのはいかにも心細いでしょ？　財産はほとんど没収されちゃったも同然だし、この先の収入のあてもないんだから。夫婦そろってノン収入☆　ひーっ、心の知覚過敏にしみるわ……。

「やむをえませんね」

しぶしぶといった形でAは承諾し、各地に計画中止の伝令を飛ばしました。この計画のために彼がかき集めた金額は二億リーブルにもなるそうです(49)（そのうちのどれだけを彼が負担しているのかわかりませんが、おそらく相当な額になるでしょう）。兵隊を雇

(49) 一七九四年、父親の死後に入ってきた遺産でこのときの借金を清算したといわれている。

うにも特注の馬車を誂《あつら》えるにも替えの馬を調達するのにもなにをするにもお金がかかります。有事の際のお金の大切さを身に染《し》みてわかっているのでしょう。「これからなにかと入り用になりますからね」と苦い顔でAはつぶやいていました。しみる……心の知覚過敏にしみる……。

一つでも歯車が狂えば半年間の苦労が水の泡となってしまう（その上、巨額の借金を背負うはめになる！）。そのことを彼は恐れているようでした。この計画に関わった人は全員お尋ね者となって国を追われるだろうし、国王一家の命は危険にさらされることになります。極度のプレッシャーと蓄積した疲労から血の気が引いて紙のように真っ白になったAの顔は、愛の神殿に鎮座する天使像を思い起こさせました。

それにしても、彼はいったいいつ眠ってるんでしょう？　この半年、あちこち駆けずりまわって資金を集め、馬を飛ばしてルートの下見をし（それも二回！）、馬車やら変装用の衣類やら偽《にせ》のパスポートやら旅行に必要なもろもろを手配し、その合間を縫って諸外国に手紙を書き（手紙で埒が明かないようであれば現地まで赴き）、協力者のブイエ将軍やその配下の軍人たちと打ち合わせに次ぐ打ち合わせをして、毎日のようにあたしのところにも報告にきていました。まさに不眠不休の働き、ブラックもブラック、極黒であります。十八世紀にはレッドブルなんて存在しないのに！

なにがここまで彼を駆り立てるのか——もちろん、あたしへの愛がそうさせてるってのもあるんだろうけど、どうもそれだけじゃないように思えてならないのです。というのもあたし自身、この半年間、連載を何本も抱えてる小説家かってぐらいに毎日大量の手紙をあちこちに書き飛ばしていたからわかるんだけど、忙しければ忙しいほど体の奥底からなにかが漲《みなぎ》ってくるんです。「あたし、いま生きてる！」ってかんじがするんです。宮廷醜聞に花を咲かせていたときより、オペラ座の舞踏会でオールしまくってたときより、プチ・トリアノンの庭を駆けずりまわっていたときよりもYABAIかんじある。DOPEでDEEPでドーパミンどばどば出てる。なるほどこうして人は社畜になるのね……ってちょっと納得しちゃったもん。

なにが言いたいかっていうとつまり、Aは根っからのワーカホリックなんだろうなってこと。まちがいなくお母さまもそのタイプだね。いまみたいにうつになる前は陛下もそのケがあったし、ベルタン嬢もそんなかんじある。ラ・ファイエット侯爵にいたってはつねにエンジン無駄にふかしてるもんね。

あんな狂人たちとくらべるのはちょっとあれだけど、あたしも働くことがそんなに嫌いじゃないみたいなんです。むしろ遊び惚《ほう》けてたときより充実感があって楽しいぐらい。この計画が無事成功しどこかに落ち着いたら、王権（と財産）を取り戻すために大車輪で働こうって思ってます。

さてさて、今日もまだこれから一仕事しなければなりません。いつまでも煮え切らないオーストリアのお兄さまのケツを叩《たた》くため一筆書かねばならないのです。右腕使いすぎて腱鞘炎《けんしょうえん》になっちゃいそうなので今日のところはこのへんで。See ya!

一七九一年六月十六日（木）

OMG！　ほんとだったら十九日出発の予定だったのですが、土壇場《どたんば》でまた一日延長することになってしまいました。夜勤の侍女の中にラ・ファイエット侯爵の部下と通じている者（つまり愛人ってことね……）がいるらしいのです。二十日になれば彼女は非番でやってきません。そんな革命ガチ勢(50)がいる夜にわざわざ危険を冒すぐらいなら、一日待ったほうがいいのではという判断から下された決定でしたが、吉と出るか凶と出るか。

「いいですか、これ以上の変更はなしです。決行は二十日の夜。なにがあっても覆《くつがえ》りません。絶対になにがあってもです！　たとえ国王陛下の命令だとしても聞けませんからね！　戦場ではちょっとしたことが命取りになるということを肝に銘じてください！」

変装用の衣装を運んできたAが若干イラついた様子で念を押していきました。計画が延長されるたびに各地に配置した人員に連絡しなければならないストレスもあるでしょうが、度重なる延長で彼らの士気が下がることを恐れてもいるようでした。

逃亡するにあたって目的地に設定したのは、オーストリア領ネーデルラントとの国境にほど近いモンメディです。ここはかなりの強火王党派として知られるブイエ将軍の駐屯地です。モンメディまではパリから東へ三百キロ、二十以上の宿駅を通過しなければなりません。六頭立ての大型ベルリン馬車で旅慣れない大人と幼い子ども連れということもあり、馬の交換や休憩で時間を取られることを考えると、Aの見立てでは丸一日かかるだろうということでした。

最大の難関は夜中でも人の出入りの多いチュイルリー宮殿の脱出、次いでジャコバン派の本拠地シャロンです。目立つのを避けるためシャロンまでは最小限の護衛で行きますが、次の宿駅ポン・ド・ソム・ヴェールにはショワズール公爵（あのショワズールの甥《おい》っ子です）率いる四十人の兵を待機させてありますし、その先々の宿駅でも多くの兵隊が王の到着を待っています。つまり、シャロンさえ無事に通過できればあとは大船に乗ったような気持ちでモンメディまで運ばれていけばいいというわけです。立て続けに「ラ」がつく号とか「ミ」がつく号の「大船」が派手にタイタニック化していったのを目《ま》の当たりにしましたが、今度ばかりは大丈夫なはずだと信じたい。いや、信じます。

(50) もともとはゲーム用語で、勝ち負けやハイスコアを重視してプレイする人を指す。派生して、ある物事に全力で取り組む人。

決行は四日後、六月二十日です！

一七九一年六月二十日（月）

〈午後六時〉

先ほど最後の謁見にAがやってきました。

「もし不測の事態が起こったとしても我々を救出にこようなどとは考えないように。貴君だけでも国外に逃げるのだよ」

と陛下は彼に告げました。計画が露見すれば、真っ先に疑われるのは王妃の愛人で、国王の親友でもあり「最後の重臣」といわれているAです。彼の身を案じての命令だったのでしょう。「御意」とAは短く簡潔に答えました。あたしの知らないところで彼らは彼らだけの絆《きずな》を育《はぐく》んでいたようです。

国民衛兵に怪しまれないように、Aは長居することなくいつもどおりの時間に宮殿を去りました。これからあたしはいつもどおり子どもたちを連れて庭を散歩し、夕食をとります。決行まではできるだけいつもどおりに。くりかえしAが言っていたとおりに。

決行は今夜！

〈午後十一時三十分〉

はじまりました。中庭にAが用意した辻《つじ》馬車に、すでに変装をすませた子どもたちとエリザベト、教育係のトゥルゼル公爵夫人が乗り込んでいるはずです。これからあたしと陛下はそれぞれ自室に戻り、侍従や侍女たちをやりすごして宮殿を脱出しなければなりません。先ほどまで団らん室でいっしょにバックギャモンに興じていたプロヴァンス伯夫妻もいまごろ別ルートでパリ脱出を計っていることでしょう。別れ際、「良い旅を《ボン・ボヤージュ》」という思いをこめて我々は抱擁をかわしました。あたしたちの長い一日がはじまろうとしています。どうか幸運を祈ってて！

一七九一年六月二十一日（火）

〈午前〇時〉

いきなり問題発生です。今日にかぎってめずらしくラ・ファイエット侯爵が王の就寝の儀に顔を出し、いつもより時間が長引いてしまったのです（ほんとに迷惑なやつ！）。すでに灰色の地味な服に着替えて自室で陛下の到着を待っていたあたしはキリキリと胃がしめあげられ、吐き気を堪《こら》えねばなりませんでした。安物のフロックコートを着て従僕になりすました陛下が部屋に入ってきたときは安堵《あんど》のあまり涙ぐんでしまったほどです。

しかし、再会を喜んで抱き合ってる場合じゃありません。まずは陛下と護衛のマルデンが先に出て、少し時間を置いてからあたしと同じく護衛のムスティエが続くという段取りになっていました。「どうかご無事で」と固く手を握りしめてからあたしは陛下を送り出しました。万が一、あたしが見つかったとしても陛下さえ逃げてくれれば交渉次第で救い出してもらえる可能性がありますが、その逆は難しいでしょう。どうか逃げてください。時間に遅れるようなことがあったら、躊躇《ためら》うことなくあたしを置いて子どもたちと逃げてください。陛下が出て行ってから部屋に残された時間――五分やそこらのことでしたが気が遠くなりそうなほど長い時間ののちに、あたしとムスティエは警備の薄くなっている空き室から外へ出ました。

中庭には就寝の儀を見物にきた物好きな人々の馬車がずらりと並んでいました。前にもお話ししたとおり、チュイルリー宮殿の庭への出入りは自由になっているため、多くのホームレスが勝手に住み着いて野営しています。安物のワインでべろべろに酔っぱらって宴《うたげ》を繰り広げている一団もいます。最初に計画を聞かされたときは、そんな人目の多い場所を抜けていくなんて狂気の沙汰《さた》だと思いましたが、「いや、むしろ好都合です」

とAが頑として言いはったのです。「闇《やみ》にまぎれ、人ごみにまぎれてしまえば、地味な身なりをした女がまさか王妃だなんてだれも思わないでしょう」
あまりの緊張に胃が引っくりかえりそうでした。あたしは十字を切ってから帽子のヴェールを下ろし、それでも庭を突っ切る最短距離を行く度胸はなくて、松明《たいまつ》やランプの灯りの届かない暗がりを選んで遠まわりをしました。途中、仰々しい護衛を引き連れて走っていくラ・ファイエット侯爵《こうしゃく》の馬車と行きあい、思わず手にしていたステッキで車体をボコ殴りしそうになったけど、すんでのところで暗がりに身をひそめたあたしをどうか褒めてください。一年半もかけて磨きあげた、これぞ　忍　耐　のたまものです。天国のお兄さま、見てるー？ｖｖ

〈午前二時三十分〉

たったいまパリを抜け出しました。すでに予定より二時間の遅れが出ています。陛下の脱出が遅れたこと、ラ・ファイエット侯爵の馬車が行き過ぎるのを待たねばならなかったこと、仮想の追手をかく乱しようと念のためパリ市内を無駄に走らせたこと、パリ市の門を抜けたところで待っているはずのベルリン馬車がなかなか見つからなかったこと、辻馬車からベルリン馬車に乗り換えるのに予想外に手間取ってしまったこと……一つ一つは些細《ささい》なことでしたが、小さなロスが積もりに積もって大幅な遅れとなってしまったのです。「ボンディまで飛ばします」と言うなり、年老いた馭者《ぎょしゃ》に扮《ふん》したAが馬車を急発進させました。

まずは第一関門突破。だれ一人欠けることなく無事にチュイルリー宮殿を抜け出せたのです。中庭を抜けたところで待っていた辻馬車に乗り込んだとき、あたしたち一家は涙を流して再会を喜びました。たった一時間やそこら離れていたぐらいで大げさかもしれないけど。

ひとしきり涙の再会を噛みしめてから、今度は改めてそれぞれの変装を見て笑いあいました。トゥルゼル公爵夫人はAの友人であるロシア貴族「コルッツ男爵夫人」に、子どもたち二人はその娘に、あたしは教育係、エリザベトは侍女、そして陛下は従僕に扮しています。眠っていたところを起こされた上に女の子の服を着せられたルイ・シャルルはおかんむりの様子でしたが、「これから仮装舞踏会にいくのですよ」というトゥルゼル公爵夫人のでまかせにころっと騙《だま》されて機嫌をなおしていました。彼女を連れてきて正解だったとあたしは思いました。

本来ならトゥルゼル公爵夫人ではなく、陛下の信頼篤《あつ》い重臣のだれか――万が一のときでもうまく切り抜けられそうな百戦錬磨の古狸《ふるだぬき》を同乗させたかったのですが、土壇場でトゥルゼル公爵夫人が「わたくしは王太子殿下のおそばを決して離れないとお誓いもうしあげました。わたくしには馬車に乗る特権がございます」と主張しだしたのです。

＿人人人人人人＿
＞　特　権　！　＜
￣Y^Y^Y^Y^Y^Y￣

まさかここにきてそんなこと言い出す人間がいるなんてびっくりでした！　しかしトゥルゼル公爵夫人はいたってマジ、どマジです。革命が起きようが地球がひっくりかえろうが、骨の髄まで貴族、狂信的《マッド》な王室崇拝者なのです。命よりも王のおそばに仕える特権を死守するほうがずっと大切なのです。だれにも彼女の信念を曲げることはできません。こうまで言われてしまったら、「お、おう……」って言うよりほかにないですよね？　柔軟性のかけらもないつめたく冷えた鋼の精神。それでこそ貴族、あっぱれです。

　馬車は次の宿駅ボンディに向けて街道を飛ばしています。外は真っ暗でなにも見えませんが、澱《よど》みの街パリからどんどん離れ、空気が少しずつひんやりと澄んでいくのがわかります。あたしはやっと深く息をつき、うとうとと舟をこぎはじめたルイ・シャルルをトゥルゼル公爵夫人から引き取りました。

〈午前三時〉

ボンディ到着。ここでもう一人の護衛ヴァロリと合流します。ヴァロリが用意した馬と交換し、いざ出発という段になって、ムスティエに手綱を託してAが馬車から降りました。ここから彼は一人でベルギーに向かうというのです。突然の展開に驚くあたしの隣で、平然と陛下が言いました。

「ありがとう。この先、私がどうなろうとも貴殿がしてくれたことを忘れはしないだろう」

Aは周囲に注意を払ってから、帽子のつばをつまんで陛下に敬意を表しました。ここからは別の道を行く。二人のあいだですでに話し合いがなされていたことを、あたしはそのわずかなやりとりで察しました。

この計画を承諾してから陛下はずっと思案されているようでした。どこでAを切り離すかということを。ただでさえ国王が逃げ出すのは不名誉なこととされるのに、廷臣でもなんでもない外国人のAが首謀者となって脱出を手助けするというのは、フランス宮廷のしきたりからすればとてつもなく体裁の悪いことでした。この期《ご》に及んでまだそんなこと言ってんの?!　ってかんじですが、陛下もまたつめたく冷えた鋼の一人なのです。身にしみついた階級意識をやすやすと取り去ることなどできません。そしてそれは、ほかならぬAだって同じなのです。

なにより陛下はAの身を案じていました。「私になにかあったとき、彼の身まで守ってやることはできないかもしれない」とくりかえしあたしに漏らしていたことからも明らかです。たしかにAの身の安全を考えたらここで離れるのがいちばんいい。それはそうにちがいないのですが、いきなりのことですぐにはスイッチを切り替えられません。あの日、突然プチ・トリアノンから引き剝《は》がされたように、もう一度あたしは精神のプチ・トリアノンを失おうとしているのです。

「さようなら、コルッ男爵夫人《アデュー》！」

単騎に乗り換えたAが車内まで聞こえるように声を張りあげました。「なにがあっても希望《エスポワール》を捨ててはなりません。強い意志で突き進むのです。良い旅を《ボン・ボヤージュ》！」

窓から身を乗り出したいのを堪え、あたしは潤《うる》んだ目で魂の片割れが遠ざかっていくのを見送りました。そうです。彼の言うとおり、強い意志で突き進むのです。チュートリアル(51)が終わったとたん、戦闘力の高い「戦士」がパーティー(52)を離れていってしまうRPGみたいな展開に涙目になってる場合ではありません。いかにも頼りないメンツ（「遊び人」しかいねえ！）が残されてしまいましたが、俺たちの戦いはまだはじまったばかりだッ！

〈午後六時半〉

緊急事態です。第二の難関と思われていたシャロンを無事通過したまではよかったの

(51) ゲームで、画面の見方や操作方法、世界観の紹介などを解説するもの。(52) 行動をともにする仲間。

ですが、次の宿駅ポン・ド・ソム・ヴェールで待機しているはずのショワズール公爵率いる四十人の兵がどこにも見当たらないのです。大きな町でもないし、行き違うようなこともありえないのですが……。

「これはいったいどうしたことでしょう？」

「我々が時間に遅れたので引き上げてしまったのかもしれないな」

手元の時計を見下ろし、陛下がつぶやきました。たちまち雲行きがあやしくなってきました。見咎《みとが》められることもなくシャロンを通過したときは、これで助かった、もう大丈夫だと安堵のため息を漏らしましたが、まさかこんな事態が待ちかまえていたなんて。戦場ではちょっとしたことが命取りになる――Aが恐れていたのはこれだったのだとあたしは直感しました。「どうせまた決行を延長したんだろう」もしくは「計画は失敗したのだ」と判断して兵を引き上げたショワズール公爵を責めることはできません。我々の到着は予定より四時間近く遅れていたのです。

ボンディでAと別れてから、クレイ・スイイに待たせておいた侍女二人と落ち合ったのが午前四時半。逃亡先で着替えや身のまわりの世話をしてくれる人間が必要だと彼女たちに同行してもらうことにしたのです。空が白みはじめ、ずっと不安そうにあたしのドレスを握りしめていたマリー・テレーズの顔にもようやく晴れやかさが戻ってきました。お弁当やワイン、銀食器や折り畳み式のテーブルなど旅に必要なものはAがすべて用意してくれていました。馬車の中で少し早めの朝食を摂《と》りながら、そろそろチュイルリー宮殿が目を覚ますころだね、我々がいないと気づいたらラ・ファイエットはどんな顔をするだろう、うわそれ見たい、見たすぎる、ザマァwww なんて盛りあがっているあいだも馬車は快調に飛ばしていきます。長い時間馬車に揺られ、子どもたちの顔に疲れが見えてきたのが気になって、完全に陽がのぼってからあたしたちは森の中で小一時間ほど休憩を取ることにしました。追手の気配もないし、ここまで来れば大丈夫だろうとすっかり安心しきっていたのです。

しかし、昼過ぎに事故が起こります。馬が横転し、車輪が外れてしまったのです。陛下まで駆り出され男四人で修理に取りかかりましたが、ここでかなりの時間を食ってしまいました。その後もスピードを出すとまた事故が起きるかもしれないという恐れから速度を落とし、じりじりと遅れが拡《ひろ》がっていったのです。

「先を急ぎましょう。この先で兵が待っているかもしれません。少なくともサント・ムヌーまで行けばダンドワン男爵の隊が待機しているはずです」

あのときもっと急いでいれば、あのとき馬車を降りなければ……小さなことをいつまでも悔やんでいてもしかたありません。とにかくいまは先を急ぐのです。

〈午後十時〉

つい先ほどクレルモンを離れました。馬車はいまだ三人の護衛のみ、ほとんど丸腰の状態で次の宿駅ヴァレンヌに向かっています。

これまでの宿駅とちがい、クレルモンの一つ手前、サント・ムヌーはものものしい雰囲気に包まれていました。鋤《すき》や鍬《くわ》、猟銃などを肩にかまえ臨戦態勢をととのえた男たちが通りをうろつきまわっていたのです。いったい何事かとカーテンの隙間《すきま》から覗《のぞ》き込むと、人ごみに紛れて一人の軍人が近づいてくるのがわかりました。ダンドワン男爵です。彼は周囲をはばかることなく帽子のつばに手をやり、長い時間ここで兵を待機させていたため村人に怪しまれている、すみやかに出発するように、我々もすぐにあとを追う、と早口に告げて立ち去っていきました。

マジか……。

すぐ隣でエリザベトが息を呑《の》むのがわかりました。表向きは王家の宝物を護送するためと偽って集められた兵ですが、待てど暮らせどお宝がやってこないとあれば、村人が不審がるのも当然でした。いつ何時、アルトワ伯率いる王党派の軍が襲撃してくるかわからないとフランス中が恐慌《きょうこう》に陥っていた最中なのですから。

「……先に進むしかあるまい」

カーテンを開いて外の様子を窺《うかが》い、あきらめたように陛下がつぶやきました。と、そのとき、窓の外で一人の男がアッシニア紙幣のしわを伸ばしてまじまじと見入ってる姿が目に入りました。あんな暗がりであの男はなにをやっているんだろう。引っかかりをおぼえて様子を見ていると、男が紙幣から顔をあげ、鋭い視線をこちらに向けるではありませんか！

「陛下、お顔を窓から離して！」

そうでした。アッシニア紙幣にはルイ十六世の顔が描かれているのです。陛下をよく知ってる者からすればそんなに似てはいないと思うのだけど、なんとなくの特徴はつかんでいないこともないかもしれない。あの男が「国王に似た男が乗ってる」と一言でも漏らしたら大変なことになります。

すみやかに馬を交換すると、あたしたちはすぐにサント・ムヌーを発ちました。

「次のクレルモンには百四十人の兵が用意されているはずです。大丈夫、今度こそ大丈夫です……」

泣き出したくなる気持ちを堪え、必死の車内アナウンスでみんなを励ましてみましたが、その希望を打ち砕くように次のクレルモンにも兵の姿はありませんでした。十四歳でフランスにやってきてからいくつもの絶望を経験してきましたが、こんな短時間に畳みかけられるように絶望ラッシュを食らったことがあったでしょうか。さすがのタフレディもいいかげん心が折れそうです。あとからすぐに追いかけると言ったダンドワン男爵の姿がいっこうに現れないことも、不吉な影となって我々の見通しを曇らせています。

「次はヴァレンヌです。今度こそ大丈夫、ブィエ将軍の息子が待ってるはず。ヴァレンヌさえ抜ければモンメディは目と鼻の先です」

大丈夫、大丈夫大丈夫だから、と自分自身に言い聞かせるように何度もあたしはくりかえしました。「大丈夫大丈夫だ」bot(53)と化したあたしを車内の大人たちは心配そうに見つめていますが、大丈夫、YABAIことになんかなってません。あたしは正気です。ほんとにほんと、ほんとだってば!

……つっても、こわくないわけじゃないよ? さっきからずっとブルってる。手足が震えて止まらない。ほんと言えばちびりそうにこわい。

だけどAが言ったから。希望を捨てるなって言ったから。彼の言葉だけがいまあたしを支えてる。生きて再び彼に会うためにはこのまま突き進むしかないのです。

次はヴァレンヌ、ヴァレンヌに行きさえすれば——。

一七九一年六月二十二日(水)

ヴァレンヌに到着したのは昨夜の二十三時すぎ、ひなびた小さな町はすでに寝静まっていました。ここでも兵の姿が見当たらず、ブイエ将軍が用意しているはずの替え馬がどこにあるのかもわからず往生する我々のすぐ横を、二騎の早馬が駆け抜けていきました。まさかそのうちの一人がサント・ムヌーでアッシニア紙幣を見ていた男だとは、その時点では知る由《よし》もありませんでした。

どれくらいのあいだ右往左往していたでしょうか。やがて、松明を手にした数人の町人が近づいてきて、パスポートの提示を求められました。こんな夜中に宿駅もない町にやってきた豪華なベルリン馬車。まさか国王が乗っているとは思わないでしょうが、亡命貴族が中にいることはだれの目にもあきらかでした。

陛下は懐《ふところ》からパスポートを取り出すと、「急いでいるのだが」ともったいぶりながら差し出しました。松明の灯りをたよりにパスポートを検分していた男は、ここじゃだめだ、もっと詳しく調べたい、と頭を振りました。

「それは困る。我々は先を急いでいるのです」

と陛下が重ねて言いましたが、

「馬車を降りて私の家でしばらくお待ちください。調査が終わるまでパスポートはお返しできません」

(53) Twitter の機能で作られた、機械による自動発言システム。この場合は「大丈夫だ」と機械的に繰り返すのみ、の意。

有無を言わさぬ口調で告げられ、あたしたちは顔を見合わせました。最初はまばらだったはずの灯りの数が二十、三十に増えています。馬車のまわりを取り囲まれ、とても逃げられそうにありません。そこへ突然、町中を揺り起こすような警鐘が鳴り響きました。身元がバレたのだろうか？　いや、そんなはずはない……どちらにしろ、替え馬もなければパスポートも奪われたのだから言うとおりにするしかない……。二十四時間、馬車に揺られっぱなしで一睡もしておらず、疲労のピークであたしたちにはまともに判断する力も残っていませんでした。

食料品店を営むソースという男の安普請《やすぶしん》な家の二階に通されると、奥の部屋で子どもたちを休ませ、大人たちは隣の部屋に集まりました。室内にこもった埃《ほこり》っぽくかび臭いにおいに耐えかねて窓を開けると、何事かと集まってきた町人たちがおもてで人だかりを作っています。その最前線に、先ほどサン・ムヌーで見かけた男の顔を見つけてあたしはあっと声をあげました。

ハメられた！　我々をここに閉じ込めて彼らは時間稼ぎをするつもりなのです。こうなってしまったら助けが来るのを待つよりほかにありません。ブィエ将軍が大軍を率いてやってくるのが先か、パリからの追手がやってくるのが先か――一か八かの大勝負、さあはったたはった！　キーンと耳鳴りがして、澄み切った緊張が指先までいきわたっていくのを感じます。夜を徹して賭《か》け事に興じていたころは、こんなにスリルがあって興奮することは他にないと思っていましたが、いまから考えるとお笑い草です。命を賭けてから出直してこいってかんじ。ざわ……ざわ……ざわ……。

　そのときになってはじめてあたしは、死というものをリアルに感じていました。ヴェルサイユ宮殿での最後の夜、寝込みを襲われたときはなにがなんだかわけがわからないでいたけれど、いまは死神の息遣いまではっきり聞こえてきそうです。ぼんやり霞《かすみ》がかかったピンク色の世界から、いまこの瞬間、自分の輪郭が立ち上がってくるのがわかります。

　Ａは見抜いていたのかもしれません。あたしたちにあまりにも危機感がなさすぎることを。実際、あたしはこの逃亡劇をなんとなく楽観的にとらえているようなところがありました。もちろん見つかったら危険だということは頭では理解してました。だけど、自分だけは大丈夫なんじゃないか、自分だけは死なないんじゃないかってどこかで思ってたような気がします。どんなときだって主人公は生きて生還するし、ピンチのときには王子様が駆けつけてくれる。あたしは餓死することもなければ病気にもならないし、暴徒に襲われ槍《やり》の先に首を掲げられたりもしない。だってあたしは生まれながらの主人公《ヒロイン》なのだから――。

　まんじりともしないまま迎えた夜明け、再びヴァレンヌの町に警鐘が鳴り響きます。にわかに階下が騒がしくなり、階段を駆け上がってくる足音がする。王子さまか、死神か。勢いよく扉を開けて中に飛び込んできた男は、陛下のお姿を見つけるや足もとに跪《ひざまず》き、こう告げました。

「ラ・ファイエット侯爵の命により参りました。国王陛下、どうか我々とともにパリへお戻りください！」

——万事休す。

声には出さず唇だけで、あたしはあの人の名を呼びました。

一七九一年六月二十九日付け　Aに宛《あ》てた手紙

あたしは生きてます。安心してください。どうか無事にこの手紙があなたのもとに届きますように。あたしたちの消息がわからず、あなたがただ闇雲に心配しているかと思うと苦しくてやりきれません。手紙が届いても返事は書かないでください。ここは危険です。まちがってても会いに来ようなどとは考えませんように。国中が血眼《ちまなこ》になってあなたを探しています。あなたの身に危険が及ぶこと、それこそあたしがいまいちばん恐れていることです。あたしたちは昼夜を問わず厳戒態勢で見張られていますが、どうかご心配なさらないでください。議会は我々を丁重に扱ってくれています。

さようなら、おそらくこれが最後の手紙になるでしょう。

一七九二年二月十三日（月）

陽が暮れてから、部屋にAが現れました。

鬘《かつら》と口ひげで変装し、夜にとける暗色のマントに身を包んだAが戸口に現れてもあたしは驚きませんでした。ああ、夢を見てるんだな、とするりと受け入れてしまったのです。この八ヶ月というもの、Aに会いたくて、会いたくて会いたくて死にそうで、その執念からついにまぼろしを生み出してしまったんだと。

しかし、彼はほんものでした。

「うそでしょ？　バカなの？　フランス中にあなたの手配書がばらまかれてるんだよ⁈」

驚きよりも先にこみあげてきたのは怒りでした。警護の者から末端の掃除人までAを知らない者など一人としていない——だれもがAの首を獲《と》りたくてたまらないでいるこの魔窟《まくつ》にのこのことやってくるなんて！　こうしているあいだにも扉の外では警備兵が通路を行き来し、いつ何時、踏み入ってくるかもわからないのに！

「ひどいな。あなたに会いたい一心でここまで来たっていうのに」

十八歳のあの日に戻ったかのような軽薄な笑いを浮かべて彼は言いました。まるでひょいっと舞踏会を抜け出してここまでやってきたみたいに。

まさかこんなバカな人だとは知りませんでした。いざとなったら知らん顔で身をひるがえし、故国に帰ってしまいそうな酷薄さが彼の魅力でもあったのです。なのにどうしてこの人は、極限の危険を冒してまでここにいるのでしょう。世界中があたしを嫌っているのに、どうしてあなたはそこまでしてくれるの？

怒りの次に襲ってきたのは恐怖でした。自分の命を危険に晒《さら》すことなどなんともないけれど、彼の命はだめです。考えただけで身がすくむ。あたしがまだ生きているのは彼がこの世にいるからです。彼はあたしの心臓です。彼が世界から消えた瞬間、あたしの命も尽きてしまうでしょう。

「そんなこと言われて喜ぶと思ったら大間違いだからね。むしろドン引きですから！　あたしにとってあなたの命より大事なものはない。どうしてそんなことがわからないの？　バカなんじゃないの？」

興奮からつい大声を出してしまったあたしの唇をふさぐようにAがキスしました。ほんとに一瞬の、花びらがそっとかすめていくようなキス。はじめて触れた。びっくりして後ずさるあたしを彼はつかまえて胸に引き寄せました。

「バカでけっこう。私はあなたを愛するためだけに生きているのです。ボンディで別れてから今日まで頭を離れたことは一秒たりともありません。どうしてあのとき離れてしまったのだろう、来るなと言われても追いかけていけばよかったと何度後悔したことか」

息もできないほど強い力で抱きしめられ、あたしは彼の心臓の音を聞きました。骨の硬さを、流れる血の熱さを。彼は生きている。そのことがこんなにも嬉《うれ》しくてこわい。

「信じられない。意味がわからない。狂ってる」

「そうだよ、知りませんでしたか？　狂ってるんだ、私はもうずっと」

「知らない、どうしていまさらそんな――」

「ああ、もう、うるさいなあ」

二回目はさっきよりも長く深く、はじめて会った日から今日まで、十八年間の情熱が迸《ほとばし》るような口づけでした。触れるだけで泣きそうで、キスするだけでとろけそう。少女のころに思い描いていた一生に一度の燃えるような恋。マリア・カロリーナ、あたしは見つけたよ。ねえ、こんな幸福な女がほかにいる？

あたしはこれまで自分を思慮が浅くいいかげんでちゃらんぽらん、幼稚で傲慢《ごうまん》で小狡《こずる》く愚かで快楽に流されがちなダメ人間だと思ってきましたが、弱い人間だと思ったことは一度もありませんでした。みんなあたしを強い人間だって言うし、あたしも自分でそう思ってた。母親ゆずりのタフネスこそ、あたしがあたしであるゆえんだったのですから。

だけど、恋する男の胸に抱かれ、いまにも脆《もろ》く崩れそうになっている。この胸の中でか弱い女のようにわっと泣き伏してしまいたい衝動に駆られている。なりふりかまわず泣いてすがれば、命を賭《と》しても彼はあたしを救い出そうとするでしょう。それだけはなにがあっても避けなくちゃいけない。だから彼の前で涙を見せるわけにはいかない。

なによりあたしは、不幸でかわいそうな女だと思われることが耐えられませんでした。そんなのプライドが許さない。いつでも彼の目に毅《き》然《ぜん》と美しく映っていたいというこの乙女心、わかってもらえますか？

――えっ、なに？　かわいくない女？　もっと素直になったほうがいい？　この期に及んで突っぱってる場合じゃないだろって？……うん、そうだね。自分でもやっかいな性格だと思うよ。「甘え上手はモテ上手」って基本中の基本だもんね。合コンでサラダを取り分けたり、男ウケする服着たりしてる場合じゃねえっつーの。わかってるよ、そんなことぐらい。

でもさー、しょうがないじゃん？　これがあたしなんだもん。どんな状況にあったって、あたしがあたしらしくいることは止められないんだから。あたし自身にさえね！

不幸になってはじめて人は自分が何者かわかる――とある人に宛てた手紙に書いたことがあるのですが、なかなかうまいこと言ったったなってどやフレーズで気に入ってたりもするんですが、これはまちがいでした。恋をしてあたしは自分の弱さを知りました。

妻になって自分の愚かさを知りました。母になって幼さを、友を得て狡さを、敵を作って尊大さを、王妃になって凡庸さを知りました。そしていま、不幸になってあたしは自分の強さを、自尊心の高さをいっそう自覚しています。人生をかけてあたしは自分を知る冒険の旅をしているのです。

「やめて」と震える手であたしはAの体を押し返し、拒絶だと取られないように急いで言いました。「ひどいでしょ、あたしの髪。白髪だらけになっちゃって。どんなにブラッシングしてもごわごわしてちっともまとまらないんだから。肌もがさがさでおばあちゃんみたい。胸も痩《や》せてしぼんじゃったし、劣化やばすぎて引いてない？ いまの姿、あんまりあなたには見られたくない」

「劣化という言葉をそんなふうに使うのはあまり気持ちのいいものではないですね。自分を卑下するなといつか私に言ったのはあなたではないですか。まったく同じ言葉を贈りますよ」Aはあたしから少し身を離し、上から下まで眺めまわすようにして、それに、とつけ加えました。「いつだってあなたは美しかったけれど、いまがいちばん美しい」

「――――」

あたしが絶句したので、彼は怪訝《けげん》な表情を見せました。

「なにかおかしなことを言いましたか？」

「いや、そうやって多くの女を口説いてきたんだなって思って……」

「またすぐ茶化す。他の女性ならとっくに落とせてるんですが、あなたが相手だとなかなかうまくいかないようですね」

「人を難攻不落の要塞《ようさい》みたいに言わないでよ」

「実際そうだ」

あたしたちはおでことおでこで小突きあい、そのまましばらく抱き合っていました。おたがいの輪郭がわからなくなるまでずっと。あたしたちにもはや言葉は必要ありません。ならばすることはひとつだけです。

これがほんとうに最後になるとあたしたちにはわかっていました。わかっていたから彼は来たのです。

ヴェルサイユの庭で繰り広げられていた享楽《きょうらく》の宴とはほど遠い静かな夜でした。声高に愛を叫ぶこともなく、過酷な運命に涙することもない、世界中で無数にくりかえされてきたごく平凡で幸福な恋人たちの夜。あたしたちは冗談を言って笑い、何度もキスをして、そのたびにとろけ、しあわせに胸がやぶけそうで、すっかりくつろいだ気持ちになって体を重ねました。

目を閉じればここは花盛りの庭、きらめく水辺に目をすがめ、鳥のさえずりに耳をすます。風が吹くたび、あなたのおもてに落ちるレース模様の木漏れ日がひらひらと表情を変える。

「フェルセン、フェルセン」
その美しい夢の名前をあたしはくりかえしました。

一七九二年九月二十一日（金）

今日もパリの町から「ラ・マルセイエーズ」の合唱が聞こえてきます。中世に建てられた不気味な石の塔――タンプル塔に幽閉された国王一家の慰めにと、ご親切なことに毎日のように有志が集まって「暴君」を一方的に糾弾するこの歌をうたって聞かせてくれるのです。歌詞にはなんと、あのブイエ将軍が名指しで登場し、こてんぱんにdisられています。ああん？　上等じゃねえか、このbeef[54]受けてたってやんぜ！　と勇んだところで、堅牢《けんろう》な要塞に閉じ込められている身ではそれもかないません。フリースタイルバトルとか言ってるバカなフランス王妃《レーヌ・ド・フランス》……ってちがった！　あたしもうフランス王妃じゃなくなったんでした！

新しく発足した「国民公会」の議員がつい先ほどやってきて、八百年に及ぶ王政が正式に廃止されたことを鬼の首を取ったように告げていきました。ルイ十六世は市民ルイ・カペー[55]となり、あたしはカペー夫人となったのです。いまも「ラ・マルセイエーズ」を歌い終わった市民たちが嬉々《きき》として「共和制万歳！」と叫んでいます。「国王万歳！」を彼らが叫ぶことは今後いっさいなくなったのです。

ヴァレンヌで「逮捕」されてから今日まで一年とすこし、ほんとにいろんなことがありました。一つ一つあなたに語って聞かせるのもつらいことの連続で、思い出すのもしんどいですがざっとさわりだけお伝えするとしましょう。

ヴァレンヌからの帰還、沿道に押し寄せる国民たちは国を捨てて逃げ出そうとした国王に怒り狂っていました。「裏切者！」「王政を廃止しろ！」「あの金髪ブタ野郎を王座から引きずりおろせ！」これまで王妃に集中していた怒りの矛先がついに国王にまで向けられたのです。

ほんとうに地獄のような四日間でした。行きはよいよい帰りはこわいとはまさにこのこと。「ブス」「ババア」「アバズレ」「メス豚」などといった低レベルな罵《のの》り言葉から、「レイプしてやる！」「そんなに欲求不満なら、おれの×××を咥《くわ》えさせてやるぜ」「腹をかっさばいてはらわたを引きずり出してやる！」といった聞くに耐えない下劣な貶《おとし》めまで絶えず浴びせかけられるのです。あたしはもう慣れっこでしたし、すうっと気を遠くにやってシャットダウンするくせがついていたので平気でしたが、可哀想《かわいそう》なのは子ど

(54) 論争。抗争。(55)「先祖の名前ではあるが私の名前ではない」とルイ十六世はこの呼称を不服に思っていた。

もたちでした。すっかりおびえて震えているのです。

窓を開けていたら危険だからと炎天下に締め切った馬車の中で、チュイルリー宮殿を出たときから着の身着のまま汗みどろになって人々の視線にさらされても、あたしはしれっと顔をあげ、窓の外、うす汚れた服を着てろくに磨かないせいか真っ黄色の歯をした群衆《モブ》を眺めていました。へつらうな。屈するな。子どもたちに見本を示すためにもそうしなければならなかったのです。

改めて不思議に思います。はじめてパリを公式に訪問したときには夢見るような瞳《ひとみ》で若き王太子夫妻を見あげていた人々がここまで変貌《へんぼう》してしまうなんて。まともに口をきいたこともない相手をどうしてそんなに嫌えるのか、その気持ちがあたしにはこれっぽっちも理解できません。首飾り事件のラ・モット伯爵夫人もあたしを目の敵にしていたと聞きますが、ちょっと待って？　しゃべったこともないのに？？　と狼狽《うろた》えるばかり。あたし自身、叔母さま方や義弟たちを目の上のたんこぶだとか困った人たちだとか思いこそすれ、心底から憎んでいるかといったらそうでもないし、あんなにまで拒絶していたデュ・バリー夫人のことだって、べつに嫌いじゃない。

もしかすると、知らないからこそ嫌えるってこともあるのかもしれません。こう言っちゃなんだけど、あたし、人に好かれる才能はあるほうだもん。宮廷にはマリー・アントワネット親衛隊がいるぐらいだし、身内にはそりゃあ評判がいいんですから。野次を飛ばしているこの人たちだって、おそらく一人一人は善良な人間なんでしょう。サシで話したらみんなマリー・アントワネットさまの魅力にメロメロになっちゃうにちがいありませんわ（――ってカンパン夫人が言ってました）。

しかし、ひとたび集団になったとたん、彼らは恐ろしい怪物に豹変《ひょうへん》するのです。煽動《せんどう》家《か》に踊らされ、黒く巨大な悪意のかたまりに呑み込まれ、我を忘れてしまうのです。「ちょ、落ち着けって！」と言ったところで聞きやしないし、ちょっとでも反抗しようもんなら燃料追加とばかりに炎は燃え広がる一方。だれがそんなものに屈してやると思う？　こいつらはあたしがぺしゃんこになったところを見たがっているのです。ぜって――になにがあっても見せてやんねーから！　せめてもの意思表示のつもりで、あたしは昼食に食べた鶏肉の骨をやつらに向かって投げつけてやりました。

チュイルリー宮殿に戻ってからも絶望的な状況は続きました。いっさいの外出を禁じられ、人の出入りも制限され、手紙は検閲にかけられ、二十四時間体制で厳重に監視されるようになったのです。だれの目にも我々が完全な囚人となったことはあきらかでした。この状況にヨーロッパ列強が「遺憾の意」を示してくれはしないか、ついでに軍事介入でもして国王一家を解放してくれやしないかとせっせとあちこちに手紙を書いたおかげで暗号なんてお手のもの、ひどいときにはレモン汁であぶりだしの手紙を書いたこともあります。

深い森の奥に身一つで放り込まれたような先の見えない不安な生活でした。これよりひどいことは起こりようもないだろうと思うことが日々更新されていきます。革命が起こってからも国王への崇拝を捨てきれなかった国民たちがその神性に疑いを持ちはじめ(「国王がいなくとも太陽はのぼった」)、王政廃止の声が高まっていく中で、ついに憲法が制定され、新しい議会が発足します。今年に入ってからはオーストリアの〝蜘蛛《くも》の糸〟レオポルト二世が亡《な》くなり、その息子であたしの甥《おい》でもある〝戦争大好き〟フランツ二世が即位し、オーストリア・プロイセン連合軍とフランスの戦争がはじまりました。ロベスピエール(どっかで聞いたことがあるような……)率いるジャコバン派の台頭、ラ・ファイエット侯爵の失脚、武装した民衆による二度にわたるチュイルリー宮殿襲撃……多くの血が流れ、何度も屈辱を味わい、命を危険に晒しました。卑劣で暴力的なやり方で、革命はすべてを奪っていったのです。

そして、九月虐殺《ぎゃくさつ》。

九月の初めに起きたこの悪夢のような数日間のことは、記憶から拭《ぬぐ》い去りたくても拭い去ることができません。相次ぐ敗戦により疑心暗鬼にとらわれたパリ市民が反革命派の貴族や聖職者が収監された牢獄を次々に襲ったのです。犠牲者の数は千とも二千とも言われています。「囚人たちは連盟軍と内通してパリを制圧する気だ!」「これは正当防衛だ!」「やられる前に殺《や》れ!」この騒動もおそらく裏で糸を引いただれかがいるのでしょう。パリのいたるところで警鐘が鳴らされ、外部と遮断された塔の中にいる我々にはなにが起こっているのかまるでわかりませんでしたが、ぶ厚い石壁の向こうからでも生臭い血のにおいや猛《たけ》り狂った民衆の蛮声が伝わってきました。

　あるとき、階下の食堂から小間使いの女性の叫び声があがりました。あたしと陛下、子どもたちとエリザベトは同じ部屋にいて、瞬時に身を寄せ合いました。いくつもの修羅場をくぐってきたせいで、不測の事態に対応できるようこの身にしみついてしまった習性でした。

　しばらくすると様子をうかがいに行った監視の一人が戻ってきました。「何事だ？」という陛下の質問に、男は興奮に目をぎらつかせながら答えました。

「ランバル公妃の首を王妃に見せたいって、槍の先に生首突き刺したやつらが集まってきてるんですよ。どうです、窓からちょいと顔を出してキスでもしてやったら？　ソドミーのお相手なんでしょ？」

　最後まで聞き終える前に、あたしは気を失っていました。

「わたくしたち、ずっとお友だちでいられますわよね？」

　いつだったかランバル公妃が口にした言葉を思い出すたびに、逃げ出したいようなこっ恥ずかしいようなやりきれない気持ちになる。あのときは友情を「契約」で縛るなんて無粋だとしばらく彼女と距離を置くようにしたのでした。そんな言葉を口にせずにおれなかった彼女の幼さを受け入れられるほど、まだあたしも大人じゃなかったのです。

ヴァレンヌ事件の直後、ランバル公妃はイギリスに亡命したのですが、去年の十一月、あたしを心配するあまりパリに戻ってきました。どうしてこんなにバカな人たちがあたしのまわりには大勢いるのでしょう。類は友を呼ぶってつまりそういうこと？　そんなことされてもなんにも嬉しくないとやっぱりあたしは彼女に言いました。

「ご迷惑でしたら謝りますわ。これはわたくしのわがままです。王妃さまのおそばにお仕えしたいというわたくしのわがままなのです。バカだと言われようと出てけと言われようと二度とおそばを離れません」

彼女があたしに見せたはじめての反抗的な態度でした。先に泣き出すのはランバル公妃だと思ってたのに、あっさりあたしが負けました。「バカよ、あなたはバカだわ」と泣きじゃくって親友を罵るあたしの背中を、ランバル公妃はやさしく叩《たた》いてくれました。

彼女は友情に殉じたのです。

一七九二年十二月十二日（水）

昨日、陛下が「国民公会」の裁判に召喚されました。チュイルリー宮殿の隠し金庫から、亡命貴族やヨーロッパ諸国、ミラボー伯爵《はくしゃく》をはじめとする議員たちとかわした密書が発見されたのです。「ルイはフランスを裏切った」罪状はごくシンプルなものでした。

「ああ、来たか」

役人たちが雁首揃《がんくびそろ》えて現れても陛下は驚いた様子も見せず、待ちわびたぞと言わんばかりにつぶやいたそうです。こうなることが最初からわかっていたような口ぶりだった、と。

廃位された王ほど革命にとって厄介な存在はありません。革命側はなにか理由をつけて陛下を処分する方法はないかと血眼になって探しまわっていました。

思い返せば、ヴァレンヌで捕まったときから陛下は覚悟を決めていたようでした。神に祈りを捧《ささ》げる時間が日増しに長くなり、これまで以上に積極的に子どもたちを諭し、教育を授けるようになっていました。なんという諦《あきら》めの良さでしょう。ほんとにこの人は品が良すぎる。みっともなく命乞《いのちご》いをすることなど考えもせず、しゅくしゅくとこのときを待っていたのです。暴徒たちの襲撃を受けても、屈辱的なやり方で王冠を奪い取られてもまったく動じず超然としていたのは、すでに心が天上に向いていたからなのでしょう。

残念ながらあたしはそんなに聞き分けがよくないので、判決が出るまで陛下といっさいの接触を禁じると言われた瞬間、頭にカッと血がのぼって大暴れしましたが、当然ながら聞き入れられることはありませんでした。「子どもたちと暮らすか、それとも母親に引き渡すか。子どもたちは父と母、どちらか一方としか会ってはならない」という残酷な二択を迫られた陛下は、迷わず孤立の道を選んだそうです。「妻から子どもたちを引き離すなんて、そんなことが私にできると思うか？」

こんな理不尽なことがあっていいのでしょうか。フランスにやってきてからというもの、理不尽な目に遭わされっぱなしでしたが、極北まで追いやられてしまった気がしています。

タンプル塔での生活は家族水入らずの慎ましやかなものでした。あたしと陛下と子どもたち、エリザベトの五人に、従者はクレリーという男一人だけ。革命側が組織した監視委員なるものが交替でクルーを組んで監視にあたり、定期的に持ち物検査まで行う徹底ぶりはラ・ファイエット侯爵の管理下に置かれていたチュイルリー宮殿の比ではありません（なんだかんだ言って彼も甘ちゃん貴族だったのですね……）。質素で粗末な最低限の家具、繊細さのかけらもない安物の化粧瓶、訪ねてくるのは政府のお役人ばかりで外界とのつながりはいっさい断たれ、インクとペンも取り上げられて手紙のやりとりもかないません（――が、しかし、マリー・テレーズがマカロンや桃をくりぬいてその中に隠すという秘技を生み出したのです！　これ革命じゃね？　革命でしょこれ！）。

窓には鉄格子《てつごうし》が嵌《は》められ、陰気でじめじめした室内に陽はほとんど入らず、いつもだれかが体調を崩しています。中庭を散歩することだけは許されていましたが、時間が定められている上、雨が降ろうが氷点下の日だろうが強制的に外に出されます。壊れかけの古いチェンバロが残されていたのでマリー・テレーズはレッスンを続けることができましたし、ルイ・シャルルの書き取り用に限って紙とペンの使用が許されたのは幸いでした。陛下はタンプル塔の蔵書を夢中で読みふけっていましたが、あたしにとって暇つぶしの道具といえば前の住人が置き忘れていったトランプとバックギャモンぐらいで、それ糸を手に入れるのにも苦労して壁布をほどいてエリザベトとタペストリーを綴《つづ》り、それにも飽きたら時計の針が動くのをぼんやり眺めて日が過ぎるのをやりすごす。夕方、王党派に雇われた新聞売りが、通りでニュースを読み上げてくれるのが唯一《ゆいいつ》の娯楽でした。

単調で気が滅入《めい》るような日々のくりかえしでしたが、陛下はこの生活にひそやかな甘美を感じているようでした。もしかしてもしかしなくても、引きこもりのオタクにとっては夢にまで見た理想の生活なのかもしれません。

陛下はこれまででいちばん幸福そうにも見受けられました。長いあいだ背負わされてきた重荷をおろし、どこか吹っ切れたような安らかなほほえみをつねに浮かべていたのです。「幽霊が出る、幽霊が出る」と塔の暗闇《くらやみ》におびえる子どもたちや、不安で夜も眠れず苦境を嘆くあたしやエリザベトをやさしく宥《なだ》め、いつでもどっしりと構えて取り乱すこともありません。それがどれだけあたしたちを支え、慰めてくれたことか。

これがあたしの船だ――それでようやくあたし、わかったんです。大砲をたくさん積んだ雄々しい戦艦というわけではありません。機動力だって大したことはないし、そう多くの積み荷や乗員を載せられるわけでもありません。けれどこの船は、どんな激しい嵐《あらし》にも耐え、決して転覆することはないのです。国王としては失格だったかもしれないけれど、夫として父親としてこんなに強く頼りがいのある船がほかにあるでしょうか。彼こそが真のタフガイです。

これまであたしはこの人を臆病《おくびょう》で弱い人間だと思っていました。あたしが守ってやらなくちゃならないのだと思っていました。あたしは恥ずかしい。こんな状況に追い込まれるまで、彼の魂のたぐいまれな崇高さに気づけなかった自分が恥ずかしくてたまりません。

この人が夫でよかったといま改めてあたしは思っています。

一七九三年一月一日（火）

ボナネー！　凍《い》てつく寒さがパリを襲っています。鉄格子越しに見える空はぶ厚い雲で覆《おお》われ、新年早々、不穏なムードを漂わせています。

そうなんです！　正真正銘、今日は一月一日なんです！　苦節二十三年にしてようやく圧倒的成長を遂げ、元旦《がんたん》から日記を書くのに成功したんです！　マリアちゃん、見てるーっ？

いやもうほんとね、心を入れ替えようと思って。いつまでもちゃらんぽらんにいいかげんに生きてる場合じゃねえなって。だってあたし、もう三十七歳なんだよ？　三十七歳！　平成生まれにはぴんとこないかもしんないけど、十八世紀フランスの感覚からしたら初老だからね⁈　けっこうなババアだからね⁈（――なんてこと、自分で言ったらダメなんでしたーよくないんでしたー）

そんなわけで今年も元気いっぱいよろしくおなしゃす！　三十七歳なんだからもうちょっとこうしっとり？　大人の女ふうに？　いきたいとこだけど、キャラじゃないんでやめとくわ。無理はよくないって三十七年間の人生で気づいたからね。へたするとこの日記すぐ中断したり終了したりするから。まったりマイペースでぼちぼちやらせていた

だきまぁす♡
　はあああああああああああああ。
とか言ってるそばからしんどいわ。もうしんどいわ。新年イッパツ目だからここはチャラクソ[56]かまさないと！ってがんばってみましたがしんどみエグくていまにもあぼんしそうです。これを書いてるいまもちょっと気をゆるめると涙がどぼどぼあふれてきそうになります。ほんとうに毎日がまぢやばちょむりしぬむりやめ……ってかんじです。とかく穴に潜りがちなあたしですが、こんな底の知れない穴ははじめてです。底……底があったらいいかげん足を着きたいんですけど……求ム底！
　先月なかばに陛下と引き離されてから三週間、一度も、一瞬たりともお会いできていません。マリー・テレーズの誕生日にもクリスマスにも面会を許されませんでした。せめて元日ぐらい……と期待していたのだけど、どうやらそれもかないそうにありません。裁判がいまどうなっているかもわからず、陛下がどんなお気持ちでいらっしゃるのかもわからなくて、このあたしとしたことがひどい有様でいます。陛下が不在のあいだはあたしがみんなの支柱にならなくてはという気持ちだけはあるのですが、あまりに憔悴《しょうすい》がひどくてマリー・テレーズやエリザベトに気を遣わせている始末。孤独な戦いを強いられている陛下のほうこそお辛《つら》いでしょうに、あたしがこんなことじゃいけないって思うんですけど、もうだめ。ぜんぜんだめです。食べ物がほとんど喉《のど》を通らず、一日中ぐったりとベッドに横たわって過ごす日もあります。

　下の階に隔離されている陛下に手紙を飛ばせないかと窓越しに試してみましたがなかなかうまくいかず、陛下のおそばに仕える従者のクレリーから様子を聞き出そうとしても、すぐに無慈悲な監視委員がやってきて彼を追い払ってしまいます。そういうときのやつらの愉悦に歪《ゆが》んだ顔といったら！　おぞましいったらありません。彼らにとっては単なる嫌がらせでも、あたしたちにとっては死活問題です。ここまでされなきゃいけないような罪をあたしたちは犯したんでしょうか。まだ必要ですか？　これ以上まだ痛めつけないと気がすみませんか？　あたしたちの罪がいかほどのものかはわかりませんが、もう十分に償いは果たしたと思うんですけどね。

　せめてもの慰みに、陛下のもとにも届きますようにと願って、女たちは毎日交替でチェンバロを弾きます。正確で敬虔《けいけん》なエリザベトの演奏、ひたむきで若木のように青々しいマリー・テレーズの演奏、あたしはといえばどこまでも軽やかに華やかに――。幼少のころからレッスンを続けてきてよかったと思わずお母さまに感謝してしまいました。花嫁修業（57）の一環として強制的に習わされ、こんなもんクソの蓋《ふた》にもなりゃしねえと内心思ってましたけど、いつどこで役に立つか、ほんとわかんないものですね。

（56）クソみたいにチャラチャラしなければとがんばってみましたが非常にしんどくて今にも消えそう、の意。（57）（笑）の「笑」がないことから、「笑えない」の意。

こんなふうにしてあたしたちは新年を迎えました。いまはひたすら陛下の心の平安を祈るばかりです。

一七九三年一月二十一日（月）

ルイ十六世の処刑が先ほど行われました。ギヨタン博士が発明し、陛下ご自身が改良を施したギロチンという最新の装置で首をはねられたのです。パリ中に響きわたる大砲の音に続き、「フランス万歳！　自由万歳！」という市中の人々の咆哮《ほうこう》が地響きのように近づいてきてあたしは夫の死を知りました。

昨晩「国民公会」は死刑囚に温情を示し、六週間ぶりに家族と顔を合わせることを許可しました。エリザベトも子どもたちも競い合うように陛下にしがみつき、なりふりかまわずに泣きわめいていました。残される家族が泣けば泣くほど、陛下の悲しみが深まるばかりだというのに、愚かなことにあたしたちは自分の悲しみを優先させてしまったのです。陛下は自分のためではなく、あたしたちの痛みを思いやって涙を流しておられました。

「そんなに泣いたら君たちの顔がわからないじゃないか。涙を拭《ふ》いて、よく顔を見せてくれないか」

　陛下はハンカチで子どもたちの顔を拭《ぬぐ》ってやっていましたが、拭き取るそばから涙があふれてくるので、しょうがないな、と最後にはぐしょぐしょに濡《ぬ》れたハンカチを放り出し、あきらめたように笑っていました。

「ルイ・シャルル、もし君がこの先、不幸にも国王になるようなことがあれば、国のためにすべてを捧げなければならないことを覚えておきなさい。間違っても父の敵を討とうなどと考えてはいけないよ。憎しみは憎しみを生むだけだ。連鎖はここで断ち切らねばならない。私はすべてを許している。君もそうするんだ、いいね？」

　七歳のルイ・シャルルがどこまで理解していたかさだかではありませんが、彼なりに父の尋常ならざる様子に感じ入るところがあったようです。ぴたりと泣きやんで、あの落ち着きのない子が父親の言葉にじっと耳を傾けていました。

「マリー・アントワネット」

　陛下はマリー・テレーズとエリザベトにも言葉をかけると、最後にあたしの手を取りました。

「私はいい夫とはいえなかったね。君を傷つけてしまったこと、私との結婚生活で君に与えた苦痛のすべてを許してほしい。もし君が――そうでないことを願うが――罪の意識に苛《さいな》まれているのだとしたら、いますぐそんなものは捨ててほしい。君に対しては愛と感謝の気持ちしかないのだから。どうか、子どもたちのことを頼んだよ」

ええ、ええ、と頷《うなず》くばかりでろくに返事もできずにあたしは泣き崩れていました。革命が起こってから、だれの前でも涙は見せないと気を張っていたはずなのに、壊れた蛇口みたいにだばだばとだらしなく涙が止まらないのです。いやだ、こんなのあたしじゃない、と恥じ入るあたしを、「なにを言ってるんだ。はじめて会ったころから君はしょっちゅう泣いてたじゃないか」と陛下は不思議そうに眺めていました。

コンピエーニュではじめてお会いしたときには、まさかこんな別れがくるとは想像していませんでした。共白髪まで仲良く――なんて漠然とした未来を想像するにはあたしたちはあまりに幼すぎた。目の前のあれやこれやをこなすのに精一杯で、自分のことしか見えてなくて、たがいを知るのにこんなにも時間がかかってしまった。いまならあたし、とてもうまく陛下のお気持ちに寄り添える気がします。陛下のお心を晴らすような冗談を言い、陛下のお心を慰めるようなやさしい言葉をかけて、あたしがどれだけ陛下を愛しているか教えてあげられるのに、ああ、もう時間がない。今日が最後なんて嘘《うそ》でしょう？

「私の望みはただ一つ、フランスのしあわせだ。この命を捧げることでそれが叶《かな》うというのなら安いものだ」

最後に陛下はそう言って、なんの惑いも感じさせせぬさっぱりとした表情で笑いました。

泣きすがる家族からすうっと身を引き、王として死ぬことをたったいま宣言したのです。自己憐憫《れんびん》などいっさい寄せつけない頑《かたく》ななまでの潔癖。それは、少年時代から穢《けが》されることなく保ち続けてきた彼の矜持《きょうじ》でした。

あきれました。この人はどこまでいっても王なのです。マジそういうとこ、あんたそういうとこやで！　女たちが涙の乾ききった目で陛下を見ています。そりゃそうだよね？　どんだけ彼が王として最後の使命に燃えていようと、それがどれだけ尊い犠牲であったとしても、うちらにはそんなことまったく関係ねーし。っていうか、あたしたちは夫を、父を、兄を失いたくないばっかりなのです。偉大な王がどうなろうと知ったこっちゃねえっていうかおとといい来やがれなんです。

「な、なんか気に障《さわ》るようなことでも言ったかな……？」

女たちからゆらりと立ちのぼった青い怒りに、これまでどんなことがあっても動じる様子を見せなかった陛下が狼狽《ろうばい》していました。思わずあたしは笑ってしまい、つられてマリー・テレーズもエリザベトも笑い出します。情緒不安定な女たちを、男たちは不気味そうに眺めていました。

バカな人。いけにえをよこせと、王の血が飲みたいと、しきりにせがむ革命の望みに応じ、なんの罪もないのにその心臓を差し出そうとするお人好《よ》し。彼が死ななければならないのは王だからです。たとえ廃位したところで、彼がその呪縛《じゅばく》から解き放たれることはなかったのです。それが彼の生き方でした。

ならばせめてあたしたちも、歯を食いしばってこのかわいそうな人を送り出しましょう。彼が死を恐れることのないように、この世に少しも未練を残さぬように、彼の魂が安らかに眠れるように。

「陛下、一曲踊ってくださらない？　いつも陛下が嫌がるから、あたしたち、数えるほどしかワルツを踊ったことがなかったでしょう？」

最後のおねだりに、陛下は困ったように頭を掻《か》いて立ち上がりました。

「ワルツなんていつぶりだろう。先に謝っておくよ。足を踏んだらすまない」

マリー・テレーズの演奏に合わせて、あたしたちは最後のワルツを踊りました。陛下がステップを間違えるたびにエリザベトがくすくす笑い、ルイ・シャルルがはしゃいで手を叩く。どこかの平凡なブルジョワ家庭のようにあたたかで幸福な夕べでした。

「また明日、八時に会いにくるよ」

別れ際《ぎわ》、陛下はそう言ってあたしたちに順にキスしました。

「七時じゃだめ？」ふと不安をおぼえ、あたしは食い下がりました。

「それなら、七時に」

「ぜったいによ、約束だからね」

「ああ、わかった、わかったからおやすみ」

陛下はその約束を守りませんでした。幸福な夜の記憶を胸に一人でいってしまわれたのです。残された者たちの慟哭《どうこく》が石の壁を伝わってここまで聞こえてきます。あたしはもう、涙もありません。

——年——月——日（一）

ここがどこで、いまがいつなのか、わかりません。ずっと無感覚状態の中にいます。目を開けていてもなにも見えない。氷点下の夜でも肌着一枚でふらふらさまよい、飢えも渇きもおぼえない。近くに子どもたちとエリザベトの気配があることだけはわかるけど、それだけです。

どれぐらいのあいだ、この虚無の中を泳いでいたでしょうか。

あるとき、どこか遠くの彼方《かなた》から声が聞こえてきました。途方もなく長いトンネルの先に見える、針の穴ほどの小さな光。だれか、人の声。なにを言っているかまではわからないけれど、なつかしさを呼び起こす声。導かれるまま光の方へ歩いていくと、最初はかすかにしか聞こえていなかったその声がだんだん大きくなって、ある一点を越えたところで意味を結ぶ。

「なにがあっても希望《エスポワール》を捨ててはなりません」

それであたしは思い出したのです。自分がだれであるかを。

一七九三年三月二十二日（金）

冬が終わろうとしています。窓からわずかに降り注ぐ陽の光が日に日に力を増していくのを喜べる、そこまで回復しました。

あたしはいまベルタン嬢から届けられた喪服を着ています。陛下が亡くなってすぐ、大急ぎで彼女が誂《あつら》えてくれたものです。黒いドレスとそれにまつわる小物一式を「未亡人カペー」のもとまで届けると、彼女はその足でパリを脱出したそうです。また一人、大切な友が遠くへ行ってしまいました。

国王が処刑されてから数日のあいだ、「新しい時代がはじまる」とパリは沸きに沸いていたようでした。「はじまったんじゃない、終わったのよ。怪物どもめ、これでご満足？」通りを行く市民の歓声に苛立《いらだ》ったようにエリザベトが吐き捨てていました。ここにきてあたしは彼女の意外な気性の荒さに驚いています。いつも兄たちやあたしの陰に隠れておとなしく微笑《ほほえ》んでるだけの女の子だったのに——甘ったれたかわいらしい女の子のままでいさせてあげたかったのに（という彼女ももう二十八歳になるのですけどね）。

フランスはイギリス・スペイン・オランダに対しても宣戦布告しました。戦況は悪くなる一方のようですが、なにしろここでは情報が限られているので世界がどのように動いているのか計り知ることはできません。こんなとき、もうちょっとちゃんと政治について勉強しとくんだったなと思わないでもないですが後の祭りです。それでもあたしはこの戦争の行方に一縷《いちる》の望みを抱かずにはいられません。

Aとは依然、連絡が取れないままです。彼がいまどこにいるのか、彼が無事かどうかもわかりません。おそらく彼のことだから、あたしを救い出すためにあちこち駆けずりまわって策を練り、いまごろオーストリア皇帝に働きかけていることだと思います。オーストリアからしたら王冠を失った未亡人などすでに用なし、現皇帝のフランツ二世が会ったこともない叔母のために尽力するとも思えませんが、ハプスブルク家の皇女を見捨てたとあっちゃ、末代までの恥をさらすことになるでしょう。お母さまがなにより重んじてきたもの、それがメンツです。バカみたいって思う？ でもね、何度でも言うけどそれが貴族ってものなんです。ひょっとしたらひょっとしてワンチャンあんじゃね？ ぐらいのテンションで待ってても罰《ばち》は当たんないんじゃないかと思います。果報は寝て待て《KNM》ってね。

　どうやらあたし、陛下とちがって生き意地が張ってるみたいです。夜の闇にまぎれてするりとあれがやってくることもあるけれど、「お願い、死なせて」と闇に請《こ》うあたしをビンタするように、「だめだ、死なせない。死なせてなるものか」と彼の声がするんです。「あなたは私のために生きなければならない」とエゴイスティックな要求を突きつけるんです。絶望の中にあっても、生きることをやめられない、希望の光を探さずにはいられない。彼はあたしで、あたしは彼でした。

　タンプル塔の監視責任者であるトゥーランもいまや希望の一つとなっています。あたしたちの悲嘆があまりに深いことに同情した彼が陛下の部屋にあった遺品をこっそり届けてくれたのです。冷酷な監視者たちの中にも血の通った彼のような人物もいることに救われるような思いがしました。捨てる神《STK》あれば拾う神《HRK》ありってやつですね……。手元に残しておいても次の持ち物検査で没収されてしまうでしょうから、あたしはこれを熱烈な王党派であるジャルジェイ侯爵に届けてもらうようトゥーランにお願いしました。国外にいる義弟たちに届けるようにと言づけて。

「それとこれを、去年の冬にブリュッセルからあたしに会いに来てくれた方に渡してほしいのです」

指輪の印章を赤い蠟《ろう》に押しつけ、あたしはジャルジェイ侯爵に託しました。余計な言葉などいらない。彼にはこれで伝わるはずです。結婚指輪とは別にもう一つ、肌身離さず身につけている指輪に刻まれた銘。すべてが私をあなたのもとへと導く――。

一七九三年七月三日（水）

「国民公会」の役人がやってきて息子を連れていきました。元王太子に出自を忘れさせ、すべての人間は平等であるという革命の理念を叩き込み、立派なフランス国民に育つよう「再教育」する必要があると言うのです。

「この子はすでに自分が王太子であったことなど忘れました。あたしが責任を持ってこの子に教育を施します。ですから、どうか、どうかこの子を母親から引き離すなんて、そんなむごいことはやめてください」

ノン！　ノン！　ノン！　獣のように喚《わめ》きちらし、必死の抵抗をしましたが、衰弱しきった体では屈強な男たちの力にはかないませんでした。

いまもあの子の泣き声が耳から離れません。この穴は底が知れないと前にお話ししましたが、ついに今日たどり着きました。ここがどん底です。

一七九三年七月十日（水）

中庭で遊ぶあの子の声が聞こえました。

こちらから呼びかけても、あの子には届かないようでした。

一七九三年七月十八日（木）

笑い声。うれしい、うれしい。

一七九三年七月二十日（土）

部屋の窓から中庭のわずかなスペースが見えることに気づきました。ひと目でいいからあの子の姿が見えないかと一日中、窓辺にはりついて中庭を覗《のぞ》き込んでいましたが、かすかに声は聞こえても最後まで姿は見えませんでした。

一七九三年七月二十五日（木）

一瞬だけちらりとあの子の姿が見えた。胸が躍る。

一七九三年七月三十一日（水）

あの子を胸に抱きしめたい。あの子の体温を感じたい。あの子のつむじに鼻を押しあててにおいを吸い込みたい。顔中にキスの嵐を降らせて、あの子がいやがるまで、ずっと、ずっと……。

一七九三年八月二日（金）

深夜に寝ているところを起こされ、コンシェルジュリーに移送されることを告げられました。別名「ギロチン待機所」とも呼ばれている〝死の牢獄《ろうごく》〟コンシェルジュリーの名を聞いて、エリザベトとマリー・テレーズは蒼白《そうはく》になっていましたが、あたしは黙って起きあがり、指示されたとおりに身のまわりの品をまとめました。感覚が麻痺《まひ》してしまったのか、あんまりひどいことが起きすぎてもはや嘆く気にもなれなかったのです。

「娘を頼みます」と突然の宣告に震えるエリザベトを抱きしめ、それからマリー・テレーズに向き直って「あなたは少々偏屈なところがあるから心配です。叔母さまの言うことをよく聞いて、いい子にしているのですよ」と告げました。後ろ髪を引かれるだけだとわかっていたのでそのままふりかえりもせずに部屋を出ました。

「……お母さま！」

姿が見えなくなってから、娘の悲痛な叫び声が追いかけてきました。めったに感情をおもてに出さないあの子があんな声を出すなんて。はっとしてふりかえったけれど、もう遅い。そのときになってあたしは自分が大きな罪を犯してしまったことに気づきました。「子どもたちを頼む」と言われていたのに夫を喪《うしな》った悲しみに埋没していたこと、息子と引き離されてから娘のことを一度もかえりみなかったこと、最後の最後まで「母親ぶった」言葉しかかけてやれなかったこと――もしこれがほんとに最後になってしまったら、娘への呪縛になりかねないのに。

「マリー・テレーズ！　いい子になんかしなくていいから！　偏屈なところはお父さまゆずり、それは美点にもなりえます。あなたはあなたの好きなように思うままに生きなさい――ってもまあ、あんまり叔母さまに迷惑をかけないでほしいなとは思うんですけど」

虚脱状態から突如として生気を取り戻し、階段の上に向かって叫び出したあたしに役人たちはぎょっとしているようでした。気がふれたとでも思ったのでしょう。それならそれで都合がいい。そう思わせておけばいいのです。

「あたしはいい母親ではなかったですね。ごめんなさい。おとなしく忍耐強いあなたに甘えてしまって、ろくにかまってやれなかった。あなたから子どもの時間を奪ってしまった。これだけは忘れないでください。あなたのすべてをまるごと母は愛しています。あたしの小さな女の子《プティット・フィーユ》、あなたに会えてよかった。あたしのところに生まれてきてくれてありがとう」

それは、あたしがずっとお母さまに言ってもらいたかったことでした。この世のすべての娘たちに伝えたいことでした。

石壁にしがみつくように爪《つめ》を立てて踏ん張っていましたが、最後には力ずくで階段を引きずり降ろされました。その拍子に壁のでっぱりにしたたか額を打ちつけたけれど、他のことが気になって痛みなどちっとも感じませんでした。

あたしの声は娘に届いたでしょうか？　ああ、神さま、どうか、どうかあの子をお守りください。

一七九三年九月一日（日）

コンシェルジュリーに移送されてからひと月が経《た》とうとしています。タンプル塔での生活は窮屈で不自由なものでしたが、それでも瀬戸際のところで人間的なものだったのだなと思い知らされています。ここはまごうことなき牢獄です。

囚人二八〇号、それがここでのあたしの呼称でした。鉄格子の嵌った狭い独房には、鉄製の簡易ベッド、ビデ、テーブル、トイレを兼ねた籐椅子《とういす》二脚しか置かれていません。独房内に置かれた衝立《ついたて》の向こうには二人の看守がいて、着替えるときも用を足すときもつねにあたしを見張っています。

　セーヌ川の中州シテ島に建てられたこの牢獄は、中世ゴシック様式を色濃く反映し、徹底的に光を嫌うドラキュラの棲家《すみか》のようでした。昼間でも薄暗く、ペンと紙はもちろん編み針もろうそくも禁止されたあたしは、たまに差し入れされる冒険小説を暗がりに目を凝らして読むか、すっかり痩《や》せてゆるくなってしまった指輪をくるくるといじりながらぼんやり虚空《こくう》を眺めているしかありません。近くを流れるセーヌ川の湿気が流れ込み、壁も床もじっとりと濡れ、黴《かび》と埃《ほこり》とどこかに放置された鼠《ねずみ》の死骸《しがい》の入り混じった猛烈な悪臭に日々悩まされています。

　唯一の楽しみは、女囚たちが中庭を散歩するのをわずかな窓の隙間《すきま》から眺めることでした。こんな劣悪な環境に置かれても彼女たちは身なりに気をつかい、めいっぱいおしゃれしてあたしの目を慰めてくれます。中には修道女もまぎれこんでいて、あたしのために祈りを捧げてくれることもありました。

　タンプル塔とちがって多くの囚人が収監されているため人の出入りが多く、看守に金を握らせて落ちぶれた元王妃を見物しにくる人も後を絶ちませんでした。いまやあたしはパリでいちばんの観光名所になっているようです。見物客の中にはヴェルサイユにいた頃から知っている顔もちらほらありました。すっかりやつれ、老女のような姿になったあたしを見て、驚いているようでした。

そうしているあいだにも、元王妃を救い出そうとする計画が持ちあがり、あえなく立ち消えになっていきました。無感動に、退屈なお芝居でも眺めるかのようにあたしはそれを見つめていました。子どもたちを置いて逃げるわけにはいきませんし、もはやなにかを思考し、活路を見出《みいだ》そうとする気力も残っていなかったのです。

一年以上に及ぶ幽閉生活はあたしの体を確実に蝕《むしば》んでいました。運動不足、日光不足からなる体力の衰え、慢性的な不正出血、最近では目も弱くなり、虫の湧《わ》いたベッドで毎晩眠っているため、体のあちこちが虫刺されで赤く膨れあがっています。痒《かゆ》さに耐えきれず、カンパン夫人にラベンダーの精油を持ってきて、とお願いしようとして、あ、そっか、そうでしたね、と思い直す。夢とうつつの境い目があいまいになるこんな瞬間、遠く過ぎ去った美しい日々を思い出してあたしの胸は淡いかなしみと甘い郷愁《ノスタルジー》でしめつけられるのです。

しかし、ひどいことばかりではありません。革命側に雇われたタンプル塔の無情な監視委員とはちがい、一般の刑務所職員であるここの看守たちは死を待つばかりの囚人に同情的で、人間らしい温かみにあふれています。中には読み終わった小説や一輪の花を差し入れしてくれたり、タンプル塔での子どもたちの様子を報《しら》せてくれる人もいました。管理人の妻であるリシャール夫人は自宅でいちばん上等なリネンを届けてくれましたし、擦り切れてほつれた喪服をつくろってもくれました。彼女の下で働くロザリーという名のお嬢さんは、あたしのために毎日心づくしの野菜スープをこしらえ、古びた下着を洗濯し、白いリボンで髪を結ってくれます。彼女だって決して裕福ではないでしょうに、あたしの手元に鏡がないのを気にして小さな赤い手鏡まで買ってきてくれたのです。あたしは何度も何度も彼女にお礼を言いました。こんなにうれしい贈り物ははじめてでした。陛下に贈られたプチ・トリアノンよりも、世界中の王侯貴族から贈られた金銀財宝よりも。

「この果物は市場のおかみさんたちからの差し入れです」

毎日の買い出しでさりげなくあたしの名を出すと、「そんならお代をもらうわけにはいかないね」と店主たちが太っ腹に奢《おご》ってくれるのだとロザリーは言いました。

「信じられない。あんなにあたしのことを嫌っていた人たちが」

「それは一部の人たちで全員ではありません。同じぐらい味方もいます。多くの人がマダムをお気の毒に思っているのです。彼らは声高に叫ぶということをしないので、お耳に届いていなかったのでございましょう」

メロンや桃に形を変えて届けられた声援を、あたしは泣きながら噛《か》みしめました。人の善意がこんなにも沁《し》みたことはありません。あたしはもう王妃でもなんでもないのに。彼らに好かれようとお道化を弄《ろう》したわけでもないのに。

あたしは彼らを誤解していました。「右向け右」の号令がかかったらみんな揃って右を向く。大衆《マス》とはそういうものだといまのいままで愚かにも思い込んでいたのです。

彼ら平民も血の通った人間です。一人一人に生活があり、大切な家族がいて、ゆずれない思いがあるのです。ちょっと考えればすぐわかるようなこと、貴族にだっていけすかないのもいれば善人や純粋な人もいる。バカみたいにあたりまえのことではないですか。

おそらくあたしはもうすぐ死ぬでしょう。ギロチンによってか衰弱によってかはわかりませんが、死ぬ前に気づけてよかったと思います。気づかせてくれたロザリーに感謝です。

一七九三年十月十四日（月）

今日、あたしは「革命裁判所」に出廷しました。「革命裁判所」というのは「革命の敵」（雑な括《くく》り……）を裁くため今年三月に設置されたものだそうです。裁判とは名ばかりで、気に入らないやつをギロチン送りにする体裁をととのえるためのものだと思われます。

喪服姿のあたしが法廷に姿をあらわすと、傍聴席からは亡霊でも目にしたかのようなどよめきがあがりました。盛り髪に羽根飾りを差し、全身にダイヤモンドをちりばめて着飾ったウェイウェイな王妃を思い描いていたのでしょう。みすぼらしく変わり果てた落日の元王妃にみな驚愕《きょうがく》を隠せないでいるようでした。

「被告人は姓名、年齢、地位、出生地を述べなさい」

「名前はマリー・アントワネット・ロレーヌ・ドートリッシュ、年は来月で三十八歳、夫は亡《な》きフランス国王、生まれはウィーン」

人々の視線にさらされながらあたしは毅然《きぜん》として答えました。頭の中にある陛下のイメージをトレースするように。法廷でのふるまいをこの目で見たわけではありませんが、彼は勇敢に戦ったはずです。

八ページにも及ぶ起訴状を検察官がたらたら読み上げるのを、ピアノでも弾くようにひじ掛けの上に指を滑らせながらあたしは聞いていました。諸外国と密通し国家転覆を謀《はか》ろうとした罪（いわゆる「共謀罪」ってやつですね）とヴァレンヌ逃亡を首謀し、王を意のままに操った罪。この二つが主な罪状のようでしたが、証拠がなさすぎてこれだけでは死刑に持ち込めないとでも思ったのか、ほかにも出てくる出てくる王妃マリー・アントワネットの悪行の数々。放蕩《ほうとう》によって国庫を食いつぶした罪やポリニャック公《こう》爵《しゃく》夫人との関係など「いいかげんそれ聞き飽きたんですけど」みたいなものから、首飾り事件や一七八九年十月一日のヴェルサイユの乱痴気騒ぎなどの完全なる冤罪《えんざい》――中にはオルレアン公を殺すため、つねに二丁拳銃《けんじゅう》をガーターベルトに仕込んでいた、などというふざけたものもありました。果てはルイ・シャルルに対する性的虐待《ぎゃくたい》まで。

なるほど、これは魔女裁判か。

とにかく彼らはあたしを毒婦に仕立てあげたいようでした。前々からうすうす感じていましたが、彼らは女が意志を持って行動することが気に入らないようなのです。政治に口出しなどせず女らしく従順におとなしくしていればいいものを調子に乗ってしゃしゃりでてきたあげく、「女の武器」を使って男を操り主導権を握ろうとするなどもってのほか。女は男より劣っているのだからすべからく家庭に引きこもり家族の世話に専念するべきなのだ。女は決して男に対価など求めてはならないし、養ってもらえるだけありがたいと思わなければならない。口紅の一本すら自分から欲しがってはならないし、奥様仲間との豪華フレンチランチなど言語道断。国民に規範を示す立場にある王妃ともなればなおさらである。「家」からはみだした女はなべて男を堕落させる悪《あ》しき存在なのだ。メッサリーナ[58]の再来に鉄槌《てっつい》を！

ふむふむ、なるほどですね、了解でーす👌　そっちがその気ならこっちはこっちで好きにやらせてもらいますけどよかったですかね？　だれにケンカ売ったかわかっとらんようだから教えて差しあげますけど、あんたらはたったいまこの世のすべての女たちを敵に回したんだからな！　見とれよ！

彼らは失策を犯しました。実情とはかけ離れた嫌疑をたたみかけ、この恐ろしき魔女の心を挫《くじ》くどころか闘志に火をつけてしまったのです。

「あなたは己の快楽のためだけにフランスの財産を浪費し、さらにはオーストリアの皇帝に多額の送金をしましたね？」

「まさか！　くだらない醜聞紙《ゴシップ》にそのようなことが書きたてられていたことは知っていますが、あたしは主人を心から愛していたので自国の金を浪費するなどありえません。それに――何度も重ねて言いますが――あたしはフランス人です。いまさらオーストリアの兄に送金する理由がどこにあるでしょう」

検察官から浴びせられる質問をあたしは巧妙にかわしていきました。そうかんたんに尻尾《しっぽ》をつかませてやるわけにはいきません。荒唐無稽《こうとうむけい》なでっちあげ話をふっかけられれば冷笑含みで「そんな話は聞いたこともありません」、少々後ろ暗いところのある質問にはしれっとした顔で「記憶にございません」、王をそそのかしたかと訊《き》かれれば、「そんな影響力がこのあたしにあるとお思いですか？　あたしはつねに一歩引いて主人にしたがっていただけですわ」。どんどんノッてきました。どう答えれば相手にダメージを

(58) 古代ローマ皇帝クラウディウス一世の妻。結婚後、次第に淫蕩と残虐を繰り返すようになり、自分の立場を危うくする者を次々と死に追いやった。執政官のシリウスと共謀して夫を殺そうと企むが失敗し、処刑された。

食らわせられるのか、どんな言葉が傍聴人たちの心に訴えかけるのか、まるでゾーンに入ったみたいに思考が研ぎ澄まされて道筋が見えてくるのです。

形ばかりの裁判だということはわかっていました。直前まで弁護人をつけることすら許されませんでしたし、弁護人たちが膨大な起訴状を読み込むための準備期間を要請しても認められませんでした。裁判官も検察官も陪審員もすべて革命側の息のかかった者なのでしょう。どうやったって死刑は免れない。それでもあたしは戦わずにはいられないのです。自由か、死か――それが革命のイデオロギーだというなら、あたしは最後まで生きてやる。生きて生きて生き抜いてやる。

次から次に新たな証人があらわれ、うろんな証言を重ねていきましたが、だれ一人として決定的な証拠を提示できる者はいませんでした。勝ち抜き方式のフリースタイルバトルでもしているみたいに、バッタバッタとあたしの前から敗者が去っていきます。まさに「ずっと俺のターン」状態。急進派の革命家で、タンプル塔の監督をまかされていたエベールが残忍な薄笑いを浮かべて証人台に立っても負ける気はしませんでした。

エベールはあたしとエリザベトによるルイ・シャルルへの性的虐待を告発しました。七月に家族と引き離されてからルイ・シャルルの教育にあたっていたシモンという男が彼の悪癖――つまり、そのなんていうか……いわゆる自慰行為ってやつです――を発見し、どこでこんなことを覚えたのかと問いただすと、母と叔母から教えられたと答えたのだそうです。二人の女は夜な夜なルイ・シャルルを挟むように寝そべって、性の手ほどきをしたのだとか……。ちょw　それどんなAVwww　ってかんじですが、びっくりすることにエベールはいたってマジ、どマジでした。

　あたしは平静を装《よそお》っていましたが、内心では深くため息をついていました。以前から息子のこの悪癖にはエリザベトとともに手を焼いていたのです。見つけるたびに二人で注意していたので、とっさにそんなでまかせを口にしてしまったのでしょう。シモンから報告を受けたエベールが、これこそあの毒婦を死に至らしめられる猛毒だと喜び勇んで飛びついた姿が目に浮かぶようです。相手は八歳の子どもです。彼らの望むまま、言いたいことを言わせるのは仔犬《こいぬ》をしつけるよりたやすいことだったでしょう。もともとルイ・シャルルには空想癖があり、いったんこうだと思い込んだら事実をねじ曲げて認識してしまうようなところがありました。性的なことに子どもはとくに敏感で罪悪感を抱きやすいもの。その誹《そし》りから逃れるためならいくらでも嘘をつきます。それがどんな恐ろしい結果を招くのかも知らずに。

「カペー少年の証言によると、母親と息子のあいだで近親相姦《そうかん》が行われていたことは疑いようもない事実です。これまでの証言にもあったとおり、被告は男でも女でもかまわずベッドに引きずり込んでは夜な夜な快楽に耽《ふけ》ってきた異常性欲の持ち主です。夫ルイ・カペーの処刑により、欲望をもてあますことになった被告は、忌《い》まわしいことに実の息子に手を出したのです！」
　どうだ！　とばかりに声を張りあげたエベールとは対照的に、法廷は水を打ったように静まり返っていました。このおぞましい作り話にみな──裁判長までもがドン引きしているようでした。あたしにとどめを刺すつもりで持ち込んだ猛毒をまさか自分が飲み下すことになるとは思ってもいなかったのでしょう。エベールの顔は蒼白になっていました。裁判長が汚物をつまみあげるようにさっさとこの話を切りあげ、次の尋問に移ろうとすると、「裁判長、被告がまだ答えていません」と陪審員の一人から声が上がりました。

　空　気　読　め　よ　！

　おそらく法廷中の全員がそう思ったことでしょう。張りつめた雰囲気の中で、あたしは、こんなばかげた話につきあわなくちゃいけないなんてやれやれだわと言わんばかりに頭を振り、法廷中に響きわたるような声ではっきりと答えました。
「あたしが答えていないのだとすれば、母親に対するそのような疑いに対し、わざわざなにか答えることは自然に反するからです。これはすべての母親に対する侮辱です。ここにいらっしゃるご婦人方《メダム》、そうは思いませんか？」

そう言ってあたしは顔をあげ、ゆっくりと傍聴席を見わたしました。身ぎれいな中産階級のマダムもいれば、掃除婦や魚売りのような労働者階級の女たちもいる。中には涙ぐみ、首がちぎれんばかりに頷《うなず》いている女性までいました。彼女たちからいっせいに発せられた共感の波動をあたしはたしかに受け取りました。

女たちの奇妙な連帯を敏感に嗅《か》ぎ取った裁判長があわてて木槌《きづち》を打ち鳴らしても、あたしたちをとらえた一体感が消え去ることはありませんでした。頼もしい味方を得て、あたしはその後も戦い続けたのです。

一七九三年十月十六日（水）

つい先ほど、死刑宣告を受けて戻ってきたところです。二日間にわたって行われた三十時間に及ぶ公判の結果、全員一致で有罪。とくに感想はありません。

最後に紙とペンを与えられたので、あたしはエリザベトに宛《あ》てて遺書を残すことにしました。子どもたちをお願いします、どうかルイ・シャルルのことを許してあげてほしい、と。あなたの存在がどれだけあたしの慰めになったことか、あなたはあたしの天使でした。それからどうか、彼に――あたしの友人たちに別れの言葉をお伝えください。

あたしの死を知った彼らが苦しみ悲嘆に暮れる姿を想像するだけで死ぬのが辛《つら》くなりますが、最後の瞬間にはきっとあなたの顔を思い浮かべます、と。

最後の力をふりしぼって机に向かっていたので、途中で寝落ちしてしまっていたようです。ロザリーに肩を叩《たた》かれて目が覚めました。

「マダム、昨日からほとんどなにも召し上がっていらっしゃいませんが、今朝はどういたしましょう」

「ありがとう。でもあたしはもうなんにもいらないの。すべて終わったから」

「せめてスープを……スープだけでも召し上がってください」

懇願するようなロザリーの瞳《ひとみ》に射抜かれて、あたしは根負けしました。「あなたにはかなわないや。わかったよ、スープを持ってきて」

すぐにロザリーは飛んでいって厨房《ちゅうぼう》からスープを運んできました。彼女の瞳のように澄み切ったブイヨンスープ。ぬるすぎず熱すぎない絶妙な温度。ふたさじほど口に運ぶのをロザリーは看守たちより厳しい目つきで見張っていましたが、「もう十分です、下げてちょうだい」と言ったらおとなしく引き下がりました。

喪服で処刑台に向かうことは許されなかったので（「あまりに象徴的すぎる」のだそう）、ロザリーに手伝ってもらい白い簡素な服に着替えて待っていると、死刑執行人のサンソンがやってきて乱暴にあたしの髪を切り、両手を縛りあげました。コンシェルジュリーの外には馬車ではなく、屋根もクッションもついていない家畜用の荷車が置かれていました。「このあたしが辻《つじ》馬車に乗ったのよ！　傑作だと思わない？　フランス王妃が辻馬車によ？」なんて言ってはしゃいでいた二十歳のころを思い出し、あたしはだれにも見つからないように顔を伏せ、こっそり笑いました。

午前十一時、死刑台への行進がはじまります。ひさしぶりに目にした遮るもののなにもない空はどこまでも高く晴れわたっています。光が目に染《し》みる。すべてのものが白くぼんやり輪郭をなくし、ここが死後の世界だと言われても疑わなかったでしょう。通りに詰めかけた大勢の見物人の声がはるか遠い場所から聞こえてくるようです。ざんばら頭で荷車に載せられ、「オーストリア女め！　ついにおまえも終わりだ！」と稚拙なヘイトを浴びせられ、これ以上ないほど屈辱的な状況でしたがあたしはへっちゃらでした。ウェディングドレスの背中が閉まらなかったぐらいで「この辱《はずかし》めをどうしてくれるの⁉」と大騒ぎしていた自分はまだまだひよっこだったなあ、といまとなっては思います。

彼らはいずれ自分たちの行いを恥じることになるでしょう。あたしは彼らに思い知らせてやりたいのです。あたしを辱めれば辱めるほど、尊厳を失うのは自分たちのほうなんだって。そのためにあたしは凜《りん》として前を向き、こんなことなどなんでもないのだとばらの蕾《つぼみ》がほころぶような微笑を浮かべ、強く清く美しく非業《ひごう》の死を遂げるのです。これがフランス王妃の死にかたです!!……なーんてねっ。

どうせもうすぐ死ぬし、この際正直にぶっちゃけるけど、なんかここにきて「王妃たれ」って圧がヴェルサイユにいたころの比でないぐらい強まってるかんじがするんだよね。たぶんだけどフランス革命ってとんでもない歴史的転換点になるっぽいじゃん？革命以前以後ってぐらいなにかが大きく変わっちゃったかんじあるもん。たまたまこの時代に王と王妃だったからこんな悲惨な目にあってるけど、うちら歴代の王や王妃にくらべてもそこまで悪玉じゃないっつーか、どっちかっつーと善玉なほうだと思うわけ。ま、あたしが多少やらかしちゃったかなって気はしないでもないんだけど、ルイ十六世なんてひいき目抜きにしても最善の王だったのでは？って思うもんね。アンリ四世たんの上いってるっしょ、うちのだぁ(59)のが上っしょマジで（火力強めでサーセンw こちとら二十三年かけてルイ十六世担してるんでw）。

つまりなにが言いたいかっていうと、望む望まないにかかわらず、陛下もあたしも確実に歴史に名を刻んじゃうってこと。そしていまあたしに「王妃たれ」と圧をかけてるのが、ほかならぬこの歴史センパイなんです。

ちょっと考えてもみてください。「あ、あたし歴史に残るかも」って思った瞬間、だ

(59)「ダーリン」の意。

れでもピッて背筋正さない？　急に道端のゴミ拾いなんかしちゃったり、老人に座席をゆずっちゃったり、多額の寄付（not ふるさと納税）しちゃったりなんかしちゃわない？　百年後、二百年後、千年後のだれかからの視線を意識して妙に気取ったフレーズで埋めつくされた手紙を書いてみたり、威厳のあるふるまいを心がけたり、悲劇のヒロインごっこに耽溺《たんでき》してみたり、アン・ブーリンやマルゴよりは有名になれんじゃね？なんて夢想してみたり……。

「劇団☆ヴェルサイユ」の看板女優マリー・アントワネットに用意された最後の舞台、それがフランス革命なんです。「この地上に咲き誇るどんな花より美しく散れ！」という歴史の要請にお望みどおり応《こた》えてやろうじゃないの。

まったくもって皮肉な話だよね。あんだけ「王妃たれ」とうるさく言われていたころは「死んでもやだ！」って思ってたのに王妃じゃなくなってからはじめて王妃ぶろうとするなんて。でもこれってさあ、未来永劫《えいごう》、世界中の人に向かってお道化《ODK》をかますってことじゃん？　さりげにヤバくない？　リアルにサグじゃない？　超アガるんですけど！　人類史上ここまでのお道化をかました人間がいる？　未来のみんなーっ、見てるー？　そうですあたしが王妃マリー・アントワネットでーす♪

え？　なに？　最近の王妃然とした態度にほろっときてたのにすっかり騙《だま》されたって？……あのさあ、どんだけのつきあいよ？　いままでなんべんこういうことあった？

いいかげんあたしという人間をわかってちょうだいよ。そんなさあ、フランス革命に巻き込まれたぐらいで人はそうそう変わんないって！　むしろあたしが歴史に残るとかwww　まぢウケるんですけどwww　ってかんじなんですけど。

それに前にも言ったよね？　かわいそうな女だと思われるのだけはマジかんべんなんだって。憐《あわ》れまれるぐらいなら笑われるほうがずっといい。

これが最後のサプライズ。一世一代の大道化。あなただけには知っておいてほしい。あたしは最後まであたしだったということを。あたしが死んでもマリー・アントワネットという名前は残る。あたしの愛した人、愛したもの、あたしが遺《のこ》した言葉、遺したものたちも。あとの人たちが好き勝手に切り刻んでパッチワークにして一大絵巻をつくりだしたとしても、それはあたしじゃない。あたしの物語じゃない。

荷車はのろのろと市中を進み、ようやくチュイルリー宮殿を越えて、ルイ十五世広場――処刑場が見えてきました。そろそろおしゃべりを切りあげなくちゃいけないようです。しっかり目を開けて見ててよ。はじめてコンピエーニュの森に降り立った十四歳のときと同じ、軽やかなステップで断頭台を駆けあがってみせるから。

マリア、あたしの分身、あたしそのもののあなた。あなただけがほんとのあたしを知っている。あたしの頭の中にだけ存在する秘密の日記帳。ピンクもブルーもいっしょに連れてくわ。あたしが消えれば、あなたも消える。

これまでつきあってくれてありがとう。いろいろあったけど、最後のほうなんて超ごたごたしてたけど、なんやかんやで楽しかったね？　あたしはすっごく楽しかったよ！

そんじゃ、行ってくるね。オーヴォワー！

マリー・アントワネット

参考文献

池田理代子『ベルサイユのばら』一〜十三巻（集英社）
シュテファン・ツヴァイク『マリー・アントワネット』上・下、中野京子訳（角川文庫）
アントニア・フレイザー『マリー・アントワネット』上・下、野中邦子訳（ハヤカワ文庫）
アンドレ・カストロ『マリ＝アントワネット』1・2、村上光彦訳（みすず書房）
遠藤周作『王妃マリー・アントワネット』上・下（新潮文庫）
川島ルミ子『マリー・アントワネットとフェルセン、真実の恋』（講談社＋α文庫）
川島ルミ子『最期の日のマリー・アントワネット』（講談社＋α文庫）
飯塚信雄『デュバリー伯爵夫人と王妃マリ・アントワネット　ロココの落日』（文化出版局）
エヴリーヌ・ルヴェ『王妃マリー・アントワネット』塚本哲也監修、遠藤ゆかり訳（創元社「知の再発見」双書）
パウル・クリストフ編『マリー・アントワネットとマリア・テレジア　秘密の往復書簡』藤川芳朗訳（岩波書店）
ケーラー・鹿子木美恵子『ロココの花嫁マリー・アントワネット　ベルサイユへの旅路』（叢文社）

南川三治郎写真『王妃マリー・アントワネット　美の肖像』（世界文化社）
中野京子『ヴァレンヌ逃亡　マリー・アントワネット　運命の24時間』（文春文庫）
石井美樹子『マリー・アントワネット　ファッションで世界を変えた女』（河出書房新社）
安達正勝『マリー・アントワネット　フランス革命と対決した王妃』（中公新書）
エレーヌ・ドラレクス、アレクサンドル・マラル、ニコラ・ミロヴァノヴィチ『マリー・アントワネット　華麗な遺産がかたる王妃の生涯』岩澤雅利訳（原書房）
エリザベット・ド・フェドー『マリー・アントワネットの植物誌』川口健夫訳（原書房）
ベルナール・ヴァンサン『ルイ16世』神田順子訳（祥伝社）
イネス・ド・ケルタンギ『カンパン夫人　フランス革命を生き抜いた首席侍女』ダコスタ吉村花子訳（白水社）
ミシェル・サポリ『ローズ・ベルタン――マリー＝アントワネットのモード大臣』北浦春香訳（白水社）
ウィリアム・リッチー・ニュートン『ヴェルサイユ宮殿に暮らす』北浦春香訳（白水社）
マックス・フォン・ベーン『ロココの世界　十八世紀のフランス』飯塚信雄訳（三修社）
竹中幸史『図説フランス革命史』（河出書房新社「ふくろうの本」）
池田理代子『フランス革命の女たち』（新潮社「とんぼの本」）
C・ギタール、R・オベール編『フランス革命下の一市民の日記』河盛好蔵監訳（中公文庫）

エリザベート・バダンテール『母性という神話』鈴木晶訳（ちくま学芸文庫）

Hans Axel von Fersen, *Diary and Correspondence of Count Axel Fersen: Grand-Marshal of Sweden Relating to the Court of France*（Classic Reprint）, Forgotten Books ·

「マリー・アントワネット展」図録（二〇一六～二〇一七年、森アーツセンターギャラリー）

「マリー・アントワネット物語展」図録（二〇一二年、そごう美術館）

映画「マリー・アントワネット」（二〇〇六年、アメリカ）

この作品は『yom yom』vol.43〜45に連載されたものを改稿した。

サリンジャー
村上春樹訳
フラニーとズーイ
どこまでも優しい魂を持った魅力的な小説……『キャッチャー・イン・ザ・ライ』に続くサリンジャーの傑作を、村上春樹が新訳！

シェイクスピア
中野好夫訳
ロミオとジュリエット
仇敵同士の家に生れたロミオとジュリエット。その運命的な出会いと、永遠の愛を誓いあったのも束の間に迎えた不幸な結末。恋愛悲劇。

H・A・ジェイコブズ
堀越ゆき訳
ある奴隷少女に起こった出来事
絶対に屈しない。自由を勝ち取るまでは――残酷な運命に立ち向かった少女の魂の記録。人間の残虐性と不屈の勇気を描く奇跡の実話。

チェーホフ
神西清訳
桜の園・三人姉妹
急変していく現実を理解できず、華やかな昔の夢に溺れたまま没落していく貴族の哀愁を描いた「桜の園」。名作「三人姉妹」を併録。

ツルゲーネフ
神西清訳
はつ恋
年上の令嬢ジナイーダに生れて初めての恋をした16歳のウラジミール――深い憂愁を漂わせて語られる、青春時代の甘美な恋の追憶。

トルストイ
木村浩訳
アンナ・カレーニナ
（上・中・下）
文豪トルストイが全力を注いで完成させた不朽の名作。美貌のアンナが真実の愛を求めるがゆえに破局への道をたどる壮大なロマン。

リルケ
高安国世訳

若き詩人への手紙・
若き女性への手紙

精神的苦悩に直面している青年に、苛酷な生活を強いられている若い女性に、孤独の詩人リルケが深い共感をこめながら送った書簡集。

ルナール
高野優訳

にんじん

赤毛でそばかすだらけの少年「にんじん」を、母親は折りにふれていじめる。だが、彼は負けず生き抜いていく――。少年の成長の物語。

J・G・ロビンソン
高見浩訳

思い出のマーニー

心を閉ざしていたアンナに初めてできた親友マーニーは突然姿を消してしまって……。過去と未来をめぐる奇跡が少女を成長させる！

ワイルド
西村孝次訳

サロメ・ウィンダミア
卿夫人の扇

月の妖しく美しい夜、ユダヤ王ヘロデの王宮に死を賭したサロメの乱舞――怪奇と幻想の「サロメ」等、著者の才能が発揮された戯曲集。

ロレンス
伊藤整訳

完訳チャタレイ夫人の恋人

森番のメラーズによって情熱的な性を知ったクリフォド卿夫人――現代の愛の不信を描いて、「チャタレイ裁判」で話題を呼んだ作品。

C・ペロー
村松潔訳

眠れる森の美女
―シャルル・ペロー童話集―

赤頭巾ちゃん、長靴をはいた猫から親指小僧、シンデレラまで！　美しい活字と挿絵で甦ったペローの名作童話の世界へようこそ。

ボードレール
三好達治訳

巴里の憂鬱

パリの群衆の中での孤独と苦悩を謳い上げた50編から成る散文詩集。名詩集「悪の華」と並んで、晩年のボードレールの重要な作品。

ボーモン夫人
村松　潔訳

美女と野獣

愛しい野獣さん、わたしはあなただけのものになります――。時代と国を超えて愛されてきたフランス児童文学の古典13篇を収録。

ヘッセ
高橋健二訳

デミアン

主人公シンクレールが、友人デミアンや、孤独な神秘主義者の音楽家の影響を受けて、真の自己を見出していく過程を描いた代表作。

E・ファージョン
野口百合子訳

ガラスの靴

妖精の魔法によって、少女は煌めく宝石とドレスをまとい舞踏会へ――。夢のように魅惑的な言葉で紡がれた、永遠のシンデレラ物語。

ブコウスキー
青野　聰訳

町でいちばんの美女

救いなき日々、酔っぱらうのが私の仕事だった。バーで、路地で、競馬場で絡まる淫猥な視線。伝説的カルト作家の頂点をなす短編集！

R・ブラウン
柴田元幸訳

体の贈り物

食べること、歩くこと、泣けることはかくも切なく愛しい。重い病に侵され、失われゆくものと残されるもの。共感と感動の連作小説。

新潮文庫最新刊

河端ジュン一著
顔のない天才　文豪とアルケミスト ノベライズ
―case 芥川龍之介―
自著『地獄変』へ潜書することになった芥川龍之介に突きつけられた己の〝罪〟とは。「文豪とアルケミスト」公式ノベライズ第一弾。

神坂次郎著
今日われ生きてあり
―知覧特別攻撃隊員たちの軌跡―
沖縄の空に散った知覧の特攻隊飛行兵たちの、美しくも哀しい魂の軌跡を手紙、日記、遺書等から現代に刻印した不滅の記録、新装版。

椎名誠著
かぐや姫はいやな女
実はそう思っていただろう？　ＳＦ視点で読むオトギ噺、ニッポンの不思議、美味い酒、危険で愉しい旅。シーナ節炸裂のエッセイ集。

遠藤周作著
人生の踏絵
もっと、人生を強く抱きしめなさい――。不朽の名作『沈黙』創作秘話をはじめ、文学と宗教、人生の奥深さを縦横に語った名講演録。

藤原正彦著
管見妄語　知れば知るほど
報道は常に偏向している。マイナンバー、理系の弱点からトランプ人気の本質まで、縦横無尽に叩き斬る「週刊新潮」大人気コラム。

杉山隆男著
兵士に聞け　最終章
沖縄の空、尖閣の海へ。そして噴火する御嶽の頂きへ――取材開始から24年、平成自衛隊の実像に迫る「兵士シリーズ」ついに完結！

イラスト　斉木久美子
デザイン　鈴木久美

マリー・アントワネットの日記《にっき》
Bleu

新潮文庫　よ－37－22

平成三十年八月一日発行
令和元年八月二十五日二刷

著者　吉《よし》川《かわ》トリコ
発行者　佐藤隆信
発行所　株式会社新潮社
郵便番号　一六二—八七一一
東京都新宿区矢来町七一
電話　編集部(〇三)三二六六—五四四〇
　　　読者係(〇三)三二六六—五一一一
http://www.shinchosha.co.jp

価格はカバーに表示してあります。

乱丁・落丁本は、ご面倒ですが小社読者係宛ご送付ください。送料小社負担にてお取替えいたします。

印刷・錦明印刷株式会社　製本・錦明印刷株式会社

ISBN978-4-10-180131-5 C0193